"……변함없이
터무니없는 힘이네."
마방진의 광채가
최대로 높아지고
무시무시한 열량을 품은 광선이
대지를 향해 어지럽게 발사되었다.

도로셀 노아
피리아레기스
레티시엘
리제네로제
베로니카 에스텔
밸런타인
지크 비올리스

미란다레트
루루 월드
히르메스
리프 그웰

Royal Highness Princess
seems to be angry
저자
야츠하시 코우
일러스트
나기시로 미토
왕녀 전하는
화가 나셨나 봅니다
2. 정령왕의 내방

왕녀 전하는 화가 나셨나 봅니다

2.

정령왕의 내방

Royal Highness Princess
seems to be angry

저자
야츠하시 코우

일러스트
나기시로 미토

옮긴이
이진주

Royal Highness Princess
seems to be angry

2.

정령왕의 내방

CONTENTS

서장 왕으로서 아버지로서

왕도 니르반의 중심에 서 있는 왕성 비아트리스성. 왕의 집무실에서 오스왈드는 필두비서의 보고에 귀를 기울이고 있었다.

"육군 제11소대의 집단실종 건, 그에 대해 뭔가 새로운 정보는 들어왔는가?"

필두비서란 재상 밑에서 일하는 수석 집무관을 말했다. 부재상 제도가 없는 플라티나 왕국에서 재상 다음으로 왕에게 진언을 할 수 있는 권한을 가진 관료였다.

"황공하옵니다. 원인과 경위에 대해서는 시급히 조사를 시키고 있사옵니다만, 아직 아무것도……."

"그런가…… 뭔가 단서가 발견되면 곧바로 보고를 해주게나."

보고를 들으면서 오스왈드는 깃털펜을 쥔 채로 신음했다. 요전날, 국경 부근에서 훈련 중이던 육군 제11소대가 갑작스럽게 실종되었다. 집단실종이라니 전대미문의 사건이라 시급히 조사를 시키기는 했으나 결과는 영 시원찮은 모양이었다.

"그리고 국경 부근의 요르드 마을에서 또 민중과 경비대 사이에서 충돌이 있었다고 합니다."

"또인가…… 은밀하게 시민들의 동향을 살피도록 하게."

"알았습니다."

비서가 인사를 하고 퇴실했다. 오스왈드는 깃털펜을 놀리면서 긴 한숨을 내쉬었다. 집단실종이니 충돌이니, 요즈음 이 나라에서는 여러모로 불온한 일이 많았다.

불현듯 방밖에서 문을 노크하는 소리가 들려왔다. 오스왈드는 서류를 작성하며 입실허가를 내렸다. 그러자 집무실 문이 열리고 드레스를 걸친 한 여성이 들어왔다.

"실례하옵니다, 폐하."

짙은 남색 머리카락에 회색 눈동자를 한 그 여성은 오스왈드를 발견하자 눈을 살짝 크게 떴다. 아는 인물의 등장에 오스왈드는 안도했다.

"아아, 코르데리카인가."

"바쁘신 중에 실례합니다. 정무를 보시느라 늘 고생이 많으십니다."

오스왈드에게 위로의 말을 건네는 코르데리카라 불린 여성. 제2비인 그녀가 아직 해가 뜬 지 얼마 되지 않은 이런 이른 시간에 이곳에 왔다는 사실에 오스왈드는 조금 놀랐다.

"이것도 왕의 업무에 지나지 않네. 그대야말로 이런 아침 일찍 무슨 일인가?"

"……폐하께, 로시포드 님의 상태를 전해드리고 싶어서 찾아뵈었습니다."

그녀의 그 한 마디에 오스왈드는 저도 모르게 손에 든 펜을 떨어뜨릴 뻔했다. 로시포드의 용태에 대해서는 어제부터 파악하고 있었다. 그는 어제의 그 소동 뒤로 부정기적으로 줄곧 아우성을 치거나 난동을 부리고 있었다.

"로시포드에게 무슨 일이 있는 겐가?"

"아뇨. 새벽녘에 겨우 진정이 되어 지금은 평온하게 주무시고 계십니다. 그 일을 알려드리고 싶어서 이렇게 찾아 뵀습니다."

"……그런가."

코르데리카의 말에 오스왈드는 안도했다. 모친을 잃은 로시포드를 돌봐준 것은 이 코르데리카를 포함한 오스왈드의 비들이었다.

왕비가 세상을 뜨면서 본디 왕비가 수행할 공무는 제2비인 코르데리카와 또 한 명의 비인 제3비가 분담해 맡고 있었다. 때문에 그녀들이 늘 바쁘다는 사실은 오스왈드도 잘 알고 있었다.

게다가 제3비는 몸이 허약해서, 억지로라도 시간을 만들어 매일 빠뜨리지 않고 로시포드의 상태를 보러가 주는 것은 코르데리카였다. 그 점에도 오스왈드는 코르데리카에게 감사하고 있었다.

"늘 미안하군……."

"아뇨. 로시포드 님이 저렇게 돼 버린 것은 저희 책임입니다. 저희가 좀 더 로시포드 님과 마주 보았더라면…….”
“그대의 책임이 아니야. 그것은, 모두 나의 책임이다.”
“폐하…….”
두 사람 사이에 미묘한 침묵이 흘렀다. 오스왈드도 비들도 공무에 쫓기느라 로시포드에게는 생각대로 시간을 내주지 못한 것은 사실이었다. 그때 이렇게 했더라면, 하고 지금 와서 생각해도 의미가 없었다.
“……하온데 폐하. 오늘은 웬일로 시리우스 님이 안 계시는군요.”
“아아. 시리우스라면 츠바루를 데리고 피리아레기스 공작가에 갔네. 공작과 도로셀 앞으로 친서를 전하러 갔지.”
오스왈드는 어젯밤에 작성한 친서를 오늘 아침 일찍 시리우스와 츠바루에게 맡겼다. 지금쯤이면 이미 공작가에 도착했을지도 모른다.
“어머나. 도로셀 님을 만나 뵙는 것인가요?”
“물론이지. 그 아이도 이번 소동의 중요 관계자이니까 말이야. 자세한 이야기를 들을 필요가 있을 걸세.”
그렇게 말하면서도 오스왈드는 책상의 서류들에 묻혀 있는, 명백히 다른 서류들과는 질이 다른 종이 다발에 힐끗 시선을 주었다. 그것은 오늘 아침 이곳을 찾은 츠바루가 제출한 정기 보고서였다. 오스왈드는 오랜 세월 동안 『예의 힘』에 대한 연구를 진행해왔다. 그러나 1년 정도 전부터 정보가 부족해 연구에 진전이 없었다.

한 번 잃어버렸던, 그것도 대부분의 자료가 불타버린 힘을 그렇게 쉽게 부활시킬 수 있으리라고는 오스왈드도 생각하지 않았다. 그러나 도로셀이 학원에서 보인 힘이라면 이 현상을 타개할 수 있지 않을까. 오스왈드는 그렇게 기대하고 있었다.

그렇지만 한편으론, 그녀는 로시포드를 이렇게 만든 원인 중 하나이기도 했다. 그런 도로셀에게 기대를 하고 있다는 사실을 코르데리카에게 말할 수 있을 리가 없었다.

"……폐하. 로시포드 님의 처우는 어쩌실 생각이신가요?"

코르데리카의 질문에 오스왈드는 사고를 중단했다. 어제의 괴물 소동을 일으킨 장본인인 로시포드에게 오스왈드는 아직 어떤 처벌도 내리지 않았다. 오스왈드는 놀리던 펜을 멈추고 눈을 내리깔며 그것을 천천히 책상 위에 내려놓았다.

"자신의 사욕을 위해 성유물을 빼냈을 뿐 아니라, 학원에도 커다란 손해를 입혔네. 무죄방면할 생각은 없어……."

"……폐하."

지금의 로시포드에게 왕위를 잇게 하는 것은 이미 불가능했다. 이렇게 되면 국외에 나가있는 제2왕자와 제3왕자를 불러들여야 할지도 몰랐다.

의자의 등받이에 깊숙이 몸을 묻는 오스왈드에게 코르데리카는 안타까운 시선을 보냈으나 어떤 말도 하지 않았다.

오스왈드는 다시 펜을 들어 지금까지의 화제를 떨쳐버리듯이 서류작업을 재개했다.

"그럼 소첩은 그만 실례하겠습니다. 부디, 후회하지 않을 선택을 하시길……."

코르데리카는 서류에서 얼굴을 들려고 하지 않는 오스왈드를 마음써주듯이 미소를 지어보였다. 이윽고 문이 닫히는 중후한 소리가 방에 울려 퍼지자, 오스왈드는 작게 한숨을 내쉬고는 의자에서 일어나 등 뒤의 창문 앞에 섰다.

"저 녀석은 다 간파한 것이겠지……."

오스왈드가 억지로 대화를 끝맺었다는 코르데리카는 틀림없이 눈치 채고 있었으리라. 알아차렸으면서도 그녀는 아무 말도 하지 않은 것이다.

"나도 아직 물러터졌군……."

왕으로서 로시포드에게는 합당한 벌을 내려야만 했으나, 사사로운 정에 이끌려 오스왈드는 그렇게 하지 못하고 있었다. 로시포드에게 아무것도 기대하지 않았던 것도, 그에게 그 소녀를 갖다 붙인 것도 그것이 로시포드를 위한 것이 되리라고 생각했기 때문이었다. 그랬는데, 그 모든 예상이 이리도 틀어지다니. 일국의 왕이란 자의 꼴이 참 우습다.

"이제, 얼마 남지 않았을 거다……."

창문 밖으로 내다보이는 왕도의 거리, 그 건너편에 펼쳐진 광대한 경치를 바라보며 오스왈드는 작게 중얼거렸다.

"나는, 반드시 이 나라를 좋은 나라로 만들어 보이겠다……."

그것이, 오스왈드가 왕으로서 가장 갈망하는 일인 동시에 자신을 믿고 목숨을 버린 사랑하는 사람과의 약속이기도 했다. 오스왈드는 오른손을 주머니에 넣었다. 그 손가락 끝에 딱딱하고 차가운 금속이 만져졌다.

"……조세피나."

지금은 고인이 된 제1왕자의 모친의 얼굴을 떠올리며 오스왈드는 주머니 속에 잠든 펜던트를 꽉 움켜쥐었다.

1장 국왕과의 알현

어제는 꽤나 노도와 같은 하루였음에도 레티시엘은 평소 일어나는 시간에 기분 좋게 눈을 뜰 수 있었다. 그녀는 느릿느릿 침대에서 일어나 아침 햇살에 눈을 가늘게 뜨면서 힘껏 기지개를 켰다.

정체불명의 괴물을 쓰러뜨린 것은 다행이지만, 일련의 소동은 여러모로 이해할 수 없는 일들을 남겼다. 괴물의 정체, 로시포드가 변모한 이유, 그가 갖고 있던 검과의 관계성. 사정 청취를 마친 뒤, 레티시엘은 현장에서 뒤처리를 하느라 바쁜 교사들 사이에 섞여 조사를 하거나 대도서실에서 닥치는 대로 자료를 찾아 읽어보았다. 하지만 이렇다 할 정보는 찾을 수 없었고, 정신을 차리고 보니 오렌지색이었던 하늘은 새카맣게 변해 있었다.

수확이 없었던 것이 불만스럽긴 했으나, 레티시엘도 저택으로 돌아가 그대로 침대로 뛰어들었다. 귀가가 너무 늦었던 탓에 루빅에게는 죽을 만큼 혼이 났고, 몹시 피곤했던지라 니콜이 억지로 잡아 일으켜주지 않았더라면 틀림없이 교복을 입은 채로 잠이 들었을 것이다.

"실례합니다. 안녕하세요. 아가씨."

방에 들어온 것은 전속시녀인 니콜이었다. 레티시엘의 방은 현재 루빅과 니콜만 통과할 수 있도록 해두었기 때문에, 노크 소리가 들리지 않았지만 신경 쓰지 않았다.

일단 『제1왕자의 약혼자』의 본가이기 때문일까. 사건의 대략적인 개요는 어제 중에 저택에 전해졌던 것 같았다. 어젯밤에 레티시엘이 귀가했을 때부터 이미 저택은 어수선했다. 하지만 관심이 없었기 때문에 레티시엘은 누군가가 방문을 노크해도 무시하고 안에 없는 척 했다.

그러나 그 노크 공격은 밤중까지 계속되어서, 레티시엘은 자는 중에도 몇 번인가 노크 소리가 들려서 잠에서 깼다. 아주 성가셨기 때문에 그녀는 마술로 문을 잠가버리고 문에 방음효과를 부여했다. 정말이지, 안락한 수면을 방해하는 건 참을 수 없다.

“안녕, 니콜.”

“아가씨. 몸단장을 해드리겠습니다!”

뭔가 기쁜 듯이 눈을 빛내는 니콜의 모습에 레티시엘은 고개를 갸우뚱했다. 오늘도 교복을 입고 학원에 가는 것뿐일 텐데.

“……니콜. 어차피 교복을 입는 것뿐인데 왜 그렇게 즐거워 보이는 거죠?”

“아뇨. 오늘 아침 일찍 학원에서 통지가 와서 말이죠. 어제 소동으로 학원은 당분간 휴교한다고 해요.”

그 알림에 레티시엘은 눈을 몇 번 깜박였다. 하지만 잘 생각해보면 어제 그 괴물과의 싸움으로 많은 교사들이 다쳤고, 사태에 대해서도 해명해야 했으므로, 아마도 학원은 수업을 할 상황이 아닐 것이다.

그러나, 그와 동시에 레티시엘은 니콜이 눈을 빛내는 이유도 알아차리고 말았다. 여하튼 그녀는 얼마 전에 니콜의 손에 강제적으로 치장을 당한 참이었던 것이다.

"전 알아차리고 말았습니다! 아가씨는 갈고닦으면 다이아처럼 빛난다는 것을 말이지요! 오늘, 아가씨는 교복이 아니라 사복으로 지내시게 될 테니 제가 아가씨의 몸치장을 해드리겠습니다!"

그렇게 역설하는 니콜의 모습을 본 레티시엘은 저도 모르게 반걸음 뒷걸음치고 말았다. 과연. 학원에 가지 않는다면 레티시엘은 오늘, 사복차림으로 지내야만 했다.

"아, 저기…… 니콜. 좀 기다려줄 수 있을까요? 나, 솔직히 사복은 뭐든 다 좋은데 말이죠……."

"무슨 말씀을 하시는 건가요? 아가씨는 자신의 매력을 알지 못하세요! 그러니 제 사명은 아가씨의 아름다움과 고귀함과 매력을 남자분들…… 아니, 영내…… 아뇨, 국내의 모든 분들이 알아주시게끔 하는 것입니다……!"

니콜의 진심이 폭발했다. 레티시엘의 얼굴이 경련했지만, 거부를 허용치 않는 미소를 띤 니콜에게는 거스르지 못하고 그대로 질질 드레스룸으로 끌려갔다.

30분 뒤. 니콜의 손에 한껏 치장이 된 레티시엘은 성스러운 미모와 오라를 내뿜으면서 드레스룸에서 나왔다. 그 표정은 마치 오늘 하루치 기운을 다 써버린 것 같은 느낌이었지만, 그것조차도 화장으로 교묘하게 가리고 있었다.

'……니콜만큼은 당해내지 못할지도 모르겠어.'

니콜의 센스에 감탄하는 동시에 자신은 어쩌면 그녀의 억지에는 약한 지도 모르겠다고 요즘 레티시엘은 생각했다.

"……그러고 보니, 루빅이 아직 안 왔네요."

방안을 무심하게 둘러본 레티시엘은 고개를 갸우뚱했다. 평소라면 레티시엘의 몸단장이 끝날 무렵에는 루빅이 아침식사를 날라 오곤 했는데, 오늘은 아직 방에 아무도 없었다.

"별일이네요. 루빅 씨가 지각을 하시다니……."

"그러네요. 어딘가에서 뭔가에 시간이 걸리는 것일까요? 조금 찾아보고 올게요."

"알았습니다!"

딱 부러지게 고개를 끄덕이는 니콜에게 방을 맡기고 레티시엘은 방을 뒤로 했다. 레티시엘의 방에서 주방까지는 외길이었다. 이제는 그럭저럭 익숙해진 복도를 걸으면서 레티시엘은 루빅의 모습을 찾았다.

"다 네놈 탓이다!! 그걸 아는 거냐?! 네놈은 전속집사인 주제에 아무것도 몰랐다고 하는 거냐!!"

"그래요!! 당신이 그 계집을 말리지 못해서 일이 이렇게 된 거라고요!!"

"정말…… 면목이 없습니다."

전방의 모퉁이에서 남녀의 고함소리가 들려왔다. 실로 오랜만에 듣는 양친, 그리고 루빅의 목소리였다.

레티시엘은 복도 끝에서 살짝 앞쪽을 엿보았다. 그러자 아니나 다를까, 공작 부부가 루빅을 붙잡고 호통을 치고 있었다. 루빅의 옆에 왜건이 놓여있는 걸 보면 아무래도 한창 아침식사를 나르던 중이었던 것 같았다.

"……."

레티시엘은 순식간에 얼굴에서 표정을 지워버리고 발밑에 얼음의 실을 구축했다. 그것들은 가늘게 금이 가는 것 같은 소리를 내면서 뱀이 기어가듯이 복도 앞쪽으로 뻗어나가서는 공작 부부의 발을 정확하게 붙잡았다.

"뭐, 뭐냐?!"

"꺄아아!! 뭔가요, 이것은!"

스컬로와 디안느가 이변을 알아차렸을 때, 얼음은 이미 그들의 한쪽 발을 단단하게 붙잡고 있었다. 두 사람은 당황해서 발을 빼려고 했으나 오히려 균형을 잃고 보기 흉하게 땅바닥을 굴렀다.

"안녕하신가요. 스컬로님, 디안느님."

거기에 마치 최후통첩이라는 것처럼, 옅은 미소를 띤 레티시엘이 모습을 드러냈다. 그러나 그 눈은 웃고 있지 않았다.

"제 집사가 좀처럼 방에 오지 않아 찾으러 와 봤더니, 두 분이서 함께 남의 집사에게 무엇을 하고 계신 건가요?"

"히이익!!"

"제게 하고 싶은 말이 있으시다면 얼마든지 하세요. 저, 이래봬도 남의 말을 듣지 않는 인간은 아니랍니다?"

레티시엘은 침착한 걸음걸이로 천천히 공작 부부에게로 다가갔다.

"가, 가까이 오지 말아요!! 이 괴물!!"

"하지만 가까이 가지 않으면 얼굴을 맞대고 이야기를 할 수 없잖아요? 괜찮아요. 괴물 같은 건 별로 새삼스러운 소리도 아니니까요."

""히이이이이익!!!""

발이 바닥에 못 박힌 탓에 도망칠 수도 없는 두 사람에게 레티시엘은 아무래도 사신이나 악마 뭐 그런 것으로 보이는 모양이었다. 거리가 한 걸음 한 걸음 줄어들 때마다 스컬로와 디안느의 얼굴은 조금씩 창백해졌다. 솔직히, 조금 재미있었다.

"저, 저기, 주인님……."

한참 좋을 때 방해꾼이 끼어들었다. 공작 부부의 위치에서 몇 미터 떨어진 곳에서 집사장인 할아범이 머뭇머뭇 말을 걸어왔다.

"재상님께서 면회를 희망하십니다만……."
"재, 재상님이 무, 무슨 일로?!"
"국왕 폐하의 친서를 주인어른께 건네고 싶다고 하셔서…… 일단 응접실로 모셨습니다."
"바바, 바, 바로 가겠다……!"
손님이 왔다면 어쩔 수 없었다. 레티시엘은 두 사람에게 사용하던 마술을 해제하고, 볼일은 끝났다는 것처럼 그 자리를 뜨려고 했다. 그랬는데…….
"죄, 죄송합니다만, 도로셀 아가씨도 동석해 주셨으면 좋겠다고 하십니다……."
일이 이상하게 돌아간다 싶었다. 레티시엘은 한숨을 쉬면서도 일단 만나보자고 생각했다. 얼굴만 내밀고 바로 돌아가야지.
"루빅. 당신은 먼저 방으로 돌아가 있어요."
"하, 하지만……."
"괜찮아요. 걱정할 필요 없어요."
"알았습니다. 부디 몸조심 하십시오……."
루빅은 조금 걱정스러운 얼굴을 했으나, 그래도 아침식사를 실은 왜건을 밀면서 복도 저편으로 사라졌다. 그것을 끝까지 지켜보고 난 뒤, 레티시엘도 걸음을 옮기기 시작했다.
구르듯이 먼저 가 버린 공작 부부의 뒤를 쫓아 응접실에 도착하자, 재상인 시리우스는 앉아있던 소파에서 일어나 작게 인사를 했다.

"바쁘신 중에 일부러 시간을 내어 주셔서 고맙습니다."

"아, 아닙니다…… 저희 저택에 잘 오셨습니다, 시리우스 님."

"오늘 찾아뵌 것은 다름이 아니라 국왕 폐하의 친서를 전하기 위해서입니다."

"친서……말인가요?"

"예."

친서는 아무래도 레티시엘과 스컬로 앞으로 모두 두 통인 모양이었다. 레티시엘은 자신 앞으로 쓰인 친서의 끈을 풀고 그 내용을 눈으로 훑었다. 문장이 길게 쓰여 있었지만, 요약하자면 로시포드가 저지른 일에 대한 사죄와, 직접 만나서 이야기를 하고 싶다는 내용이었다.

"도로셀 양, 국왕 폐하께서는 당신과의 면회를 바라며 왕성에서 기다리고 계십니다. 함께 가주시겠습니까?"

레티시엘은 친서를 다시 끈으로 고정하고는 시리우스에게 시선을 향했다.

"언제쯤 찾아뵈면 좋을까요."

"내일, 왕성 비아트리아성으로 와 주십시오. 폐하께서는 내일 정오에 만나고 싶다고 말씀하셨습니다."

"알았습니다. 그럼 내일 정오에 찾아뵙지요."

알현의 약속이 잡히자, 이곳에 더는 용건이 없는 레티시엘은 한 발 앞서 물러나기로 했다. 응접실에서 나가기 직전,

힐끗 뒤쪽을 살펴보자 시리우스는 스컬로에게 뭔가를 이야기하고 있었다.

시리우스의 조금 뒤쪽에는 애시블론드의 머리카락을 가진 소년이 대기하고 있었다. 소년은 레티시엘의 시선을 알아차리자 작게 고개를 숙여 인사를 했다. 타고난 곱슬머리에 검은 눈동자를 가진 소년이었다.

'……저 소년, 분명히…….'

응접실 문이 닫히고, 소년의 모습도 저절로 보이지 않게 되었다. 그러나 레티시엘은 방금 전에 본 소년에게서 기시감을 느꼈다. 당연했다. 그가 어제 괴물소동 현장에서 쓰러져 있던 것을 레티시엘은 보았으니까.

조금 신경이 쓰였지만, 지금 신경을 쓴다고 해도 어쩔 도리가 없었다. 레티시엘은 문에 등을 돌리고 루빅과 니콜이 기다리는 자신의 방으로 돌아갔다.

***

시리우스가 방문한 다음 날. 레티시엘은 그와 약속한 대로 마차로 비아트리스성으로 향했다.

멍하니 창밖을 바라보는 레티시엘의 시야 끄트머리에 또 한 대 다른 마차가 비쳤다. 안에는 스컬로가 타고 있었지만, 그따윈 아무래도 좋은 레티시엘은 그쪽으론 눈길도 주지 않고 마을의 경치에 시선을 향했다.

각각 스컬로와 레티시엘을 태운 마차는 위병에게 제지받는 일도 없이 순조롭게 왕성의 대지 안으로 들어가 비아트리스 왕성의 정문 앞에 정차했다.

"피리아레기스 공작님과 피리아레기스 공작 영애님, 기다리고 있었습니다."

문 앞에는 시종으로 생각되는 청년이 기다리고 있다가, 마차에서 내린 레티시엘과 스컬로에게 공손하게 인사했다.

"국왕 폐하께서 응접실에서 기다리고 계십니다. 이쪽으로 오시지요."

시종의 안내에 따라 레티시엘은 성안에 발을 들여놓았다. 역시나 이 나라의 중심다워서 그 호화로움이나 엄숙함은 공작저택과는 비교도 되지 않았다. 한 달 간 화려한 장식과 눈부시게 아름다운 집기류에도 눈이 익었다고 생각했으나, 왕성의 내부 장식을 보니 다시 눈이 따가웠다.

"잠시 기다려 주십시오."

왕성에 들어서 걷기를 잠시, 어떤 문 앞까지 오자 시종은 레티시엘과 스컬로에게 그렇게 말하고 눈앞의 문을 노크했다.

"폐하. 피리아레기스 공작님과 공작 영애님 두 분이 도착하셨습니다."

"안으로 모시거라."

시종의 부름에 문 건너편에서 먹먹한 목소리가 들려왔다.

그것을 듣고 시종은 말없이 문을 열고 두 사람을 실내로 안내했다.

공작가의 응접실보다 두 배 이상은 큰 방이었다. 벽지에도 바닥의 융단에도 눈부시게 화려한 무늬와 자수가 아로새겨져 있었다. 특히 융단은 신발 바닥 너머로도 품질이 좋은 재료로 만들어졌다는 것을 알 수 있었다.

방 중앙에는 커다란 원형의 테이블이 자리하고 있었고 그것을 둘러싸고 네 개의 싱글 소파가 놓여 있었다. 그 중 하나에 플라티나 왕국 제47대 국왕 오스왈드 드래코 아레스타 플라티나가 앉아 있었다.

"오랜만에 보는구나, 도로셀."

오스왈드가 의연한 태도와 어조로 레티시엘에게 말을 걸었다. 그의 옆 소파에는 재상인 시리우스가 복잡한 표정을 하고 앉아 있었다.

레티시엘은 도로셀로서 살아온 16년간의 기억을 갖고 있지 않았다. 하지만 제1왕자의 약혼자이니 그 부모인 국왕과 면식이 있어도 이상하지 않으리라. 여기서 모른다고 말할 수도 없었기 때문에 레티시엘은 무난하게 이야기를 맞추었다.

"오랜만에 뵙습니다. 폐하."

"건강해서 다행이구나. 신년의 궁정무도회에서 보고 처음 보는 것이지?"

"……예. 그렇게 기억하고 있습니다."

먼저 입실한 스컬로가 고개를 살짝 숙인 채 재빠르게 방을 가로질러 시리우스의 맞은편 자리에 앉았다. 레티시엘도 빈 소파에 앉아 맞은편에 앉은 오스왈드를 주의 깊게 관찰했다.

다크 초콜릿색의 머리칼에 붉은 눈동자. 입가에는 짧은 수염을 기르고 있었다. 얼굴 생김새나 눈꼬리가 치켜 올라간 눈은 로시포드와 닮은 것 같은 느낌도 들었지만, 그에게서는 상상도 할 수 없을 정도의 위엄과 기백, 고귀함이 흘러넘치고 있었다. 역시나 일국의 왕. 왕국을 20년 이상 다스리고 있을 만 했다.

"그럼, 바로 본론으로 들어갈까. 내가 너를 이곳으로 부른 것은 다름이 아니다. 너 역시 눈치 채고 있겠지. 어제 있던 소동에 대해서이다만……."

거기서 오스왈드는 일단 말을 끊었다. 무슨 말을 하려는 것일까 하고 레티시엘이 가만히 다음 말을 기다리자, 오스왈드는 천천히 고개를 숙였다.

"이번에는 로시포드가 큰 민폐를 끼쳐 면목이 없다. 그리고 어리석은 아들을 구해준 것에 진심으로 감사하마."

누구의 것인지 알 수 없는, 작게 숨을 삼키는 소리가 났다. 레티시엘 역시 국왕이 입을 열기 무섭게 공작 영애에게 고개를 숙이리라고는 예상하지 못했기에, 순간 당황하고 말았다.

레티시엘이 살던 난세의 시대와 지금의 평화로운 시대의 왕은 권력도 처지도 나라의 모습도 달랐다. 그러나 왕이 간단히 고개를 숙이지 않다는 것은 분명 어느 시대이든 상식일 것이라고 레티시엘은 생각했다.

그럼에도 눈앞에 있는 플라티나 국왕은, 레티시엘에게 머리를 숙였다. 그것이 왕이 신하에게 나타낼 수 있는 최대한의 성의라는 것은 레티시엘도 이해할 수 있었다.

"부디 얼굴을 들어주십시오, 폐하."

작게 고개를 저으며 레티시엘은 그렇게 말했다. 다른 신하들이 지켜보는 가운데 일국의 국왕에게 언제까지고 고개를 숙이고 있게 할 수는 없으리라.

"저는 그 자리에서 자신이 해야 할 일을 했을 뿐입니다. 감사를 받을 일이 아닙니다."

"……미안하구나."

레티시엘의 말에 오스왈드는 천천히 고개를 들고 어딘가 몹시 씁쓸한 것 같은 표정으로 미소를 지었다.

"사실은, 내가 아버지로서 로시포드를 이끌어야 했지만, 그 녀석은 죽은 왕비가 남긴 아이라 말이지……."

깍지 낀 손을 꽉 쥐며 오스왈드가 조용히 이야기를 시작하는 것을 레티시엘은 가로막지 않고 말없이 귀를 기울였다. 이 나라 왕가의 뒷사정 같은 것은 세간의 서적에도 적혀 있지 않았기 때문에, 모르는 이야기가 더 많았다.

"로시포드는 다섯 살 때 생모인 왕비를 잃어서 말이다. 모친의 죽음을 경험한 뒤로 몹시 우울해했지…… 그리고, 그 녀석은 조금씩 변하고 말았다."

과거를 떠올리는 것처럼 오스왈드는 어딘가 먼 곳을 바라보면서 이야기를 자아나갔다. 그 표정에서는 깊은 슬픔과 참회의 빛이 배어나오고 있었다.

"어머니를 잃은 로시포드가 딱하고 가여워서 나도, 주위 사람들도 그저 그 녀석의 어리광을 받아주기만 했다. 그 녀석이 상처입지 않도록, 다시금 일어설 수 있도록……. 하지만 그것은 로시포드를 위한 일이 아니었다. 부모로서 감독이 소홀했던 것이지. 정말로 면목이 없다……."

그렇게 말하면서 오스왈드는 가만히 한숨을 내쉬었다. 한순간 살짝 엿보인 눈 깊숙한 곳에서는 왕으로서가 아니라, 한 사람의 아버지로서의 마음이 어른거리고 있었다.

"이것은 나의 개인적인 사정에 지나지 않다만, 로시포드는 정말로 왕비 조세피나를 닮아서 말이다……. 나는 조세피나를 진심으로 사랑했다. 그래서 줄곧 그 녀석에게 사랑하는 사람을 겹쳐보고 말았다……."

왕과의 알현을 앞두고, 레시티엘은 어제 중에 오스왈드에 대해 사전에 조사를 해두었다. 기억이 없다고 해서 아무것도 알지 못하고 국왕을 만날 수는 없었다.

선선대 왕의 장자로 태어나 한때 북쪽 탑에 유폐되었으나,

20년 정도 전에 동생인 선왕이 자식을 남기지 않고 서거하자 그 뒤를 이어 왕이 되었다.

세 사람의 비를 맞아들여 그 사이에서 각각 한 명씩 왕자를 보았으나 제1왕비를 잃은 뒤로는 새로운 왕비를 들이지 않았다. 비들을 모두 평등하게 소중히 대하고 있지만, 사랑한 사람은 세상을 떠난 제1왕비 단 한 사람이라고도 했다.

로시포드도 오스왈드에 대해 조사할 때 그 과거를 알 수 있었다. 좋은 의미로도 나쁜 의미로도 평범해서 유년기에는 소행에 문제가 없었으나, 어머니의 죽음 이후로 방약무인한 언동이 두드러지게 되었다.

대부분의 서적에서는 왕가의 권력을 믿고 우쭐댄다고 혹평했다. 그렇지만 그에게도 그 나름대로의 사정과 심적 고통이 있던 것일지도 모른다고, 지금에 와서는 그런 생각이 들었다. 그렇다고 해서 딱히 로시포드에 대한 레티시엘의 인식이 바뀐 것은 아니었지만.

"왕비님께서 돌아가신 것은 11년 전이었지요."

"아아……."

오스왈드는 그 이상 말하지 않았지만, 그가 하고자 하는 말은 알 수 있었다. 11년 전 플라티나 왕국은 이웃나라 중 하나인 라피스와 전쟁을 하고 있었다.

그것은 왕국의 북쪽 변경인 스피리아 지방을 둘러싼 전쟁이었다. 오스왈드는 그 전화를 타 지방으로 넓히지 않고, 쓸데없는 피를 흘리지 않고 종결시켰기 때문에 백성들에게는 좋은 왕으로 상찬을 받고 있었다. 그러나 그 전쟁이 한창일 때, 그는 왕비 조세피나를 잃었다.

"전쟁의 불씨가 국내로 번지는 것은 저지했으나, 내 힘이 부족하여 그래도 많은 희생자가 나오고 말았다. 조세피나도…… 지키지 못했지……."

그렇게 말하고 오스왈드는 주머니에서 뭔가를 꺼냈다. 은색의 펜던트였다. 그것을 바라보는 왕의 시선에는 깊은 슬픔에 가득 차 있었다. 아마도 왕비의 유품이리라. 레티시엘은 가만히 눈을 내리깔았다.

"폐하의 마음은 적잖이 이해할 수 있습니다. 왕으로서 아버지로서 그것은 당연한 마음이겠지요."

오스왈드의 마음도, 왕으로서의 갈등도 이해한 채로 레티시엘은 깍지를 낀 손을 가볍게 쥐면서 조용히 입을 열었다.

"전하께도 악의가 있으셨던 것은 아니라고 생각합니다. 그러나, 학원의 많은 사람들이 다치고, 학생들이 휘말린 것 역시 사실입니다. 왕가의 일원으로서 그 책임은 져야 하는 것이 아닐까, 그렇게 생각합니다."

레티시엘은 감고 있던 눈을 뜨고 서로 다른 색의 눈동자를 똑바로 오스왈드에게 향했다. 그 눈에는 강한 의지가 떠올라 있었다. 그 꿰뚫는 것 같은 시선에 오스왈드는 붉은 눈동자로 의미심장하게 레티시엘을 응시했다.

"……네 말은 지당하군. 내 사사로운 정으로 말미암아 이 정도 소동으로 발전했고, 너까지 위험에 처하게 했지. 진심으로 면목이 없다."

전투 중, 로시포드가 명백한 살의를 갖고 레티시엘을 공격한 사실은 그 자리에 있던 많은 교사들이 목격했다. 오스왈드는 눈앞의 소녀에게 물었다.

"나는 네 의견을 존중하고 싶다. 넌 어떻게 하고 싶으냐?"

그 질문을 받고 레티시엘은 천천히 눈을 깜빡이다가 생각에 잠기듯이 눈을 내리깔았다.

"저와 전하의 약혼을 해소해 주셨으면 합니다. 약혼이란 평안을 주는 것인 동시에 상대를 얽매는 일입니다. 저와의 약혼은 전하를 괴롭히고 있습니다. 그렇다면, 제가 이 이상 전하를 얽매선 안 되겠지요."

레티시엘은 딱히 왕가의 지위 같은 것은 바라지 않았다. 그저 아무 일도 없이 평화롭게 살 수 있으면 그것으로 족했다. 게다가 솔직히 로시포드의 성격은 레티시엘이 가장 거북해하는 타입이기도 했다. 그의 약혼자로는 크리스타 정도가 가장 적임일 것 같았다.

레티시엘의 요구에 오스왈드는 잠시 턱에 손을 갖다 대었다. 하지만 이윽고 천천히 고개를 끄덕였다.

"음. 알았다. 로시포드와의 약혼은 해소하기로 하지. 시리우스, 그것을 주게."

"예……."

오스왈드의 말에 옆에 대기하고 있던 시리우스가 한 장의 서류를 오스왈드에게 내밀었다. 도로셀과 로시포드의 이름이 적힌 약혼증명서를 받아든 오스왈드는 그것을 레티시엘의 눈앞에서 찢어버리고 선언했다.

"국왕의 이름으로, 도로셀 노아 피리아레기스와 로시포드 벨아크 아레스타 플라티나의 약혼을 이 자리에서 해소한다."

그 선언에 레티시엘은 내심, 이제 로시포드와 엮이지 않아도 된다는 사실에 안도했다.

"그런데 나는 네게 묻고 싶은 것이 있다만. 네가 학원에서 사용했다는 힘은 대체 무엇이냐? 마법……은 아닌 것이지? 너는 마력을 갖고 있지 않다고 들었다만?"

오스왈드의 진의를 파악하고자 레티시엘은 주의 깊게 오스왈드를 관찰했다. 그는 대체 무엇을 위해 그런 것을 묻는 것인가. 무엇이 목적인 것인가.

레티시엘의 탐색하는 것 같은 시선에도 오스왈드는 위축되지 않고 그녀의 대답을 기다렸다. 그 시선 깊은 곳에 있는 것은 욕심도 야망도 아닌, 그저 순수하게 정의를 위해 힘을 원하는 강한 의지뿐이었다.

"폐하가 말씀하신 대로, 그것은 마법이 아닙니다."

"그럼 너의 그 힘은 무엇인 게냐? 마력을 필요로 하지 않는다면, 무엇을 원천으로 하고 있는 것이냐?"

"공기 중에 있는 물질을 사용합니다."

"공기 중에 있는 물질, 이란 말이지. 흠."

오스왈드가 생각에 잠겼다. 이 시점에서 그녀가 자신이 바라왔던 힘에 가까운 무언가를 쥐고 있다는 사실을 그는 어느 정도 확신하고 있었다.

"너도 알고 있겠지만, 우리나라의 마법은 현재 막다른 곳에 몰려 있다. 마법성에서는 나날이 술식의 개발이나 개량 연구를 계속하고 있지만, 이 몇 년간 새로운 술식이 보고되어 올라온 적이 없는 것도 사실이다."

거기서 일단 말을 끊고 오스왈드는 복잡한 표정으로 미간에 주름을 잡았다.

"하나, 루카스의 보고에 있던 네 마도술식은 큰 가능성이다. 11년 전, 나는 우리 군의 병사를 지킬 수가 없었다. 그 나라는 묘한 힘과 술법을 사용해서, 마법으로는 도저히 대항할 수 없었지. 지금 생각하면, 그 힘은 어쩌면 그것과 같은 부류였던 것일지도 모르겠구나."

"……!"

오스왈드는 그 발언에 딱히 중요한 의미를 부여할 생각은 없었을 것이리라. 그저 과거에 보고 들은 일과 지금 알게 된 정보를 대조하여 추측한 것일 뿐. 때문에, 그는 레티시엘의 눈이 번쩍인 것을 알아차리지 못했다.

'묘한 힘이라고? 그건 대체…….'

마법으로 대항할 수 없었다고 하니 마법은 아니었을 것이다. 마술이었다면, 오스왈드는 그 힘을 연구해서 마술에 대한 정보를 얻을 수도 있었을 터. 그런데 이렇게 레티시엘에게 부탁한다는 것은 마술도 아닌 힘이었다는 것일까.

"그것만이 아니야. 최근 주변 국가와의 국경선 주변에서도 또다시 불온한 움직임이 보이고 있다. 국토와 국민을 지키기 위해서라도 우리나라의 국력과 전투력의 수준을 끌어올려야만 해."

오스왈드가 하려는 말은 이해할 수 있었다. 그의 안에서 이미 마법이라는 기술은 한계에 다다른 것이다. 불온한 이웃국가들로부터 나라를 지키기 위해서라도, 그는 새로운 힘을 발전시켜 자국의 기술을 증강시키고 싶은 것이리라.

"다시 말해 폐하께서는 나라와 국민을 위해 제 힘을 이용하고 싶다고 생각하시는 것이로군요."

"그렇지. 나는 왕으로서 이 나라의 평화를, 국민을 지켜야만 한다. 너의 그 힘은 지금의 정세를 타개할 비장의 카드가 될지도 모른다. 부디 우리나라에 힘을 빌려주지 않겠느냐?"

오스왈드가 던진 말은 레티시엘에게 적지 않은 공감을 불러일으켰다. 레티시엘은 난세에 살고 있었다. 평화란 얼마나 귀한 것인가. 나라의 평화를 바라는 오스왈드의 심경은 충분히 이해할 수 있었다.

'게다가…….'

레티시엘의 뇌리에 여러 사람들의 얼굴이 떠올랐다. 미란다레트, 루카스, 루빅과 니콜, 그리고 지크. 전세(前世)에서 레티시엘은 소중한 사람들을, 사랑하던 사람들을 지킬 수 없었다. 그랬기에, 이번 생에서야말로 자신이 지키고 싶은 사람들을 지키고 싶었다.

오스왈드의 요구는 결코 레티시엘에게 불리한 것은 아니었다. 오히려 연구를 하고 싶은 레티시엘의 희망과도 일치했다. 레티시엘은 의연한 눈빛으로 오스왈드를 응시했다. 오스왈드와 레이시엘의 시선이 조용히 부딪쳤다.

“알았습니다. 힘을 빌려드리지요.”

“그러하느냐. 협력에 감사한다. 나는 그대에게 연구 기관을 준비해주려고 생각하고 있다. 건물과 인원, 연구 자금은 얼마든지 지원하마. 그곳에서 연구에 힘써주지 않겠느냐?”

부탁을 받아들인 레티시엘에게 오스왈드는 다소 안도한 것 같았다. 그의 제안은 매우 매력적이었으나, 레티시엘은 지체 없이 고개를 저었다.

“아니요. 자금 지원은 감사합니다만, 대대적인 전문 기관을 준비해주실 필요는 없습니다. 술식 연구는 지금까지 대로 학원에서 하는 것으로 족합니다. 현재 제가 사용하는 구 제7연구동은 현재 달리 이용자가 없으니 그곳을 개축해 주시는 것으로 충분합니다.”

전생한 뒤로 레티시엘에게는 하고 싶은 일이 몇 가지인가

생겼다. 그중 하나가 하고 싶은 만큼 마술 연구에 열중하는 것이었다. 평생 마술 연구를 하는 것은 바라 마지않는 일이지만, 시설에 갇힌 채 연구만 하는 것은 레티시엘의 성격에 맞지 않았다. 연구는 어디서든 할 수 있으니까.

"흠. 그런가. 네가 그렇게 말한다면 구 제7연구동을 개량하는 것도 좋겠지. 그렇다면 연구에 관한 전권을 맡길 테니, 책임자를 맡아주지는 않겠느냐?"

오스왈드의 제안에 레티시엘은 가볍게 눈을 내리깔고 또다시 거절의 말을 입에 올렸다. 애초에 그녀는 연구를 할 수만 있으면 그것으로 족했다.

"대단히 영광스러운 일입니다만, 큰 지위는 제게는 어울리지 않습니다. 저는 연구에 집중하고 싶사오니, 학원 안에 연구기관을 만든다면 학원장님께서 겸임하셔야 한다고 생각합니다."

레티시엘의 진언에 오스왈드는 턱에 손을 갖다 대고 잠시 생각에 잠겼다.

"……흠. 그것도 그렇군. 알았다. 루카스에게도 그 뜻을 전해두마."

턱에 대고 있던 손을 떼고 오스왈드는 고개를 한 번 끄덕였다. 이리하여, 경사스럽게도 루카스의 업무가 한층 더 늘어나게 되었다.

"나라를 위해 연구를 맡아줘서 고맙다."

"아뇨. 과한 말씀이십니다."

레티시엘은 그렇게 대답하며 눈을 밑으로 내리깔았다. 그렇지만 곧바로 다시 시선을 정면으로 되돌렸다. 담판은, 아직 끝나지 않았다.

"하오나, 그 대신 제게도 두 가지 소원이 있습니다만 괜찮으시겠습니까?"

레티시엘은 늠름한 시선으로 오스왈드를 바라보았다. 그 눈에서 형용할 수 없는 위엄과 풍격을 발견하고 오스왈드는 한순간이나마 압도당하고 말았다.

"상관없다. 말해보라."

"감사합니다."

오스왈드의 허가가 떨어지자, 레티시엘은 작게 심호흡을 하고는 자신의 요구를 꺼냈다.

"왕국 안의 서적을 열람할 수 있는 권리를 보장해 주셨으면 합니다. 양지에서 나도는 것에서 금서고에 잠들어 있는 것에 이르기까지, 모든 자료를 열람할 수 있는 허가를 받고 싶습니다."

레티시엘의 요구에 오스왈드는 바로 눈썹을 찌푸렸다.

"……서적의 열람 허가, 라고?"

"예. 왕성도서관에 보관된 자료도 공개, 비공개 여부와 상관없이 모두 말입니다."

천 년 전 레티시엘은 분명히 마술의 극한에까지 도달했

다. 하지만, 그것은 어디까지나 당시의 극한으로, 천 년이나 지난 지금은 마술 이외의 기술도 존재했다. 그것들의 지식을 응용하는 것으로, 자신의 연구도 새로운 테마를 발견할 수 있을지 몰랐다.

방금 전 오스왈드가 말한 묘한 힘도 신경이 쓰였지만, 그것을 위해서는 무엇보다도 많은 지식이 필요했다. 그것은 왕의 협력에 응하기 위한 것인 동시에 자신을 위한 것이기도 했다. 그렇지만 레티시엘이 바란 것은 오스왈드도 전혀 예상하지 못했던 것이었다.

"……그런 것을 바라는 이유는 무엇이냐?"

오스왈드의 음색이 약간 낮아졌다. 분명히 고작해야 공작 영애일 뿐인 소녀가 그런 요구를 해오면 왕으로서는 의심하고 싶어지리라.

"폐하께서 의심스럽게 여기시는 것은 지당합니다. 하나, 폐하를 위해 힘의 연구를 떠맡은 이상, 저는 폐하께 최고의 결과를 전해드리고 싶습니다."

오스왈드만이 아니라 시리우스도 날카로운 시선을 보내오는 가운데, 레티시엘은 똑바로 정면을 응시하며 주눅 들지 않고 말을 이었다.

"보다 고도의 연구를 하기 위해서는 그에 걸맞는 지식 또한 필요합니다. 저는 나라의 행정에 관한 기밀문서를 바라는 것이 아닙니다. 그저 연구에 필요한 지식을 되도록 많이 얻고 것뿐입니다. 부디 이해해주실 수는 없으시겠는지요."

레티시엘의 말에 오스왈드는 침묵했다. 분명히 국정에 관한 중요문서는 왕성도서관에는 보관돼 있지 않았다. 때문에 그녀의 요구를 받아들인다고 해도, 현재로서는 오스왈드에게 불이익은 생기지 않으리라.

"……좋다. 국내의 서적 및 자료열람권을 부여하마. 연구에 도움으로 삼도록 하라."

오스왈드는 심사숙고한 끝에 고개를 끄덕였다. 그러나 그에게는 단 한 곳, 레티시엘에게 열람권을 허가할 수 없는 장소가 있었다.

"허나, 왕성 안에 있는 금서고의 자료는 열람권을 인정할 수가 없다. 그곳은 국가기밀에 맞먹는 서적이나 자료를 보관하는 곳이기 때문이다. 그래도 괜찮겠느냐?"

"물론입니다. 바람을 들어주셔서 감사합니다."

레티시엘도 오스왈드의 의견이 타당하다고 여겼다. 그 나라의 중추에 해당하는 기밀 서류까지 넙죽넙죽 보여주는 어리석은 나라는 존재하지 않을 테니까.

"아니다. 이것도 모두 플라티나 왕국을 위한 것이다. 그럼……또 하나의 요구 조건은 무엇이더냐?"

"허락해 주실 수 있다면 교외에 저택을 한 채 준비해 주셨으면 합니다. 공작가가 아니라, 평온하고 조용하게 연구에 몰두할 수 있는 장소가 있었으면 합니다."

레티시엘의 말에 지금까지 대화에 전혀 참가하지 못하고 배제돼 있던 스컬로가 움찔 하고 반응했다.

그것을 시야의 끄트머리로 확인하면서도 레티시엘은 무시했다. 공작가 사람들이 레티시엘, 아니 도로셀을 싫어한다는 것은 아주 잘 알고 있었다. 찬성을 할지언정, 반대하는 일 따위 있을 리 없으리라.

'약혼은 해소되었겠다, 공작가에서도 나올 수 있다면 만만세겠지…….'

레티시엘이 공작가에서 하는 일이라고는 잠을 자거나 책을 읽거나 둘 중 하나였다. 하지만 최근에는 저택의 책도 모두 다 읽어서, 이 이상 본가에 머물 이유도 없어진 상태였다.

"흠. 그것도 괜찮겠지."

오스왈드로서는 마술 연구에 대해 국가사업으로서 정보를 규제하고, 더 나아가 연구의 진전을 수시로 파악하기 좋았기 때문에, 그녀에게 새로운 저택을 준비하는 것에 반대할 이유가 없었다. 오스왈드는 천천히 고개를 끄덕이면서 스컬로에게 시선을 향했다.

"나는 그녀의 의견에 이의가 없네만, 그대들은 그래도 상관없겠는가?"

"……폐하의 말씀에 따르겠나이다."

말과 목소리에서는 박력이 요만큼도 느껴지지 않았지만, 대답하는 속도만은 훌륭했다. 어지간히 레티시엘이 나가주었으면 하는 모양이었다. 오히려 역병신을 얼른 쫓아버리고 싶은 피리아레기스 공작가에게는 그야말로 바라던 바이리라.

공작가는 국왕마저도 고개를 숙이게 만드는 딸에게 누구보다도 공포를 느끼고 있었다. 그들은 아무것도 알지 못했다. 마술에 대해서도, 마도술식에 대해서도, 자신들이 재수 없는 아이라며 업신여겼던 딸의 가치도 무엇 하나.

그들은 아무것도 보려고 하지 않았다. 옛날부터, 그리고 지금도. 때문에 그들은 레티시엘의 처우를 오스왈드에게 모조리 일임했다. 놓쳐버린 물고기가 얼마나 큰지도 알아차리지 못한 채.

"그럼 저택과 고용인은 이쪽에서 준비하마."

스컬로의 의향을 확인한 오스왈드는 레티시엘 쪽으로 몸을 돌렸다. 오스왈드의 제안에 레티시엘은 천천히 고개를 가로저었다. 물론 저택의 준비에 대해서는 아니었다.

"배려는 매우 감사합니다만, 고용인은 준비해주지 않으셔도 괜찮습니다."

전생에서 어디에 던져져도 살아갈 수 있도록 가사일을 얼추 몸에 익힌 레티시엘에게는 솔직히 고용인은 필요 없었다.

"하나, 그래서는 네 생활은 어찌하려는 것이냐?"

"그 건에 관해, 제 방자함을 들어주실 수 있으시다면 현재 공작가에서 일하고 있는 루빅과 니콜이라는 두 고용인을 데리고 가고 싶습니다. 그들이 있으면 충분합니다."

고용인은 필요 없었지만, 루빅과 니콜은 별개였다. 고용인으로서가 아니라, 종자나 동거인같은 존재로서 신뢰할 수 있는 사람을 곁에 두고 싶었다.

"그렇지만……."

"오히려 많은 고용인을 배치해봤자 연구에 방해가 될 뿐입니다."

당혹감을 드러내는 오스왈드에게 레티시엘은 딱 잘라서 말했다. 전란의 세상에서는 고용인을 많이 고용하는 사치는 왕족이라도 부릴 수 없었다. 때문에 레티시엘은 자신의 집에 타인이 사는 감각을 별로 좋아하지 않았다. 집이란 편안히 쉬기 위한 곳이건만, 왜 잘 알지도 못하는 고용인들에게 둘러싸여 신경을 쓰면서 살아야 하는 것인가.

하고 싶은 대로 행동하는 자유로운 성격에 마이페이스. 거기에 더해 스스로 가사 전반을 해낼 수 있는 레티시엘에겐, 그들에겐 미안한 말이지만 대인원의 고용인은 그저 방해일 뿐이었다. 끝까지 고용인을 거절하는 레티시엘의 태도에 오스왈드는 또다시 공작을 바라보았다.

"스컬로. 도로셀 양은 저렇게 말을 하네만, 그대는 그래도 상관없는가?"

"예. 물론 상관없습니다."

이번에도 스컬로는 즉답했다. 아마도 16년 만에 겨우 레티시엘을 집에서 쫓아낼 수 있게 되었으니 그깟 고용인 한두

명 내어주는 것 정도, 대단한 일은 아닌 것이리라.

"음. 알았네. 그럼 저택 건도 연구기관의 건도 시급히 수배 시키도록 하지."

"잘 부탁드립니다."

이렇게 레티시엘과 오스왈드의 대담은 쌍방의 이해가 일치한 원만한 형태로 끝을 맞이했다.

"오늘은 일부러 왕성까지 발걸음을 하게 해 미안했다. 너와는 또 기회가 있다면 이야기를 하고 싶구나."

"분에 넘치는 영광입니다."

"왕성 밖까지 배웅을 하라 이르겠다."

"아니오, 그러실 필요는 없습니다. 그럼, 실례하겠습니다."

오스왈드에게 깊이 고개를 숙이고, 레티시엘은 시원시원한 태도로 응접실을 나왔다. 뒤에서 스컬로가 걸어오는 소리가 들려왔지만, 딱히 괘념치 않았다.

솔직히 말하면 전이마법을 써서 얼른 집에 돌아가고 싶은 마음이었다. 그러나 왕성에는 다른 사람의 눈도 많았고, 뭣보다 스컬로가 있었다. 그에게 목격당해 이야기를 복잡하게 만들고 싶지는 않았기 때문에, 레티시엘은 왔을 때처럼 얌전히 마차로 돌아가기로 했다.

***

"……그런 연유로, 두 사람은 나와 같이 새로운 저택으로 옮기게 됐어요."

"뭐가 「그런 연유」인지는 잘 모르겠습니다만……."

장소가 바뀌어, 공작가의 레티시엘의 방. 저택으로 돌아온 레티시엘은 중요한 부분은 모두 다 잘라먹고 난데없이 그렇게 말했다. 뜬금없이 그런 말을 꺼내는 주인의 태도에 니콜은 당혹스러워했고 루빅은 체념의 기운을 많이 포함한 표정을 짓고 있었다.

"저는 공작가라기보다는 아가씨를 모시고 있는 것이나 마찬가지인 몸입니다. 어디까지라도 따라가겠습니다."

그래도 루빅은 레티시엘의 말을 흔쾌히 받아들였다.

"저, 저는……."

그러나 니콜은 왠지 망설이는 것 같았다. 그러고 보면 니콜은 그녀의 가족들을 위해서 일자리를 잃을 수는 없다고 했던가.

"괜찮아요. 폐하께서 자금을 지급해주실 테니까 두 사람에게는 이곳에서 받던 것 이상의 임금을 지불할 거예요 이러니저러니 두 사람에게는 신세를 지고 있는 걸요."

"흐에?! 그, 그게 신경쓰인다는 걸 어떻게 아신 거죠?!"

"니콜의 어머니 이야기는 들었으니까요. 가족들을 신경

쓰는 게 아닐까, 했죠."

니콜은 여러모로 속마음이 얼굴에 잘 드러나는 구석이 있었다. 두 뺨에 손을 대고 어쩔 줄 몰라 하는 니콜의 모습을 바라보며 레티시엘은 쓴웃음을 지었다.

"저는 임금의 많고 적음은 신경 쓰지 않습니다. 아가씨의 옆에 두시는 것만으로도 충분합니다."

"어머, 안 돼요 루빅. 그 마음은 기쁘지만, 그래서는 내가 납득할 수 없어요."

분명 루빅에게는 처음부터 계속 신세를 지고 있었다. 그런 그를 거의 공짜나 다름없는 임금으로 부려먹는 것은 레티시엘이 용납할 수 없었다. 그들이 레티시엘을 잘 돌봐주기 때문에, 한층 더 그에 상응하는 보답과 보수를 돌려줘야 했다.

"저, 저기! 저도 같이 가겠습니다! 저도 아가씨의 전속시녀니까요!"

태클을 걸면서도 함께 가겠다는 루빅과 순수하게 레티시엘을 따르는 니콜. 그런 신뢰할 수 있는 두 고용인에게 레티시엘은 작게 미소를 지었다.

"고마워요, 두 사람 모두."

"하지만, 저택을 옮기신다는 건 이곳의 드레스룸은 정리하게 되는 걸까요……? 아가씨를 꾸며드리지 못하게 되다니……."

"……응? 잠깐만요, 니콜. 한탄할 포인트가 그곳인가요?"

레티시엘에게는 드레스룸에 잠들어 있는 대량의 드레스나 장신구를 잘 어울리게 걸칠 자신은 없었다. 그래서 저택을 나갈 때, 드레스룸의 물건들을 어느 정도는 정리하려고 생각하고 있었다.

"어떻게 하죠? 아가씨는 아직 더 보석처럼 빛나실 수 있는데, 그 아름다움을 끌어낼 수 없게 되는 건 너무나도 지독한 일이에요!"

"……."

그러나 니콜이 이 세상이 끝난 것 같은 표정을 짓고 있는 것을 보니 왠지 참을 수가 없었다. 그래서 정리하지 않고 그대로 전부 갖고 가기로 했다.

"정말이신가요?! 드레스룸의 옷과 장신구들, 처분하지 않으시는 거죠?!"

"그, 그래요…… 뭐, 나는 어느 쪽이라도 상관없으니까……."

"고맙습니다! 아가씨! 저, 앞으로도 열심히 주위에 아가씨의 매력을 최대한 전할 수 있도록 전력을 다해 노력하겠습니다."

"으, 응……."

니콜의 빛나는 미소에 레티시엘은 혹시 스스로 무덤을 팠는지도 모르겠다고 생각하기도 했다. 그렇지만 니콜이 기쁜 것 같으니 그걸로 됐지, 라며 쓴웃음을 지었다.

***

"폐하. 정말 그것으로 괜찮으신 겁니까?"

도로셀과 스컬로가 돌아간 뒤, 달리 아무도 없는 응접실에서 시리우스는 복잡한 얼굴을 하면서 소파에 앉은 오스왈드에게 물었다.

"그래. 이 이상 없을 정도로 좋은 결과일세. 우선은 나도 그 소녀도 원하는 것을 손에 넣었으니 말이지."

팔짱을 끼고 등받이에 몸을 기대며 오스왈드는 망설이지 않고 그렇게 말했다. 그로서는 지금 이곳에서 얻을 수 있는 최대한의 이익을 얻었다고 생각하고 있었다.

"하오나……."

그러나 시리우스는 여전히 미간에 주름을 잡은 채였다.

"약간, 양보를 많이 해 주신 것은 아닙니까?

조금 비난하는 것 같은 어조의 시리우스의 말에 오스왈드는 길게 한숨을 내쉬면서 고개를 가로저었다. 분명히 국왕과 공작 영애라는 처지만 감안한다면, 이 알현은 오스왈드 쪽이 양보한 것이 될지도 몰랐다. 그러나 이 결과로 얻을 수 있는 이익은 그 소녀에게 건넨 것을 모두 다 합쳐도 남을 지경이었다.

"나는 이 나라의 발전에 필요한 일을 했다고 자부하네. 다소의 거래 따위 대단한 일이 아닐세. 오히려 앞으로의 일을 생각하면 사소한 일이네."

"그건 그럴지도 모르겠습니다만……."

"게다가, 내가 불이익을 당할 일은 없을 것이야. 극비 서류는 금서고…… 추밀원이 보관하고 있으니 아무 문제는 없겠지."

"……모두 폐하의 뜻대로 하십시오."

그다지 납득하지 못한 것일까, 시리우스의 목소리에는 마지못한 기색이 어려 있었다. 잠시 실내에 침묵이 유지되었다. 그러던 중 시리우스가 갑자기 입을 열었다.

"그런데, 폐하. 제1왕자 전하의 일은…… 어찌 하실 생각이십니까?"

시리우스가 무슨 말을 하는지 알 수 있었다. 오스왈드가 줄곧 미루고 있는 로시포드의 처벌에 대해서였다.

"로시포드는 어제부터 줄곧 제정신을 못 차리고 있네. 하나, 그것은 사고 뒤에 남은 결과일 뿐, 정상 참작의 이유는 되지 못하겠지……."

오스왈드는 한숨을 쉬었다. 로시포드는 아직도 정신에 이상을 보이고 있었다. 미친 듯이 날뛰다가도 갑자기 눈물을 흘리며 영문을 알 수 없는 소리를 중얼거리는 등, 상당히 불안정한 상태였기에 현재 자기 방에서 감시를 받고 있었다.

그러나 거의 대부분의 귀족들이 이 소동에 대해 아는 지금, 이번만큼은 완전히 감싸줄 수 없다는 점은 오스왈드도 이해하고 있었다. 도로셀과의 알현을 끝낸 지금, 오스왈드의 안에서는 약간 결심이 서 있었다. 오스왈드는 시리우스를 향해 의연하게 고했다.

“로시포드는 왕위계승권을 박탈한 뒤 니르반에서 추방하겠네. 증상이 완화된 뒤 루스 지방으로 보내, 그곳에서 생활하도록 명령할 것일세.”

오스왈드의 선고가 예상 밖이었는지 시리우스는 눈을 살짝 크게 떴다.

“폐하. 정말로 그걸로 괜찮으시겠습니까?”

“그래. 이것이 내 결론일세.”

언뜻 보기에는 냉혹한 처벌 같았지만, 로시포드를 지킨다는 의미에서도 이것이 최선책이었다. 계승권을 박탈하는 것으로 왕위쟁탈전의 위험에서 멀리 떼어놓을 수 있고, 왕도에서 멀리 떨어뜨려 놓는 것으로 귀족들의 눈에서도 벗어나게 할 수 있었다.

“본인에게 사정 청취를 하고 싶으나 의사도 포기한 저 증상으로는 짧은 시일에 나아지지는 않겠지. 일단은 어딘가 조용한 장소에서 요양을 시키고 낫는 대로 영지를 내리도록 하겠네.”

“……알았습니다. 그럼 그렇게 통고하겠나이다.”

루스 지방은 왕국의 북쪽 변경에 있는 왕가 직할 영지로, 눈에 띄는 산업도, 풍부한 자연도 없는 궁핍한 땅이었다. 그러나 사교계의 떠들썩함이나 차별과도 동떨어진 땅이었다. 로시포드에게는 하다못해 그곳에서 조용히 지내줬으면 했다. 그것이 왕인 오스왈드가 할 수 있는 최대한의 양보였다.

"하오나, 그렇게 된다면 다른 왕자 전하들을 국내로 불러들이실 필요가 있겠습니다만."

현재, 이 니르반에 있는 왕자는 로시포드 한 명뿐이었다. 제2왕자와 제3왕자는 함께 국외에 나가 있었는데, 로시포드의 계승권을 박탈한다면 둘 중 누군가를 불러들일 필요가 있었다. 왕위계승권자가 국내에 없다는 것은 오스왈드로서도 큰 문제였다.

"물론 그럴 생각이네. 시리우스, 바로 사자를 수배하도록."

"알았습니다."

국왕의 명령에 따라 재상이 퇴실했다. 혼자 남겨진 왕도 긴 한숨을 내쉬고는 자신의 집무실로 돌아가기 위해 자리에서 일어났다.

***

오스왈드와의 대담을 마친 다음 날도, 루크레치아 학원은 변함없이 휴교 상태였다.

"응……? 벌써 준비가 끝난 건가요?"

저택의 도서실에서 가져온 책을 자신의 방에서 읽고 있던 레티시엘은 루빅의 보고에 눈을 깜빡였다.

"예. 준비가 완료되었다고 방금 전에 국왕 폐하로부터 전언이 도착했습니다."

그것은 레티시엘이 바라던 새로운 저택의 수배가 끝났다는 보고였다. 집기를 반입하는 일이 남았기 때문에 저택으로 거처를 옮기는 것은 내일 이후가 될 것 같았지만, 그래도 그 소식에는 레티시엘도 놀라움을 감추지 못했다. 어쨌든 대담이 끝난 지 아직 하루밖에 지나지 않은 것이다.

"아무리 그래도 너무 빠른 것이 아닐까요? 대담을 마친 것이 겨우 어제인데 벌써 저택을 구하다니."

"놀라셨습니까?"

"아뇨, 놀랐다기보다…… 놀랐어요."

"그건 즉, 놀라셨다는 것이군요……."

물론 빠르면 빠를수록 고맙긴 했지만, 솔직히 레티시엘은 좀 더 시간이 걸릴 것이라고 생각하고 있었다.

"어쨌든, 알았어요. 고마워요."

레티시엘은 읽던 책을 테이블 위에 펼친 채로 내려놓고 자리에서 일어났다.

"아가씨? 뭘 하실 생각이십니까?"

"이사 준비예요. 폐하께 연락이 오는 대로 바로 이곳을 나갈 생각이에요."

전이는 한 번 가 본 장소에만 쓸 수 있었기 때문에, 새로운 저택을 알지 못하는 레티시엘은 도보 혹은 마차로 가는 수밖에 없었다. 게다가 레티시엘만이 아니라 루빅과 니콜도 함께 이사를 하니 그 나름대로 준비할 시간이 필요했다. 빨리 작업에 착수해둬서 손해 볼 것은 없었다.

"알았습니다. 그럼 저희도 짐을 정리해두도록 하겠습니다."

"예. 그렇게 해 줘요. 마차는 어떻게 할까요. 공작가에서 한 대 빌려갈까……."

"이사를 위한 짐마차라면 국왕 폐하께서 준비해주신다고 합니다."

"어머, 그거 다행이네요."

루빅과 이 뒤의 예정에 대한 이야기를 하고 있으려니, 쿵쾅쿵쾅 요란한 발소리가 가까이 다가오더니 노크도 하는 둥 마는 둥 방문을 열고 들어왔다.

"실례합니다, 아가씨! 늦어서 죄송합니다!"

들어온 것은 니콜이었다. 어지간히 서둘렀는지 머리카락은 조금 흐트러져 있었고, 치맛자락도 살짝 뒤집혀 있었다.

"니콜. 그렇게 허둥대지 않아도 괜찮아요."

"죄송합니다! 제 방에서 쉬고 있었더니 그대로 잠이 들어서……."

"신경 쓰지 않아요. 오히려 니콜은 늘 고생이 많은 것 같으니까 쉬고 있어도 괜찮답니다."

"그럴 수는 없습니다! 저는 아가씨의 전속시녀이니까, 늘 아가씨의 곁에 대기하고 있어야 해요!"

두 손의 주먹을 꽉 쥐고 상체를 앞으로 쑥 내밀며 기운차게 단언하는 니콜에게 레티시엘은 저도 모르게 쓴웃음을 짓고 말았다.

"아가씨. 정리를 시작하시겠습니까??"

"아뇨. 우선은 저녁 식사를 하죠. 짐 정리는 식사 후에 다시 생각해 보겠어요."

"알았습니다. 그럼 식사를 가져오겠습니다."

루빅이 방을 나가자, 레티시엘은 우선 짐의 대략적인 양을 파악하고자 방안을 여러 가지로 둘러보기 시작했다.

레티시엘의 방은 언뜻 보기에 귀족 영애의 방에 어울리게끔 현란하고 화려했지만, 그것은 주로 가구 덕분이었다. 새로운 저택에는 오스왈드가 가구를 모두 갖춰주었기 때문에 이곳의 가구는 가져가지 않았다.

때문에 레티시엘은 서랍 안이나 옷장 안, 책장 안쪽을 주로 둘러보았다. 수는 많았지만 제대로 활용되지 않아서 빈 서랍이 몇 개나 있는 가구도 많은 반면, 선반들은 그 나름대로 물건으로 채워져 있었다. 뭣보다, 짐 중에서 가장 많은 공간을 차지할 것 같은 것은 드레스룸의 드레스와 책장을 꽉꽉 채우고 있는 책이라고 생각하지만.

새삼 그 드레스룸을 보자 참으로 우스웠다. 도로셀을 미워하고 기피하면서도 그녀에게 안겨준 의상이나 장신구들.

그것들은 모두 『도로셀』의 상품 가치를 올리기 위한, 반쯤은 발버둥 같은 것이었던 것이리라.

"그러고 보니, 아가씨."

드레스가 죽 걸려있는 그 압도적인 광경을 바라보면서 니콜은 뭔가를 기억해낸 것처럼 레티시엘에게 말을 걸었다.

"뭔가요?"

"이 방에 있는 것들은 모두 가져가는 거죠?"

"그래요. 그게 어떻다는 거죠?"

"아뇨. 제가 말해놓고 이런 말을 하는 것도 뭣하지만……. 이만한 양의 짐을 어떻게 옮겨야 할까요?"

니콜의 걱정은 지당했다. 일반적으로는 드레스를 옮기는 것만으로도 큰 짐마차가 한 대는 필요했다. 그러나 이번 이사에서는 비록 국왕이 지원을 해준다고는 하나, 그렇게 대대적인 규모는 아니었다. 니콜의 의문에 레티시엘은 드레스를 세면서 대답했다.

"분명히 가방에 담아 옮기려면 상당한 양이 될 것 같지만, 거기에서는 마수…… 어흠, 마법도 함께 쓸 거예요."

하마터면 마술이라고 말할 뻔해서 레티시엘은 허둥지둥 헛기침으로 얼버무렸다. 니콜은 전속시녀가 된 지 얼마 되지 않아서, 그녀에게는 아직 마술에 대해 이야기하지 않았다.

"마법……말인가요?"

"그래요. 소형의 아공간을 만드는 마법이에요."

그렇게 말한 레티시엘은 손바닥 위에 작은 구체를 만들어냈다. 그것은 레티시엘이 마소의 연결을 바꾸어 만들어낸 아공간의 입구였다.

아공간이란, 지금 있는 이 세계와는 다른 차원에 있는 공간을 말했다. 생물을 수납하는 것은 불가능했지만, 물건이라면 술사의 능력과 공간의 규모가 허락하는 한 얼마든지 집어넣을 수 있었다.

이 아공간에 짐을 채우면 손으로 드는 것보다 훨씬 많은 짐을 옮길 수 있었다. 또 새 저택에 도착한 뒤에도 입구만 열면 내용물을 언제든지 꺼낼 수 있었다.

물론 아공간도 완벽한 술법은 아니었다. 그러나 이번 이사는 마차를 이용하게 될 터였다. 그것이라면 아공간을 사용해도 문제없이 짐을 나를 수 있었다.

"이 정도 짐이라면 전부 아공간에 들어갈 거예요. 입구는 나만 열 수 있고, 또 저쪽에 도착한 뒤에도 자유롭게 꺼낼 수 있어요."

"아, 예에……."

"다만, 공간을 너무 넓게 만들어도 술자의 연산능력에 부담을 주게 되니까, 적절한 크기에서 멈추는 것이 중요해요."

"오호……."

그렇게 설명을 해 보았지만, 니콜은 멍하니 대꾸할 뿐이었다. 그녀의 머리 위에서는 물음표가 난무하고 있었다.

'역시 갑자기 설명을 해줘도 이해할 수 없겠죠.'

또 기회가 있다면 제대로 가르쳐주자, 명백히 이해하지 못한 것 같은 니콜을 보며 레티시엘은 그렇게 생각하고는 아공간 마술의 설명을 끝냈다.

"……응. 역시 아가씨는 굉장한 분이시네요."

잔뜩 뜸을 들인 뒤, 니콜은 아예 생각과 태도를 바꾸기로 한 것인지 천연덕스럽게 그렇게 말하며 자신의 주인에게 의문과 존경이 섞인 시선을 보냈다. 하지만 당사자는 쓴웃음을 지을 뿐이었다.

"아가씨를 모신지 얼마 되지 않았지만, 저…… 세계는 넓다는 것을 실감했습니다!"

"그, 그래요. 뭔가 꽤나 장대한 도를 깨우쳤네요……."

"네!"

이론 그 자체는 이해하지 못했겠지만, 오히려 태도를 바꾸어 그렇게 역설해 보이는 니콜에게 내심 마음이 복잡해지는 것을 느끼며, 레티시엘은 드레스룸을 나왔다.

이삿짐을 정리하는 것은 내일이 되겠지만, 새삼스럽게 방을 둘러보자 벌써부터 조금 쓸쓸해졌다. 공작가에 애착은 없었지만, 레티시엘의 저택에서의 활동 장소는 주로 이 방이었기 때문인지 왠지 기분이 가라앉았다.

아공간 마술도 있으니 이사 준비에는 그렇게까지 애를 먹을 것 같지는 않았지만, 이 방에 있는 것 중에 어쩌면 기억을 되찾을 단서가 있을지도 몰랐다.

공부용 책상의 서랍을 열자, 그곳에는 손 때 묻은 펜과 잉크, 무엇에 썼던 것인지 알 수 없는 정체불명의 종이가 들어 있었다. 무엇이 기억과 이어질지 알 수 없었기 때문에, 추억이 깃든 물건이든 단순한 쓰레기든 모조리 새 저택으로 가져가 다시 정리하기로 했다.

이삿짐이 쓸데없이 늘어날 것 같군. 그렇게 생각하면서 레티시엘은 쓴웃음을 지었다. 마치 물건을 버리지 못하는 사람 같았다.

“내일 하루면 충분히 정리할 수 있겠네요. 니콜. 당신도 도와주겠어요?”

“예! 기꺼이 돕겠습니다!”

방을 한 차례 둘러보고 레티시엘이 다시 소파에 앉은 타이밍에 루빅이 저녁 식사를 실은 왜건을 밀면서 방으로 들어왔다.

“아가씨, 저녁을 가져왔습니다.”

“고마워요, 루빅.”

루빅이 요리가 담긴 접시를 테이블 위에 늘어놓았다. 우선은 저녁을 먹고, 그리고 준비에 착수하자.

***

다음 날. 그 전날 선언한 대로 레티시엘은 자기 방에서 이삿짐을 정리하고 있었다.

"아가씨! 이건 어떻게 할까요?"

"그건…… 똑같은 것이 이쪽에도 있으니까 버려도 상관없어요."

방 소파에 앉아 레티시엘은 레티시엘의 개인 물건을 분류하고 있었다. 두 사람 앞에는 분류가 끝난 물건들이 널려져 있었고, 바닥에는 대량의 책이 쌓여 있었다.

마술을 같이 쓰면 물건 정리도 훨씬 원활하게 진행됐겠지만, 애석하게도 니콜이 아침부터 짐 싸는 것을 돕겠다며 의욕적으로 움직이고 있었다. 그 마음을 저버리는 것도 미안해서 레티시엘은 결국 둘이서 조금씩 짐을 정리해나갔다.

"그런데 이렇게 보니 아가씨의 짐은 한쪽으로 편중돼 있네요."

작업을 하던 손을 늦추면서 니콜이 중얼거렸다. 분명히 레티시엘의 개인 물건은 양은 많았지만 그 대부분은 교양을 몸에 익히기 위한 서적과 쓸데없이 화려한 소품들로, 실제로 자신이 사용한 흔적이 있는 것이나 자기 자신의 기록 같은 것은 적었다. 있다고 하면, 몇 번이나 읽어서 낡고 해진 책 정도였다.

"그러네요. 하지만, 갖고 갈 수 있는 것은 모두 갖고 갈 테니 괜찮지 않을까요?"

"그것도 그렇지만요……."

한편, 레티시엘은 손을 멈추지 않고 빠릿빠릿하게 분류 작업을 계속하고 있었다. 틀림없이 공작가 사람들이 『도로셀』의 가치를 올리기 위해 닥치는 대로 놓고 간 것이겠지만, 사용할 수 있는 것은 모두 사용하기로 했다.

손에 들고 있던 작은 정리함을 이삿짐으로 분류해놓고 레티시엘은 일단 크게 기지개를 켰다. 줄곧 같은 자세로 앉아 있었더니 어깨가 결렸다.

"……?"

그때, 니콜이 어느 작은 공책을 책의 산 가장 위에 올려놓은 것이 보였다. 아침부터 몇 번이나 본 광경이었지만, 왜인지 레티시엘은 그 작은 공책에서 눈을 뗄 수 없었다.

'이건, 일기장……?'

방에 있는 책이나 메모장 같은 것들은 어쩌면 도로셀의 기억과 관계된 내용이 쓰여 있을지 몰랐기 때문에, 추억의 물건이라는 이유로 모두 새로운 저택으로 가져가겠다고 니콜에게 전해두었다.

그랬기에, 니콜이 일기를 이삿짐으로 분류한 것은 아무 문제가 없었다. 그러나 레티시엘은 처음 보았을 터인데도 그 일기장에서 어딘지 그리운 느낌을 받았다. 머릿속에서 뭔가가 고동치며 심장소리가 매우 묵직하게 고막을 두드렸다.

"그건 그렇다 치더라도, 이 대량의 책은 어떻게 할까요? 이대로 옮기면 공간을 너무 많이 차지할 테고 말이에요……."

난처하다는 투의 니콜의 목소리가 레티시엘의 의식을 현실로 되돌려놓았다. 그 목소리에 이끌려 레티시엘은 니콜의 시선을 좇았다. 그러자 그 끝에는 바닥에 쌓인 책의 산이 있었다.

"응? 아, 아아, 그렇죠. 책을 담을 만한 뭔가 커다란 물건이 있다면 옮길 수 있을 거예요."

사실 전부 아공간으로 옮길 수 있다면 좋겠지만, 아공간도 만능은 아니었다. 예를 든다면, 안에 집어넣을 수 있는 중량 제한이 있었다. 레티시엘의 아공간에는 이미 드레스룸에 있던 드레스와 장신구가 들어 있었다. 여기에 책도 집어넣는다면 틀림없이 다 들어가지 않을 터였다.

"분명히, 저택 창고에 쓰지 않게 된 트렁크가 있었을 거예요. 가져올게요!"

그렇게 말하기가 무섭게 니콜은 분주히 방을 나갔다. 방문이 닫히자, 레티시엘은 예의 일기를 바라보았다. 환기를 위해 열어둔 창문으로 바람이 불어 들어와, 팔락팔락하고 일기장의 페이지를 넘겼다. 레티시엘은 이삿짐을 정리하던 손을 일단 멈추고 손을 뻗어 일기장을 집어 들었다.

표지에 작게 꽃그림이 그려진 귀여운 일기장이었다. 크기도 작았고, 두께도 별로 두껍지 않았다. 일기장의 내용도 대충 살펴보았는데, 하루하루의 분량은 많지 않았지만 마지막 페이지까지 다 채워져 있었다.

일기장 표지의 오른쪽 구석에는 작고 희미한 글씨로 「도로셀」이라고 쓰여 있었다. 일기의 날짜는 10년 전. 6살짜리 어린아이의 것이라고는 생각되지 않는 정갈한 글씨로 그날그날의 일이 적혀 있었다.

『○월×일

오늘도 어머니에게 혼났습니다. 눈에 거슬린다고 합니다. 그런 말을 들어도 저는 아무것도 할 수 없습니다. 어떻게 하면 될까?』

『○월×일

처음으로 자수를 놓았습니다! 처음이기 때문에 잘 할 수는 없었지만, 앞으로 많이 연습하면, 그때에는 예쁜 꽃을 수놓을 수 있을 겁니다.』

『○월×일

또 혼나고 말았습니다. 이번에는 아버님께입니다. 제 노력이 부족한 것일까요? 그렇다면 더욱 열심히 해야겠습니다.』

『○월×일

다과회가 열린다고 합니다. 하지만 저는 참가하는 것을 허락받지 못했습니다. 다들 크리스타와 같이 놀면서 즐거워 보였습니다. 저도 같이 놀고 싶었습니다.』

일기에는 부모님과 형제들에 대한 마음과 의문, 새로운 것을 할 수 있게 된 기쁨 등, 어린아이의 솔직한 감정과 바람이 나열되어 있었다. 문장의 표현이나 내용으로 보건대, 이때의 도로셀은 솔직하고 순박한 어린아이였던 것 같았다.

그러나 레티시엘이 눈을 뜬 시점에서의 도로셀의 평가는 마력을 갖고 있지 않을 뿐 아니라, 쉽게 짜증을 내는 성격이 안 좋은 영애, 였다. 대체 무엇이 원인이었던 것일까. 「도로셀」의 몸에 무슨 일이 일어났던 것일까.

『……싫어! 그만 둬!』

갑자기 어린 소녀의 목소리가 머릿속에 울려 퍼졌다. 귀로 들리는 것이 아니라, 안쪽에서부터 말을 걸어오는 것 같은, 그런 목소리였다.

"……!"

레티시엘은 놀라서 손에 들고 있던 일기장을 떨어뜨렸다. 일기장이 바닥에 떨어지며 팔락 하고 아무렇게나 펼쳐졌다.

다음 순간, 관자놀이에 따끔한 통증이 내달리고 머릿속에 하얀 빛이 번쩍이면서 알지 못하는 광경이 머릿속을 마구 뛰어다녔다. 두 어린 소녀만이 비치고, 주위의 풍경은 모두 회색으로 물들어 있었다.

마치 인물만을 똑 잘라낸 것 같은 풍경 속에서 두 소녀는 똑같이 눈을 크게 뜨고 서로의 얼굴을 바라보고 있었다. 핑크블론드의 소녀는 땅바닥에 주저앉아 있었고, 은발의 소녀는 충격을 받은 것인지 선 채로 꼼짝도 하지 않았다.

핑크블론드 소녀의 왼팔 위쪽에는 작게 베인 상처가 나 있었다. 은발의 소녀는 떨리는 손을 뻗으려고 했으나, 곧 양손으로 자신의 얼굴을 덮으며 괴로운 듯이 그 자리에 주저앉았다.

『언니! 왜 그래?!』

또다시 풍경이 하얀 빛에 감싸이고, 정신을 차리니 이번에는 자신의 방을 위에서 내려다보고 있었다. 지금 레티시엘이 지내는 방과 똑같은 구조였지만, 최소한의 가구밖에 놓여있지 않은 살풍경한 방이었다.

눈에 비친 방은 여기저기에 작은 물건들과 도구, 천과 종이가 어지러이 흩어져 있었다. 난잡하게 어지럽혀진 방 한가운데에서 은발의 소녀가 작은 두 손으로 자신의 몸을 끌어안은 채 어깨로 크게 숨을 몰아쉬고 있었고, 세 사람의 어른이 그녀를 둘러싸고 있었다.

그들은 마치 괴물이라도 보는 것 같은 경악과 공포에 가득 찬 눈으로 소녀를 보고 있었다. 세 사람은 제각기 무슨 말인가를 하고 있었다. 그러나 그 목소리는 레티시엘에게는 와 닿지 않았다.

또다시 빛이 작렬하는가 싶더니, 지금까지 보고 있던 풍경은 처음 나타났을 때처럼 빛과 함께 사라졌다.

"……뭐, 지……?"

레티시엘은 작게 중얼거리면서 가만히 이마에 손을 갖다 대었다. 그 이마에는 희미하게 식은땀이 배어나와 있었다.

방금 전의 광경과 목소리는, 객관적으로 지켜보고 있었음에도 어딘가 반가웠다. 도로셀의 기억일지도 몰랐지만, 그 이상은 떠올릴 수 없었다. 이것이 언제 있던 일인지, 왜 이렇게 됐는지, 이 소녀는 어떤 마음이었는지조차도.

안개가 낀 무언가가 머릿속을 빙글빙글 맴돌았다. 레티시엘은 지친 듯 후우 숨을 내뱉고는 바닥에 떨어진 일기장에 시선을 향했다.

"……응?"

몸을 숙여 다시 한 번 일기장을 주워든 레티시엘은, 펼쳐진 페이지에 봉투 하나가 끼어있는 것을 알아차렸다.

이렇게 낡은 일기장에 소중하게 끼워져 있는 걸을 볼 때, 꽤나 귀중한 것인 것 같았다. 레티시엘은 봉투를 빼낸 뒤 일기장은 원래대로 닫고, 봉투의 알맹이를 꺼냈다.

『도로시에게.

어제는 무척 즐거웠어! 또 같이 놀자!

알렉이.』

봉투 안에는 작은 편지지가 한 장 들어있었고, 그것에는 어린 필체로 간결한 말이 적혀 있었다.

'……이건?'

편지지 가장 끝에 쓰인 이름에 레티시엘은 고개를 모로 꼬았다. 알렉이라는 인물은 대체 누구를 말하는 것일까.

별 생각 없이 편지지를 뒤집어보았지만 뒤쪽은 그냥 백지였다. 도로시라는 건 분명히 도로셀의 애칭일 테지만, 그 아이는 도로셀에게 무엇이었던 것일까. 애초에, 어디의 누구인가.

똑똑.

이런저런 생각을 하고 있으려니, 누군가가 방문을 노크했다. 지금은 계속 생각해도 이 이상의 일은 떠올릴 수 있을 것 같지 않았다. 레티시엘은 일단 생각하는 것을 중단하기로 했다.

"들어와요."

"실례합니다."

레티시엘이 대답을 하자, 문이 열리고 루빅이 티세트가 담긴 쟁반을 들고 들어왔다.

"차를 가져왔습니다. 잠시 쉬시는 게 어떠신가요."

"그러네요. 확실히 조금 피곤하긴 했어요."

루빅이 컵에 홍차를 따라 레티시엘에게 건넸다. 방안에 불어 들어온 평온한 바람이 홍차에서 피어오르는 김을 가볍게 흔들었다.

“아가씨. 피곤하시면 홍차에 설탕을 넣으시면 어떠십니까? 달콤한 것은 피로에 잘 듣는다고 한답니다.”

“으음……. 아뇨, 이대로도 충분해요.”

“그러신가요. 하긴 아가씨는 예전부터 스트레이트로 드시는 걸 좋아하셨죠.”

루빅이 그렇게 말하며 반갑다는 듯이 웃었다. 레티시엘은 쟁반에 놓인 설탕종지를 보았다. 아무래도 도로셀도 스트레이트 파(派)였던 모양이었다.

“니콜과 같이 계시는 것이 아니었습니까?”

“니콜은 창고에 트렁크를 가지러 갔어요.”

문득, 다 마신 찻잔을 테이블 위에 올려놓고 소파에 두 손을 내려놓은 레티시엘의 손가락 끝에 뭔가가 닿았다. 방금 전까지 손에 들고 있던 그 일기장이었다.

“……있죠, 루빅.”

자신의 발끝을 의미도 없이 내려다보면서 레티시엘은 작게 중얼거렸다.

“예. 왜 그러십니까?”

“알렉이라는 이름에 뭔가 짚이는 것이 없나요?”

편지에서 발견한 이름에 대해 레티시엘은 루빅에게 물었다. 루빅은 오랫동안 도로셀의 전속집사로 그녀를 모시고 있었으니까 뭔가 알지 않을까 생각했던 것이다.

"알렉……인가요?"

"예. 옛날 일기에 그 아이가 보내온 편지가 끼어 있었어요."

그렇게 말하고 레티시엘은 루빅에게 봉투를 보여주었다. 루빅은 레티시엘의 손에서 편지를 받아들더니, 조심스럽게 안에 든 종이를 꺼내서는 신중하게 그것을 펼쳤다.

"들은 적이 없는 이름입니다…… 도움이 되지 못해 죄송합니다."

루빅은 잠시 편지에 쓰인 문장을 물끄러미 읽었지만, 이윽고 그것을 봉투에 집어넣고는 고개를 가로저으며 레티시엘에게 봉투를 되돌려 주었다.

"그래요. 신경 쓰지 않아도 돼요. 좀 물어본 것뿐이니까."

"죄송합니다. 제가 아가씨를 모시기 시작한 것은 아가씨가 여섯 살이셨던 무렵이니, 어쩌면 그 이전에 알게 되신 친구분일지도 모르겠습니다."

그렇게 오래 전부터 루빅은 도로셀을 모시고 있던 건가. 레티시엘은 편지를 원래대로 일기장에 되돌려놓으면서 얼굴에는 드러내지 않고 내심 그렇게 생각했다.

그러나 도로셀에 대해 가장 잘 안다고 할 수 있는 루빅도 알렉을 모른다면, 지금으로서는 그 인물의 정체는 알 수 없을 것이다. 애초에 『알렉』이라는 이름 이외에 아무 정보가 없으니, 이 이름의 주인이 여자인지 남자인지도 짐작이 가지 않았다.

"편지에 쓰인 편지지나 봉투는 상당히 고급품인 것 같습니다. 어딘가의 귀족가의 영식이나 영애가 아니실런지요."

"루빅. 편지지의 질에 대해 잘 아나요?"

"저택에서 사용하던 종이와 질감이 비슷한 것 같아 그런 생각이 들었습니다. 저택에서 사용하는 종이는 상질의 물건인 것이 대부분이니까요."

"그렇군요……."

대꾸를 하면서 레티시엘은 영차 하고 소파에서 일어나, 열어젖혀놓은 창문 앞에 서서 두 팔을 크게 벌렸다. 얼굴에 와 닿는 바람은 살짝 따뜻했고, 초여름의 풀 냄새가 났다.

"……어머?"

창틀에 턱을 괴고 멍하니 1층의 정원을 바라보던 레티시엘은 창문에 가까운 화단 중에서 가장 안쪽에 있는 것의 흙이 그대로 드러나 있는 것을 알아차렸다.

레티시엘의 기억이 잘못되지 않았다면, 일주일 전에는 저 화단에 하얀 카네이션이 심어져 있었다. 하지만 지금은 옅은 분홍색의 잘 알 수 없는 꽃이 두 송이 정도 피어있을 뿐, 그 외에는 아무것도 심어져 있지 않았다.

"루빅. 저 부자연스럽게 빈 화단은 뭐죠? 뭔가의 꽃이 몇 송이만 피어있는 것 같은데요."

"……정말이군요. 새로운 꽃이라도 들여온 것일까요?"

루빅도 레티시엘의 옆에 서서 정원을 내려다보면서 고개

를 갸우뚱했다. 좀 더 가까이에서 꽃을 보고자 레티시엘은 정원으로 내려가기로 했다.

"아, 아가씨."

레티시엘이 정원에 도착하자, 마침 커다란 물뿌리개를 손에 든 클라우드가 눈앞을 지나가는 참이었다. 이쪽을 알아차린 클라우드는 몇 걸음 더 나아간 앞에서 걸음을 멈추고 서둘러 U턴을 해 되돌아왔다.

"오늘은 정원에 무슨 볼일이십니까?"

"아뇨. 저쪽의 화단에 낯선 꽃이 피어있기에 무슨 꽃인지 물어보려고요."

레티시엘은 예의 화단을 가리키며 말했다. 클라우드도 그 화단에 눈을 주더니, 「아아. 저것 말입니까」라고 말하면서 설명을 해주었다.

"저것은 룬의 꽃이라는 북쪽 나라에서 피는 꽃입니다. 채취가 어려운 탓에 플라티나 왕국에서는 유통량이 많지 않아서 귀족 사이에서는 인기가 높죠."

"흐응. 그렇군요."

레티시엘은 룬의 꽃이 심어진 화단 앞으로 걸어가, 손을 뻗어 그 연분홍색의 꽃잎을 만져보았다. 촉감은 장미꽃과 비슷했지만, 매우 부드러웠다. 힘을 주면 바로 찌부러질 것 같았다.

"그러고 보니, 아가씨는 폐하께 교외에 새로운 저택을 하사받으셨다고 들었습니다만."

레티시엘이 룬의 꽃을 이리저리 관찰하고 있으려니, 클라우드가 문득 그런 얘기를 꺼냈다.

"어머, 클라우드도 알고 있었나요?"

"고용인들 사이에서 소문이 자자하니까요."

"그렇군요. 내일까지는 짐을 모두 정리할 생각이에요."

레티시엘은 클라우드에게 저택을 하사받은 일, 내일 준비가 끝나는 대로 새 집으로 이사할 것이라는 사실을 전했다.

"그러신가요…… 아가씨, 이 저택을 나가시는군요."

"예. 나 자신도 그걸 바라고, 아마도 공작님과 다른 사람들도 그것을 원할 거라고 생각해요."

이 저택에는 루빅이나 니콜, 클라우드처럼 레티시엘에게 잘 대해 준 사람들도 있었지만, 그보다는 공작 일가와의 사이처럼 성가신 관계인 쪽이 더 많았다. 때문에 이곳을 나간다는 결단에 대해 후회는 없었다.

"하지만, 이제 이 정원을 보지 못하게 되는 건 조금 아쉽네요."

바람에 몸을 맡기고 흔들리는 꽃을 매만지면서 레티시엘은 그렇게 중얼거렸다. 이 저택에서 레티시엘의 즐거움은 자기 방에서 책을 읽는 일, 창문에서 정원을 바라보는 일, 실제로 정원에 발걸음을 해서 산책하는 일. 이 세 가지였다. 그랬기에 이 정원은 그녀에게 꽤 특별한 장소였다.

"아가씨가 아쉬워하시는 것처럼 꽃들도 아쉬울 겁니다."

클라우드가 그렇게 말하고 눈을 내리깔았다. 그런 레티시엘과 클라우드의 모습을 곁에서 지켜보던 루빅은 조금 주저하는 듯 조심스러운 어조로 클라우드에게 말을 걸었다.

"클라우드. 나는 아가씨와 함께 새 저택으로 옮겨갑니다만, 당신도 같이 가지 않겠습니까?"

루빅의 제안에 클라우드는 살짝 눈을 크게 떴다. 갑작스럽기는 했지만, 레티시엘도 그래도 상관없다고 생각했다. 이러니저러니 해도 클라우드는 공작가에서의 많지 않은 그녀의 아군이었고, 여러모로 신세를 졌으니까. 그러나 클라우드는 조용히 고개를 가로저었다.

"아니, 마음은 고맙지만, 우리 집은 아버지 때부터 줄곧 피리아레기스 공작 가의 정원사로 종사했어. 나 자신도 선대 공작님 때부터 이곳에서 일을 했고, 지금은 하물며 정원사장이지. 나를 의지하는 정원사들도 많으니까, 아직은 이곳에서 일을 하겠어."

"그런가요…… 클라우드의 인생이니 어쩔 수 없지요."

"뭐, 두 번 다시 만날 수 없게 되는 것도 아니잖아. 괜찮다면 다음번에 또 같이 술이나 한 잔 하러 가겠어?"

"그리운 얘기군요. 옛날에는 자주 당신 방에서 함께 술을 마셨지요."

루빅과 클라우드가 옛날의 추억담으로 대화의 꽃을 피우

는 모습을 레티시엘은 룬의 꽃이 심어진 화단 앞에 웅그리고 앉은 채로 물끄러미 지켜보았다. 클라우드와 루빅이 사이가 좋은 친구라는 것은 알고 있었지만, 대체 언제부터 알고 지냈던 것일까.

"있죠, 클라우드와 루빅은 알고 지낸지 오래 됐나요?"

레티시엘의 그 질문이 뜻밖이었던 것일까. 클라우드와 루빅은 서로의 얼굴을 마주보았다. 그러다가 루빅이 곧 두 사람의 첫 만남에 대해 이야기를 해 주었다.

"예. 제가 아가씨를 막 모시기 시작한 무렵부터 알고 지냈습니다."

그의 말에 따르면, 루빅이 저택에 온 지 얼마 안 되었을 무렵, 어디서 굴러먹던 건지 모를 평민 집사라는 점도 있어서 저택에서 꽤나 주눅이 들어 있었던 모양이다. 그런 가운데, 당시에는 아직 보통의 정원사였던 클라우드가 루빅을 많이 돌봐주었다고 했다.

"그 무렵에는 클라우드의 아버지가 공작가의 정원사장이었고, 클라우드도 여러 집에 걸쳐 정원사 일을 하고 있어서 공작가의 전속이 아니었습니다."

"전속이 아니어도 정원사를 할 수 있는 거군요."

"예. 그래서 저택에 없을 때도 많았습니다만, 저택에서 일하는 다른 지인에게 부탁해 제게 집사 일을 가르쳐 주기도 했지요. 정말로 신세를 지기만 했습니다."

"그랬군요……. 그럼 루빅이 우수한 집사가 될 수 있던 것도 클라우드 덕분인 거군요."

레티시엘은 농담하듯이 그렇게 말하자, 루빅은 조금 부끄럽다는 듯이 시선을 돌렸다. 그것은 본 클라우드는 왠지 히죽히죽 웃었다.

그 뒤, 레티시엘은 잠시 정원의 꽃에 대해 클라우드에게 여러 가지 이야기를 들었다. 계절이 여름으로 바뀌면서 정원의 꽃도 모습이 바뀌어 있었다. 정원은 다시 레티시엘이 모르는 모습이 되어 있었다.

얼마나 시간이 흘렀을까. 마침 정원을 한 바퀴 다 돌아본 참에 레티시엘은 질문을 일단락 짓고 방으로 돌아가기로 했다.

"그러고 보니, 클라우드. 알렉이라는 사람을 아나요?"

정원을 떠날 때, 불현듯 떠오른 것처럼 레티시엘은 클라우드에게 물었다. 루빅보다 오래 이 저택에서 일했다면, 어쩌면 알렉에 대해서도 알지 않을까 생각했던 것이다.

"그건, 아가씨의 친구 분이십니까?"

"예. 그런…… 것 같아요."

기억이 없었기 때문에 자신이 없어서 레티시엘은 말꼬리를 흐렸다. 하지만 클라우드는 그것을 알아차리지 못하고 턱에 손을 대고 생각에 잠겼다.

"모르겠네요…… 저도 여러 저택을 전전하느라 아가씨의 교우관계에 대해서는 거의 알지 못해서 말입니다."

"그렇군요…… 알았어요. 고마워요."

"클라우드 씨! 정원사장님! 잠깐 와 주시겠어요?!"

정원 건너편에서 작업 중이던 정원사가 클라우드를 부르는 목소리가 들려왔다.

"곧 가겠네! 죄송합니다, 아가씨. 한 발 먼저 실례하겠습니다."

"그래요. 일하는데 방해해서 미안해요."

클라우드는 고개를 꾸벅 숙이고는 종종걸음으로 정원사 쪽으로 향했다. 그것을 지켜본 뒤, 레티시엘은 루빅과 함께 방으로 돌아왔다.

2장 탐구자 일족

창밖에서 들려오는 작은 새의 지저귐에 레티시엘은 졸린 듯이 눈을 비비면서 침대에서 몸을 일으켰다. 왕과의 교섭이 끝나고 얼마 뒤. 새로운 저택으로 이사한지도 며칠이 지났다.

눈부신 아침 햇살이 방안으로 쏟아져 들어와서 레티시엘은 눈을 살짝 가늘게 떴다. 전생에서부터 원래 숙면과는 인연이 없는 생활을 보냈는데, 거기에 잠자리가 바뀐 것도 있어서 간만에 잠이 얕아졌다.

"……조금 늦잠을 잔 것 같네."

커튼 사이로 떠오르는 아침 해가 평소보다 높은 위치에서 그녀가 보기 드물게 늦잠을 잤다는 사실을 알려주고 있었다. 역시 어제 밤중에 물을 마시러 다녀왔다가 잠이 깨버린 것이 안 좋았던 것이리라.

오스왈드가 준비해 준 저택은 조촐하고 차분한 분위기의 2층 건물이었다. 왕도의 중심부에서는 마차로 약 15분 정도 걸리는 곳에 위치했으며 넓이는 공작가의 약 1/3 정도. 게다가 크지는 않아도 정원도 딸려 있는, 그야말로 눈을 의심할 정도의 좋은 곳이었다.

레티시엘의 새로운 방은 공작저택에 있던 방보다 한결 작았지만, 드레스룸과 욕실이 딸려 있는 등 구조적으로는 원래 있던 방과 크게 다르지 않았다. 레티시엘은 침대 옆 나이트테이블에 개켜놓았던 갈아입을 옷을 들고 욕실로 향했다.

여름이 가까워져 점점 기온이 높아졌기 때문에 자는 사이에 땀을 흘리는 일이 점점 흔한 일이 되어가고 있었다. 그래서 레티시엘은 자면서 흘린 땀을 씻어내기 위해 아침에는 늘 가볍게 목욕을 하고 있었다.

"안녕하세요, 아가씨. 일어나셨나요?"

마침 욕실의 문을 연 타이밍에 니콜의 목소리와 노크 소리가 방밖에서 들려왔다.

"들어와요. 일어났어요."

레티시엘이 대답을 하자, 니콜이 방으로 들어왔다. 그리고 욕실로 향하던 레티시엘을 보고는 눈을 동그랗게 떴다.

"아가씨. 혼자서 목욕을 하시는 건가요?"

"예에. 그런데요……."

"혹시, 늘 몸을 씻기만 하고 바로 나오시는 건가요?"

"그, 그래요."

"그럼 안 되세요, 아가씨! 그렇게 짧은 시간의 목욕으로는 몸의 피로가 풀리지 않아요!"

"……예?"

"목욕을 하신다면, 아가씨의 평상시의 피로도 함께 털어

낼 수 있도록 긴장을 풀고 느긋하게 있을 수 있는 환경이 필요합니다! 바로 준비하겠으니 기다려 주세요!"

"……예에?"

말을 끝내기 무섭게, 니콜은 방을 뛰쳐나갔다. 그리고 멍하니 서 있는 레티시엘의 앞을 몇 번이나 왕복하면서, 때로는 기세 좋게 넘어지기도 하면서 부지런히 목욕 준비를 갖췄다.

평소에는 일찍 일어나기 때문에 니콜이나 루빅이 오기 전에는 목욕을 마쳤는데, 오늘은 늦잠을 자는 바람에 니콜에게 붙잡히고 말았다.

"아가씨, 오래 기다리셨습니다! 목욕 준비가 다 됐습니다!"

아침부터 이렇게 본격적인 목욕이 필요한 것인가. 레티시엘은 그렇게 태클을 걸려다가 그 말을 그대로 목 안으로 삼켜버렸다. 모처럼 니콜이 준비를 해 줬는데, 그것을 헛되게 하는 것도 미안했다.

"아가씨. 물 온도는 어떠신가요?"

"딱 좋아요."

그리고 지금, 레티시엘은 하얀 김이 피어오르는 욕조에 목까지 담그고 있었다. 니콜은 그 뒤에 서서, 레티시엘의 은발에 향유를 발랐다.

이 시대의 목욕이란 욕조라고 하는 커다란 용기에 뜨거운 물을 붓고 찬물로 식혀서 그곳에 몸을 담그는 것이었다. 사람에 따라서는 수면에 꽃잎을 뿌려 꽃 목욕을 하는 사람도 있다든가 뭐라든가.

두 달이 지난 지금은 이제 익숙해졌지만, 뜨거운 물에 몸을 담그는 방식은 레티시엘에게는 상당한 문화 충격이었다. 천 년 전에는 증기욕이 일반적이었기에, 처음에 욕실을 봤을 때에는 이게 뭔가 싶기도 했고 물에 몸을 담그며 가볍게 감동하기도 했다.

"……어머?"

니콜이 시중을 들어준 것도 있어서 레티시엘은 눈 깜짝할 사이에 한차례 몸을 씻어내고 욕조에서 나왔다. 그 등에 니콜이 바로 목욕수건을 덮어주었는데, 뭔가를 발견했는지 놀란 소리를 냈다.

"니콜? 왜 그러죠?"

"아, 그게…… 아가씨 등에 이런 반점이 있는지 몰라서……."

니콜의 지적에 레티시엘은 고개를 틀어서 등 뒤를 들여다보려고 했다. 그렇지만 당연하게도 자신의 등은 보이지 않았다.

"반점? 그런 게 있나요?"

"예. 등 한 가운데…… 심장이 있는 위치에 특이한 모양의 반점이 있어요."

뭘까요. 그렇게 말하면서도 니콜은 반점에 대해서는 그 이상 묻지 않았다. 때문에 그 반점이 어떤 형태를 하고 있는

지 레티시엘은 알 수 없었다. 그러나 전생에 심장을 꿰뚫어 자살했었다는 사실을 떠올리고 레티시엘은 눈썹을 모았다.

물론 레티시엘과 도로셀의 육체는 완전히 별개의 것이니 이 반점도 단순한 우연일 터였다. 레티시엘은 자신의 마음을 진정시키기 위해 두 손으로 욕조의 물을 떠올려 자신의 얼굴에 뿌렸다. 따뜻한 물의 온기가 스며드는 것 같아서 영 개운치 않았던 마음이 조금은 풀린 것 같은 느낌이 들었다.

느긋하게 목욕을 끝내고, 레티시엘은 옷을 갈아입고 방으로 돌아왔다. 머리카락은 여느 때처럼 따뜻한 바람을 사용해 스스로 말렸다.

"몸도 개운해졌으니 아침 식사를 하죠. 뭔가 만들어 와도 될까요?"

"예?! 아뇨아뇨, 괜찮습니다! 괜찮아요! 제가 만들 테니! 아가씨는 식당에서 기다려 주세요!!"

"그, 그래요……?"

새로운 저택에는 레티시엘의 요청에 따라 루빅과 니콜 이외에는 고용인이 없었다. 당연히 주방장도 없어서, 이사를 온 첫날부터 레티시엘은 몇 번인가 요리를 하고 싶다고 말을 했다. 그런데 왜인지 매번 거부 당했다.

이유는 알 수 없었으나 전력으로 거부당한 레티시엘은 약간 주눅이 들어서는 마지못해 주방으로 향하는 니콜을 배웅했다. 요리 정도는 전생에서도 늘 해서 익숙한데 말이지…….

***

오스왈드의 교섭이 끝난 지도 벌써 보름이 지났다. 이날부터 겨우 루크레치아 학원은 수업을 재개했다.

레티시엘은 평소처럼 니콜의 도움을 받아 몸단장을 마치고 마차에 올라 학원으로 향했다. 최근에는 매일 아침 니콜이 화려하게 치장을 해 준 탓에, 레티시엘은 교복 차림이 몹시 편하다고 생각하게 되었다.

아침의 본관 홀은 많은 학생들로 북적거렸으나 괴물 소동도 있었던 탓인지 다들 어딘가 불안한 표정을 보이고 있었다. 그 중에는 힐끔힐끔 레티시엘을 쳐다보는 사람도 있었지만, 레티시엘은 그 시선을 전부 무시하고 똑바로 홀을 빠져나갔다.

"으잉? 오오, 도로셀 님이시구만. 오랜만이십니다 그려."

레티시엘이 대도서실에 발을 들여놓자, 접수대에 오도카니 얼굴을 내밀고 있던 데이비드가 가볍게 손을 들었다.

"안녕하세요, 데이비드 씨. 오랜만이에요."

"어디 보자, 보름만인가? 휴교 기간 중에는 어찌 지내셨습니까요?"

"딱히 별다른 일 없이 느긋하게 지냈습니다. 하지만, 대도서실에 오지 못했던 만큼, 읽을 수 있는 책이 적어서 조금

지루했네요."

"홋홋홋. 그럼 마음껏 읽다 가시지요."

"예. 그렇게 하겠습니다."

데이비드와의 잡담도 대충 끝내고 레티시엘은 곧바로 책장에서 책을 고르기 시작했다. 학교가 쉬는 사이, 레티시엘은 새로운 저택에서 대부분의 시간을 보냈다. 그동안 지참품 중에는 새로운 책도 없었고, 정원도 아직 정비되지 않아서 남아도는 시간을 주체하지 못했다.

레티시엘은 평소처럼 강화마술을 걸고 신이 나서 책을 펼쳤다. 그리고 집에서 그냥 흘려보냈던 시간을 되찾으려는 것처럼 고속으로 독서를 개시했다.

"허어. 당신이 이 시간에 이곳에 오다니 별일이십니다그려."

마침 여섯 권정도의 책을 독파했을 무렵, 문득 귀에 날아든 데이비드의 목소리에 레티시엘의 집중력이 끊겼다. 레티시엘은 반사적으로 시계를 올려보았다. 레티시엘이 대도서실에 오고 나서 아직 두 시간 정도밖에 지나지 않았다.

"아아. 이 시간이라면 도로셀도 여기 있지 않을까 해서 말이지."

이어서 들려온 귀에 익은 목소리에, 레티시엘은 책에서 시선을 들고 대도서실의 입구 쪽을 바라보았다.

"오, 있다있어. 여기 있을 거라고 생각했다."

그곳에는 루카스의 모습이 있었다. 이쪽이 보고 있다는

사실을 알아차리자, 루카스는 데이비드와의 대화를 멈추고 레티시엘에게 말을 걸었다.

"학원장님? 뭔가 볼일이 있으신가요?"

"그래. 폐하께서 말씀하신 연구 시설이 어느 정도 완성되어서 그걸 알려주러 왔다."

그 말에 레티시엘은 눈을 번쩍 빛냈다. 그 연구 시설은 레티시엘이 오스왈드와 교섭해 손에 넣은 것이었다. 그런데 설마 이렇게 빨리 만들어지리라고는 생각하지 못했다.

"정말인가요? 좀 더 시간이 걸릴 것이라고 생각했습니다만."

"뭐, 구 제7연구동도 딱히 노후화된 것이 아니니까 말이다. 벽과 바닥, 천장을 다시 발라주고, 설비를 갖추면 충분히 연구 시설로 이용할 수 있다."

그렇게 말한 루카스는 대도서실의 문에 손을 대고 히죽 웃으면서 레티시엘을 돌아보았다.

"지금부터 연구 시설을 보러 갈 건데, 같이 갈 테냐?"

"물론입니다."

빛나는 미소를 지으며 레티시엘을 즉답했다. 오스왈드와 담판을 지은 날부터 줄곧 이 시설의 완성을 기대하고 있었으니 당연했다.

레티시엘은 루카스를 뒤를 따라 교사를 나섰다. 본관 뒤로 돌아서 호숫가를 따라 그 맞은편 언덕으로 건너간 그 끝에 개장된 구 제7연구동이 서 있었다.

전에는 좀 더 낡은 인상이 강했는데, 지금은 벽도 유백색으로 다시 칠해지고 한층 더 세련된 장식도 되어 있었다. 2층 건물이라는 점은 변함이 없었지만, 3층에 해당하는 장소에서는 뭔가 공사가 계속되고 있는지 이따금 망치 소리가 들려왔다.

"보다시피, 건물 개장은 모두 끝났다."

루카스의 말을 한 귀로 듣고 한 귀로 흘리며 레티시엘은 투시라도 할 것 같은 기세로 새로운 연구동을 응시했다. 이제부터 레티시엘은 이곳에서 마술 연구를 하게 되는 것이었는데, 연구에 필요한 설비와 자료, 자금 등은 학원을 통해 모두 나라가 지급한다는 것 같았다.

"아, 맞다. 옥상의 저것은 폐하의 명으로 마술연습실을 만들고 있는 참이다. 저것만큼은 완성까지 조금 더 걸린다더군."

"알았습니다…… 고맙습니다, 학원장님."

레티시엘은 그렇게 대답을 하면서도 끝까지 기다리지 못하고 잔달음질로 입구로 돌격, 그대로 문을 열고 안으로 들어갔다. 그 뒤에서는 루카스가 참나 하고 쓴웃음을 지었다.

문 건너편은 홀로 꾸며져 있었다. 개수 전에 이곳에는 작은 담화공간이 있었을 뿐 그 외에는 복도와 연구실만이 펼쳐져 있었는데, 아무래도 벽을 일부 허물어낸 모양이었다. 소파와 테이블, 난로에 꽃병 등도 갖춰져 있어서 빈틈이 없었다.

"어떠냐? 마음에 드냐?"

"네……."

"네 연구실은 그 위치에서 움직이지 않았으니까 연구 재개에는 지장이 없을 거다."

"네……."

"……너, 내 말을 안 듣고 있지."

"네……."

루카스의 말을 흘려들으며, 레티시엘은 홀을 두리번두리번 둘러보았다. 그녀의 의식은 지금 완전히 연구 시설의 구조를 파악하는데 쏠려 있었다.

"뭐, 마음에 들었다면 됐다. 나는 업무로 돌아갈 테니, 이 뒤는 마음대로 돌아봐라. 네 시설이니까 말이지."

"예. 고맙습니다."

그런 그녀의 속내를 아는지 모르는지, 루카스는 그런 말을 남기고는 레티시엘의 어깨를 한 번 툭 두드린 뒤 현관으로 향했다.

"……아, 그래. 이걸 잊을 뻔했군."

현관문에 손을 댄 참에, 뭔가를 기억해낸 것일까, 루카스가 되돌아왔다. 그리고 주머니에서 뭔가를 꺼내어 레티시엘의 손에 쥐어주었다.

"자, 이걸 받아라."

"……? 뭔가요? 이건."

레티시엘은 자신의 손에 시선을 떨어뜨렸다. 그녀의 손에는 뭔가 문장 같은 둥근 금속판이 쥐어져 있었다. 은으로 된 틀에 다이아몬드처럼 빛나는 투명한 돌이 박혀 있었고, 그 돌 부분에는 무언가 쓰여 있었다.

"뭔가요, 가 아니잖냐. 전서 열람권리 증명증이다. 네가 원했던 것이잖아?"

"아아, 그렇군요. 고맙습니다."

문자 부분을 잘 살펴보니, 분명히 전서 열람권리 증명증이라고 쓰여 있었다. 다만 그 밑에 작은 글씨로 「왕성금서고는 제외」 라고 빈틈없이 적혀 있었다.

이걸로 국내의 모든 책을 마음껏 읽을 수 있을 것이라고 생각하니, 레티시엘은 저도 모르게 히죽거리고 싶어졌다. 학원의 대도서실도 그랬지만, 왕성에 있는 왕립도서관은 국내 최대의 장서량을 자랑하는 성지였다. 시간이 날 때는 거기 틀어박힐까.

"그리고, 이 연구실에 새로운 멤버가 오게 됐다. 오늘 중으로는 여기에 얼굴을 비출 테니까 그렇게 알아둬라."

"예에. 알겠습니다. 조력자인가요?"

"대충 그런 거라고 들었다. 그럼 난 그만 가보마."

연락사항을 전부 전달하자, 이번에야말로 루카스는 연구동을 나갔다. 오스왈드가 파견한 조력자가 누구인지는 신경이 쓰였지만, 레티시엘은 일단 그가 올 때까지 기다리기로 했다.

남겨진 레티시엘은 재빨리 탐색에 나섰다. 홀에는 짧은 복도가 뻗어 있었고, 그 안쪽에는 2층으로 이어지는 접힌 계단이 있었다. 또 복도에는 두 개의 문이 마주보고 있었다. 홀에도 문이 하나 있었는데, 안을 들여다보았더니 식당과 주방이 있었다.

마주보고 있는 문들 중에 왼쪽의 방은 회의실 같은 방이었다. 10명 정도 앉을 수 있을 것 같은 타원형의 책상을 의자가 둘러싸고 있었고, 칠판도 놓여 있었다.

또 하나의 방은 서고였다. 연구에 필요한 자료는 지급해준다고 했는데, 아마도 이 방으로 들여오는 것이리라. 아직 대부분 비어있기는 했지만 이미 책장도 설치되어 있었다.

"……이거, 연구가 순조롭게 진행될 것 같네."

연구 자료를 언제든지 열람할 수 있고 연구를 하다가 피곤하면 식당에서 잠시 쉴 수도 있다니, 진짜로 여기서 살 수도 있을 것 같았다.

계단을 올라간 그 끝에는 일직선의 복도가 뻗어 있을 뿐이었다. 융단이 깔려 있고, 꽃병과 회화 등이 장식되어 있어서, 예전의 낡고 오래된 인상은 어디에도 남아 있지 않았다. 3층으로 이어지는 계단에는 아직 천이 걸려 있었다. 연습장이 완성되면 치워지리라.

2층 복도의 양편에는 같은 간격으로 세 개씩 문이 늘어서 있었다. 일단 실내를 한 차례 확인해 봤는데, 전부 연구실이었다. 2층은 연구실 존이군. 그렇게 생각하면서 레티시엘은 복도의 막다른 곳…… 자신의 연구실로 향했다.

"……?"

레티시엘은 문득 문 앞에 뭔가 반짝이는 것이 떨어져 있는 것을 알아차렸다. 이게 뭘까. 그렇게 생각한 레티시엘은 몸을 굽혀 그것을 집어 올렸다.

그것은 은색의 방울이었다. 엄지손톱보다 조금 큰 정도의 작은 방울이었는데, 새겨져 있는 문양은 아주 섬세하고 치밀했다. 어떻게 봐도 단순한 방울은 아닌 것 같았다. 게다가 방울에는 두 가지 색의 실로 엮인 끈이 달려 있었는데, 이쪽은 본체와 달리 군데군데 풀어져서 오래되었음을 보여주고 있었다. 인위적으로 끊어진 것은 아닌 것 같았다. 뭔가의 계기로 끈이 닳아 끊어진 것일까.

"이게 뭘까……?"

레티시엘은 방울을 주의 깊게 관찰해 보았다. 그렇지만 주인을 알 수 있을 법한 정보가 있을 리가 없었다. 누군가가 잊고 간 것일까. 의아하게 생각하면서 레티시엘은 방울을 주머니에 집어넣었다. 주머니 속에서 은방울이 딸랑 하고 작은 소리를 냈다.

***

"그럼…… 우선은 이 자료의 산을 옮길까요."

방과 후. 또다시 마술연구동을 방문한 레티시엘은 자신의 연구방에 비좁게 쌓아올려진 서류와 책을 바라보며 중얼거렸다. 오늘은 미란다레트가 집안일로 빨리 귀가해야 했기 때문에 방과 후 마술 연습은 취소되었다.

레티시엘의 연구실에는 세 개의 방이 있어서, 그녀는 그 중 하나를 연구용 방으로 사용하고 있었다. 그런데 최근에 자료이니 뭐니 하는 것들을 정리하는 것이 성가셔서 그냥 방치한 결과, 오가는 것도 마음대로 할 수 없는 그런 상태가 되어 버렸다.

"흐음. 이 정도 양이라면 아공간 마술로 두 번 왕복하면 될까."

레티시엘은 자료를 아공간에 밀어 넣으면서 중얼거렸다. 아공간 마술은 무한정 물건을 집어넣을 수 있는 것도 아니었고, 또, 저택 이사 때에도 직면했던 중량 제한이라는 벽도 있었다. 연구방에 쌓아놓은 자료는 상당한 양이었기 때문에 한 번만으로는 다 옮길 수가 없었다.

아공간에 아슬아슬한 수준의 용량으로 자료를 채워 넣고 레티시엘은 그것들을 1층 서고로 옮겼다. 개조한 술식 등, 제삼자의 눈에 띄는 곳에 함부로 놓아둘 수 없는 것들은 지금까지 했던 대로 연구방에 보관하겠지만, 그 이외에는 서고에 옮겨놓는 편이 공간을 관리하기 좋았다.

또, 개조한 술식을 늘 아공간 안에 보관할 수 있으면 안전하겠지만, 유감스럽게도 아공간을 전개한 채로 전이는 할 수 없었다. 저택 이사를 할 때에는 마차로 이동을 했기 때문에 문제가 없었으나, 술식을 아공간에 보관한 채로는 레티시엘이 집에 돌아갈 수 없었다. 그래서 지금은 연구실에 마술로 엄중히 락을 걸어서 보관하고 있었다. 이것도 또 아공간 마술의 결점이었다.

"어머?"

마침 모든 자료를 서고에 다 옮겼을 때였다. 문을 열고 복도로 나온 레티시엘은 현관홀에서 낯익은 얼굴을 발견했다.

"……아, 안녕하세요, 도로셀 님. 멋대로 들어와서 죄송합니다."

애시블론드의 타고난 곱슬머리를 가진 소년의 검은 눈동자가 면목이 없다는 듯이 이리저리 방황하고 있었다.

"아, 음. 일전에 공작가에서 뵈었죠?"

"예. 저는 츠바루 루트 빌리지라고 합니다."

"잘 부탁해요. 그런데 이곳에는 무슨 일이죠?"

"아, 그게. 폐하께서 자료를 갖다 주라고 말씀하셔서 말입니다."

높이 쌓아올린 자료가 무너지지 않게 균형을 잡으면서 그 뒤에서 얼굴을 절반만 내보이며 츠바루가 말했다.

"이거, 제가 조금 봐도 될까요?"

"아, 예. 물론입니다."

레티시엘은 츠바루가 들고 있는 자료의 산에서 한 장을 집어 대강 훑어보았다. 그 종이에는 마술의 발동 시스템에 대해 적혀 있었다. 그러나 정보는 어느 것이나 단편적이어서, 마술을 어떻게 발동시키는지에 대한 결론에 이르지 못하고 있었다.

'……어라? 마술, 제대로 존재했던 거야?!!'

그러나 마술이 실전되었을 터인 이 시대에 이 정도로 마술에 대해 제대로 기술한 자료는 지금까지 본 적이 없었다. 마법이 일반적인 가운데, 마술을 연구하는 사람이 있다는 사실에 감동보다도 놀라움이 앞섰다.

"……저, 이 자료들, 어디서 손에 넣은 건가요?"

"예? 아아, 이건 저희 일족의 연구 자료예요."

사뭇 당연하다는 것처럼 말한 츠바루의 그 대답은 예상 밖의 것이었다. 레티시엘은 눈을 크게 떴다.

"연구? 당신은 마술 연구를 하고 있는 건가요?"

"예. 국왕 폐하의 명을 받은 뒤로 줄곧 연구하고 있습니다. 하지만 자료가 심히 부족해서 좀처럼 뜻대로 나아가질 못하고 있습니다만……."

"그랬나요……."

츠바루의 말에 따르면, 츠바루의 본가인 빌리지 가는 10년 정도 전부터 오스왈드의 명령으로 일족이 총동원되어 마술의 연구를 계속해 왔다고 했다. 일족 전원이 10년이나 연구했음에도 마술을 발동시키는 방법도 해명하지 못했다니, 이 시대에는 어지간히 마술의 관련 자료가 남아있지 않은 모양이었다.

계속 들고 있는 것이 힘들어진 것일까, 츠바루가 가까이에 있던 의자에 자료를 일단 내려놓았다. 혼자서 이 정도 양을 자료를 옮기는 것은 역시나 힘들어 보여서 레티시엘도 절반을 들어주었다.

"저기, 츠바루 님. 당신은 방금 전 『일족』이라고 했는데, 그건 뭘 말하는 거죠?"

"아아. 『탐구자 일족』말인가요?"

서고의 입구를 열면서 레티시엘이 건넨 질문에 츠바루는 뺨을 긁적거리며 쓴웃음을 지었다. 그런 일족이 존재했다니 금시초문이었다.

"아마도 그거일 거예요. 어떤 일족이죠? 혹시 마술의 연구를 전문으로 하는 일족인가요?"

"아뇨. 그런 것은 아닐 겁니다. 일족이라고 해도, 지금은 대륙 여기저기에 흩어져 있고, 하고 있는 일도 제각각 다르답니다."

츠바루는 고개를 작게 좌우로 흔들면서 들고 있던 자료를 서고의 책장에 집어넣었다. 그러고는 비게 된 왼손의 손바닥을 레티시엘에게 내보였다.

"……이건, 뭐죠?"

"일족임을 나타내는 문장입니다."

츠바루의 왼손바닥에는 새가 날개를 펴고 날갯짓을 하는 것 같은 문장이 희미하게 새겨져 있었다.

"다만 『탐구자 일족』은 세간에 알려진 일족이 아니어서, 항간의 동포 중에서는 문장의 의미를 알지 못하는 채로 생을 마감하는 사람도 적지 않다고 들었습니다."

"그랬군요……."

그 문장은 어쩐지 눈에 익었다. 분명히 고국 리제네로제에도 같은 문장을 가진 사람이 있었던 것 같았다. 탐구자 일족이라는 명칭은 들은 기억이 없었다. 분명 후세에 붙여진 것이리라.

"그 문장에는 뭔가 특별한 의미가 있나요?"

"그건 잘 모르겠습니다만……. 『탐구자 일족』은 정령의 피를 이어받았다는 전설이 있어서요. 그 증거라고 믿는 사람도 있습니다."

"어머. 그런가요?"

"뭐, 그런 전설이 있다는 것뿐이고, 게다가 정령은 이미 절멸했으니, 단순한 소문이에요."

츠바루는 잡담을 하는 마음으로 던진 말이었겠지만, 레티시엘은 그 말에 자신의 귀를 의심했다. 지금, 그는 뭐라고 했던가.

"……응? 잠깐만요. 정령이…… 절멸했다고요?"

믿을 수 없는 말에 레티시엘은 저도 모르게 그렇게 되물었다. 레티시엘이 기억하는 한, 정령은 인간보다 훨씬 수명이 길고 강력한 힘을 가진 종족이었다. 그렇게 쉽게 절멸하리라고는 생각되지 않았다.

"……? 예. 정령은 벌써 몇 백 년도 더 전에 절멸했다고 알려져서, 지금은 동화 속에서나 그 존재가 언급되고 있습니다만."

"……그렇군요."

납득이 가는 대답은 아니었으나 레티시엘은 그 이상 묻지 않았다. 천 년 전에도 정령은 종족 차원에서 인간에게 관여하는 일은 없었으나, 그래도 때때로 호기심이 강한 정령이 인간의 나라에 불쑥 놀러오는 일이 있었다. 정령이 진짜로 절멸했든 하지 않았든, 그들이 어디 있는지 알지 못하는 지금으로서는 조사할 수도 없었다.

"그러고 보니 학원장님이 이곳에 오늘부터 새 멤버가 온다고 하셨는데, 그게 혹시 당신인가요?"

"아, 예! 국왕 폐하의 명을 받아 도로셀 님의 연구를 도우러 왔습니다!"

레티시엘이 그 이야기를 꺼내자, 츠바루는 갑자기 등줄기를 똑바로 곧추세웠다. 기분 탓인지 목소리도 약간 뒤집어진 것 같았다. 그렇게 긴장하고 있던 것일까.

"그렇게 딱딱하게 굴지 않아도 돼요 이제부터 같이 연구를 할 테니까 사이좋게 지내죠."

"예, 예! 잘 부탁드립니다!"

"여기까지 오는데 멀지 않았나요? 차를 준비할 테니까 잠깐만 기다려 줘요."

레티시엘은 바로 주방에 비치돼 있던 차를 타서 내왔다. 두 사람은 홀의 소파에 앉아 잠시 잡담으로 꽃을 피웠다.

츠바루는 빌리지 자작의 차남으로 가족은 양친과 형이 한 명, 친가 쪽 할아버지가 계시다고 했다. 그러나 형은 다른 귀족가의 양자로 들어가, 지금은 양친과 조부와 살고 있다는 것 같았다.

그렇다고는 해도, 츠바루는 학원에 입학했을 때 학생기숙사에 들어갔기 때문에 평소에는 편지를 주고받고 장기휴기 때에나 얼굴을 본다고 했다.

"츠바루 님은 예전부터 마술을 알고 있었나요?"

"예. 우리 가문은 대대로 마술에 관계된 자료를 이어받았기 때문에, 그 존재나 이론적인 것은 막연히 알고 있었습니다. 마소라는 물질을 사용한다는 것이든가, 마소와 마력은 서로 반발한다는 것이라든가, 그 정도입니다만……."

"과연, 그렇군요."

"쓸 수 있지 않을까 해서 저 나름대로 시행착오를 거쳐봤는데요, 저는 마력이 높지 않아서 좀처럼 잘 되지 않더군요."

잘 되지 않았다, 라고 말하는 것치고는 츠바루는 전혀 침울해하지 않았다. 오히려 눈을 반짝반짝 빛내고 있었다.

"일족에 대대로 전해져 내려온 고문서나 자료를 이용해서 실타래를 더듬어가면서 연구를 하고 있었죠."

"그런 서적이 있었다니…… 그 고문서를 보여주실 수 있나요?"

"예. 물론이죠! 다음에 가져올 테니, 부디 많은 걸 가르쳐 주십시오!"

생글생글 웃으면서 즐거운 듯이 목소리를 드높이며 그 눈에 순수한 기대와 호기심과 열정을 드러내는 츠바루를 레티시엘은 물끄러미 바라보았다.

'이 사람……왠지 친근감이 들어!'

연구를 좋아한다는 면에서 레티시엘은 츠바루에게서 공통점을 발견했다. 전생에서도 마술 연구를 공유해 준 연구 동료는 없었기 때문에, 왠지 신선한 기분이었다.

"그건 그렇다 쳐도, 폐하가 한 번 사라진 힘을 되살리려고까지 할 정도로 지금의 국제 정세는 불안정한 걸까요?"

따뜻한 홍차를 한 모금 마시고, 레티시엘은 작게 중얼거렸다. 생각해 보면, 그녀는 지금까지 대륙의 정세에는 그렇게까지 관심을 갖지 않았다. 각국의 기본적인 정보는 갖고 있었지만, 그 이상은 거의 알지 못했다.

"……예. 현재 아스트레아 대륙의 정세는 상당히 비뚤어져 있다고도 할 수 있습니다."

달각, 하고 도자기가 부딪치는 소리가 매우 크게 들렸다. 츠바루가 찻잔을 잔 받침에 내려놓는 소리였다.

"큰 계기가 된 것은 역시 11년 전의 그 전쟁입니다. 그 전쟁에서 라피스 쪽이 기묘한 힘을 사용했고, 그 미지의 힘에 모든 나라들이 경계를 하고 있습니다."

"기묘한, 힘……."

11년 전, 당시 플라티나 왕국이 소유하던 북쪽의 변경 스피리아 지방을 둘러싸고 플라티나 왕국와 라피스 국 사이에 전쟁이 발발했다. 『스피리아 전쟁』이라 불리는 것이었다.

양국이 전장에서 싸운 시기는 반년으로, 기간은 짧았으나 결과적으로는 라피스 국의 대승이었다. 왕국은 자신들의 힘이 미치지 못한다는 사실을 깨닫고, 재빠르게 전장이 된 스피리아 지방을 라피스 국에게 할양하는 것으로 전쟁의 확산을 저지한 과거가 있었다.

"라피스 국이 사용했다던 힘은 대체 어떤 것인가요?"

왕과 회담을 가졌던 때, 오스왈드도 이야기의 흐름상 라피스 국의 힘에 대해 가볍게 언급했지만 그 특징이나 효과에 대해서는 듣지 못했다.

"저는 실제로 그 전장에 있던 것이 아니기 때문에 문헌이나 조부의 이야기로만 그 내용을 보고 들을 수 있었습니다만, 마법보다 훨씬 뛰어난 힘이었던 것 같습니다. 여하튼 마법과 비교해 위력도, 연사속도도, 술식의 전개규모조차도 훨씬 상회했다고 하니까요. 거기에 술자들은 하나같이 눈을 붉게 물들이고 하얀 머리카락을 나부끼며 왕국군을 유린했다는 소문도 있습니다."

라피스 국은 플라티나 왕국의 이웃 국가 중 하나였다. 플라티나 왕국과도 이리스 제국과도 국경을 맞대고 있는 나라로, 이리스 제국과 함께 대륙의 1/3을 소유한 세계 최대의 국가이기도 했다. 그런데 희한하게도 벌써 몇 백 년 동안 줄곧 쇄국을 유지하고 있었다.

"하지만 플라티나 왕국은 이리스 제국과 동맹을 맺었잖아요?"

"그렇긴 합니다만, 그건 어디까지 라피스 국에 대항하기 위한 동맹으로, 국가 간에 신뢰가 있다고 하기에는 미묘한 참입니다. 그 어색한 사이를 타개해 보고자, 현재 양국의 왕족이 교환 유학을 하고 있습니다만."

"그렇군요……."

"이리스 제국도 최근, 국내에서 권력자들끼리의 권력 다툼이 늘어난 모양인지 제국 내의 치안이 나빠진 것 같습니다. 또 우리나라도 라피스, 이리스의 양국과 면한 북방의 국경선 부근에서 뭔가 사건이 일어났으니까요."

확실치는 않으나 최근에는 국경 부근에서 사단 급 병력이 실종되고 정체불명의 하얀 집단이 출몰했으며, 더 나아가 경비대 등과 주민들이 충돌하는 사건도 벌어진 것 같았다. 그것에 더해 최근에는 북부 지방의 작황도 좋지 못하다고 하니, 완전히 엎친 데 덮친 격이었다.

"그래서 폐하는 마술연구를 서두르고 싶으신 거군요."

"그렇습니다. 폐하는 태고의 힘인 마술을 줄곧 비밀리에 연구시키셨습니다. 하지만 천 년도 전에 실전되었다고 하는 힘인데다가, 마술에 대해 쓰인 서적도 극히 적어, 연구는 좌절되려면 참이었습니다."

츠바루의 이야기를 들으면서 레티시엘은 한편으로는 다른 일에 신경을 쓰고 있었다. 방금 전 라피스 국에 관한 일이었다. 설명을 듣는 한 예의 정체불명의 힘은 어딘가 마술을 생각나게 했으나, 마술을 사용하는 자의 머리카락 색이나 눈동자 색이 변한다는 말은 들어본 적도 없었다.

'모처럼 열람권을 갖고 있겠다, 왕립 도서관에라도 가서 찾아보면 뭔가 단서를 발견할 수 있을까?'

마술에 환장한 마술바보의 피가 끓어 올랐다. 레티시엘은 무표정한 얼굴을 유지하고 있었지만, 그 가면의 뒤에서는 자신이 알지 못하는 새로운 정보에 대한 연구욕이 꿈틀거리기 시작하고 있었다.

"아, 그러고 보니 폐하께서 서신을 맡기셨습니다. 부디 받아주십시오."

그렇게 말하고 츠바루는 품에서 한 통의 편지를 꺼내 내밀었다. 레티시엘은 그것을 건네받아 봉투를 열었다.

안에는 한 장의 편지가 들어 있었다. 편지에는 왕의 직필로 츠바루에게 연구실을 주었으면 한다는 것, 그리고 경비 체제는 십분 신경을 써서 정비했으나 이쪽에서도 주의해 주었으면 한다는 취지의 내용이 적혀 있었다.

"확인했습니다. 그럼 2층으로 가죠. 연구실은 제 방 이외에는 전부 비어있으니 좋을 대로 골라도 괜찮아요."

"정말인가요? 고맙습니다!"

2층은 레티시엘의 연구실 이외에는 아무도 쓰지 않으니, 일부러 방을 지정할 필요도 없으리라.

"어, 음, 그럼 이곳으로 하겠습니다."

츠바루가 고른 곳은 복도 왼쪽의 가장 안쪽에 있는 연구실이었다. 위치적으로는 레티시엘의 연구실 바로 옆이었다.

"……아."

왕의 편지를 주머니에 집어넣을 때, 레티시엘의 손가락 끝에 뭔가 차가운 것이 닿았다. 그러고 보니 방금 전 의문의 방울을 주웠다.

"저기, 츠바루 이것을 본 적이 있나요?"

레티시엘은 결심을 하고 방울에 대해 츠바루에게 물었다. 이 연구동에 올 일이 있는 사람은 좀처럼 없으니, 어쩌면 관계자인 츠바루의 것이지는 않을까 생각했던 것인데…….

"이건…… 방울인가요? 아뇨. 처음 봤습니다."

츠바루는 방울을 손에 들고 곰곰이 바라보았으나, 본 적이 없는 듯 고개를 좌우로 흔들었다. 아무래도 아닌 모양이었다.

"누가 떨어뜨린 물건, 인 걸까요?"

"예. 제 연구실 앞에 떨어져 있었으니 그럴 거예요."

"하지만 이거, 무척 정교하게 만들어졌네요. 문양도 세심하게 공들여 새겨져 있고 말이죠."

츠바루는 레티시엘에게 방울을 되돌려주면서도 감탄했다는 듯이 진지하게 중얼거렸다.

"박물관 관계자에게 한 번 물어보는 것은 어떨까요?"

"학예사에게요? 왜죠?"

"가능성에 불과합니다만, 이 정도로 정성스럽게 만들어진 종이라면, 어쩌면 골동품의 하나일지도 모릅니다."

이 마술연구동을 개장했을 때, 그림이나 꽃병 등 장식품의 대부분은 박물관에서 필요가 없어진 복제품을 활용했다고 한다.

"그런 연유로 공사 중에 학예사 분들도 이곳에 드나들었으니까요. 그때 누군가가 장식품의 일부를 떨어뜨린 것일지도 모릅니다.

"그렇군요…… 그럴 가능성도 있겠네요. 그렇다면 바로 물어보러 가보겠어요."

마침 오늘은 평소 방과 후에 하던 훈련도 없으니, 물어볼 것이라면 얼른 물어보자.

"아, 그렇다면 저도 도중까지 함께 가도 될까요?"

"상관없어요. 그런데 뭔가 볼일이 있나요?"

"예. 이 뒤에 학생회에 볼일이 있어서, 본관에 갈 생각입니다."

"그랬군요."

츠바루의 희망이 있었기 때문에, 레티시엘은 그와 함께 박물관으로 향했다. 마술연구동도 박물관도 숲 안에 있었지만, 직선거리로 가면 그렇게 멀지 않았다.

"그렇다는 건, 츠바루 님은 학생회 임원인 건가요?"

"아뇨. 그렇지는 않습니다만…… 왜인지 제가 부회장의 마음에 든 모양이네요. 임원은 아닙니다만 여러모로 부려 먹히고 있습니다. 아하하……."

그렇게 말하며 마른 웃음소리를 내는 츠바루의 모습에, 레티시엘은 그 부회장이 누구인지는 알지 못했지만 왠지 부회장에게 휘둘려 고생을 하는 츠바루의 모습을 상상할 수 있었다. 그녀는 저도 모르게 츠바루에게 이끌려 쓴웃음을 짓고 말았다.

본관에 볼일이 있다는 츠바루와는 도중에 헤어지고 레티시엘은 박물관까지 왔다. 박물관 본관 건물은 반지하구조로 되어 있어서, 1층 플로어와 정면 현관은 긴 대계단을 올라간 끝에 있었다.

계단을 빠져나가 건물로 들어가자, 원형의 정면 홀이 나왔다. 흰 대리석이 깔린 바닥과 금속과 유리로 장식된 검은 대리석의 기둥에 돔 지붕의 천창으로 쏟아져 들어온 빛이 눈부시게 반사되는 가운데, 그 안쪽으로 복도가 뻗어 있었다.

복도 가장 안쪽에는 위층으로 연결되는 계단이 있었고, 그 계단은 층계참에서 좌우로 갈라졌다. 그 층계참 홀에는 여성의 조각상이 안치되어 있었다. 대좌만 해도 레티시엘의 키와 비슷한 정도의 높이, 석상 전체는 그 3배 이상이라서 올려다보기도 수고로웠다.

'시간에 따라 분위기도 전혀 다르네…….'

레티시엘은 이전에 한 번 미술 수업 때문에 오전 중에 박물관에 와 본 적이 있었다. 그렇지만 그때와 저녁때인 지금과는 관내의 분위기도 달라서, 홀을 물들이는 오렌지색의 빛이 어딘가 차분하고 쓸쓸한 인상을 빚어내고 있었다.

"어라? 거기 계신 건……"

레티시엘이 주변을 두리번거리고 있으려니, 등 뒤에서 남성의 목소리가 들려왔다. 어조로 추측건대, 뭔가 놀란 것 같았다. 레티시엘은 뒤를 돌아보았다.

"아아! 역시 도로셀 님이셨나요."

돌아본 그 끝에는 두루마리니 책이니 하는 것들을 양손에 가득 끌어안은 학예사 청년이 눈을 빛내며 이쪽을 바라보고 있었다. 그의 모습에 레티시엘은 약간 기시감을 느꼈다. 분명히 어디선가 본 적이 있는 것 같기도 하고…….

"아, 그러니까, 이전에 성유물 플로어에서 뵈었던……."

"예. 길름이라고 합니다."

예전에 미술 수업으로 이곳에 방문했을 때, 레티시엘에게 아스트레아 대전 당시의 유물에 대해 많은 얘기를 들려주었던 학예사였다.

"이런 시간대에 무슨 일이십니까?"

실은 여쭙고 싶은 일이 있어서요."

레티시엘은 주머니에서 예의 방울을 꺼내서 길름에게 보여주었다. 길름의 눈이 살짝 커졌다.

"……이것을 어디서 찾으셨습니까?"

"제 연구실 앞에 떨어져 있던 것입니다. 만듦새가 정말로 정교해서 혹시 유물 중 하나가 아닐까 그렇게 생각했습니다."

레티시엘은 사정을 간결하게 설명했다. 길름은 레티시엘의 손에서 조심스럽게 방울을 건네받고는 주의 깊은 손놀림으로 자세히 관찰했다.

"아아…… 이것은……."

놀란 것 같기도 하고 안심한 것 같기도 한 것처럼, 길름이 그렇게 작게 중얼거렸다. 그런 그에게 레티시엘은 물었다.

"뭔가 짚이는 곳이라도 있으신가요?"

"예. 이것은 아마도……."

"어머나. 다행이다. 아직 사람이 있었어~."

길름의 목소리를 가로막듯이, 어조는 여성인데 어떻게 해도 남성의 것으로밖에 들리지 않는 목소리가 들려왔다. 길름은 이야기를 중단하고 목소리의 주인을 돌아보았다.

"바우리오 선생님? 왜 그러시나요?"

길름에게 말을 걸어온 것은 벌꿀색 머리카락에 회색 눈동자를 가진, 무척이나 섹시하게 걷는 남성이었다. 그 오른손에는 커다란 두루마리가 세 개 정도 안겨 있었고, 왼손에는 크고 작은 상자 여러 개가 쌓여 있었다.

"엘리자베트 관장님은 아직 계신가요? 좀 볼일이 있는데…… 어머, 도로셀 님이 아닌가요. 오랜만이에요~. 요즘 수업에 들어오질 않으니까, 나 조금 쓸쓸해요."

"예, 예에. 죄송합니다. 오랜만에 뵙습니다……."

여성과도 같은 언동의 남성 교사 바우리오는 이 학원에서 미술을 가르치고 있었다. 이전에 레티시엘이 속한 2반이 박물관에 온 것도 그의 수업 때였다. 소문으로는 남성이라는 생각할 수 없을 정도로 여성적이라서, 은근히 여학생들에게 인기가 높다든가 뭐라든가.

"도로셀 님. 이 방울은 제가 잠시 맡아둬도 되겠습니까? 이쪽에서 조사한 뒤에 보고를 드리겠습니다."

길름은 방울과 바우리오를 한 번 번갈아 쳐다보고는 레티시엘 쪽으로 몸을 돌렸다. 그의 손 안에서 방울이 작은 소리를 냈다.

"예. 부탁합니다."

길름의 제안에 레티시엘은 고개를 끄덕였다. 레티시엘로서는 방울을 자신이 가지고 있을 이유가 없었다. 방울이 원래 있어야 할 곳, 혹은 주인을 발견해준다면 그걸로 상관없었다.

"고맙습니다. 그럼 바우리오 선생님. 관장실까지 안내하겠습니다."

"알았어요~. 그럼, 또 만나요. 도로셀 님."

길름은 방울을 주머니에 집어넣고 레티시엘에게 인사를 하고는 바우리오와 함께 계단을 올라갔다. 그 모습을 곁눈으로 지켜보며, 레티시엘은 이 이상 박물관에 용건이 없었기 때문에 왔던 길을 돌아왔다.

문득 귓가에 작게 방울소리가 들린 것 같은 기분이 들었다. 뭐지? 그 소리에 레티시엘은 뒤를 돌아보았다. 그러나 이미 그곳에는 길름의 모습도 바우리오의 모습도 없었다. 홀에는 레티시엘만이 오도카니 서 있었다.

레티시엘은 고개를 모로 꼬았다. 그러나 아마도 기분 탓이겠지, 하고 그 이상 신경 쓰는 일 없이 박물관을 뒤로 했다.

3장　서클『마법동호회』

연구 시설을 방문한 다음 날. 그 방과 후, 평소와 다름없이 레티시엘과 미란다레트, 지크 세 사람이 마법훈련장에서 마술의 연습을 하고 있었다. 연구 시설 옥상의 연습장은 미완성이라, 한동안은 평범하게 마법훈련장을 이용할 생각이었다.

"미라 님. 그 팔찌, 어떻게 된 건가요?"

"이건 약혼자의 아버님께 받은 거예요. 어제 오랜만에 저택을 찾아주셨답니다."

미란다레트의 팔에 낯선 팔찌가 있는 것을 알아차리고 레티시엘은 재미삼아 물어보았다. 아무래도 선물 받은 것인 모양으로, 어제 미란다레트가 말한 집안일이란 손님맞이였던 듯했다.

"약혼자? 미라 님도 약혼자가 있나요?"

"예. 원래 집안끼리 친해서 말이죠. 어릴 때부터 자주 같이 놀아서 리프…… 제 약혼자인데요, 리프는 약혼자라기보다…… 사이가 좋은 소꿉친구 같은 느낌이에요!"

입으로는 그렇게 말했지만, 미란다레트의 눈은 약간 허공을 헤매고 있었다.

"귀족 사이에서는 소꿉친구가 그대로 약혼자가 되는 일은 적지 않은 것 같네요."

"소꿉친구라면 원래부터 인연이 있었으니 결혼에까지 다다르더라도 자연스럽겠지요. 지크는 약혼자가 있나요?"

"전 평범한 평민이라서요. 애초에 그런 개념이 없습니다."

"아, 그랬죠."

평민 중에 약혼의 개념을 가진 것은 기껏해야 일부의 부호 정도였다. 늘 같이 있다는 점에 지크의 용모와 두뇌도 더해져, 무심코 지크가 단순한 평민이라는 사실을 잊어버리고 말았다.

"굉장하네요. 평민이지만 저보다도 귀족에 대해 더 잘 알다니."

"도로셀 양이 너무 모르시는 겁니다……."

지크가 어처구니없어 했다. 레티시엘은 귀족의 상식은 필요 최소한으로만 알고 있으면 된다고 생각했었던 터라 어쩔 수 없었다. 마침 휴식을 할 겸 레티시엘은 지크에게 귀족계의 이야기에 대해 적당히 들어보기로 했다.

"분명히 귀족들은 친한 사이라면 서로 미들네임을 부르는 일이 있다고 해요."

"어머. 그런가요?"

"예. 같은 연구동에 재적하는 여교사 분에게 들은 적이 있습니다. 그 선생님은 남편 분도 같은 동에서 함께 연구를 하고 계시는데, 서로의 미들네임을 부르는 것을 자주 보곤 하지요."

듣건대 친한 사이라는 함은 반드시 연인이나 정혼, 결혼 관계에 있는 이만을 가리키는 것이 아니어서, 동성의 친구, 형제 관계 등도 그에 포함된다고 한다.

레티시엘에게도 지금까지는 일단 제1왕자라는 약혼자가 있고 가족이나 형제도 있었지만, 여하튼 관계가 완전히 꼬여 있었기 때문에 이름 외에는 불린 적이 없었다. 그리고 자신도 그것을 당연하다고 생각했다.

그렇게 레티시엘은 또 한 가지 새로운 상식을 학습했다. 그런데 문득 미란다레트가 고개를 숙이고 있는 것이 보였다. 셔츠의 끝자락을 꽉 움켜쥐고 뭔가를 참고 있는 것 같았다.

"……아, 어, 음. 죄송합니다. 뭔가 무례한 말을 했나요?"

"아, 아뇨. 신경 쓰지 마세요! 괜찮습니다!"

혹시 자신의 발언이 불쾌했던 것일까. 지크는 머뭇머뭇 물어보았으나, 미란다레트는 두 손을 앞으로 내밀며 아하하하 하고 웃어보였다. 방금 전까지의 이야기 중에 미란다레트가 당황할 만한 것이 있었던가.

레티시엘은 잠시 기억을 더듬어 보려고 했다. 그 찰나, 갑자기 부스의 입구를 강하게 두드리는 소리가 났다. 레티시엘은 또인가 하고 얼굴을 찡그렸다.

"……잠깐 보고 올게요."

"다, 다녀오세요……."

명백히 가기 싫다는 오라를 팍팍 내뿜는 레티시엘에게 미란다레트가 말했다. 부스의 출입구는 외부에서 멋대로 사람이 들어오지 못하도록 늘 마술로 잠가놓고 있었다. 레티시엘은 그것을 해제하고 문을 열었다.

"무슨 볼일이신가요?"

"볼일이고 뭐고! 오늘만큼은 절대로 용서하지 않을 테다!"

문 앞에 선 칙칙한 오렌지색 머리카락의 남학생이 문을 열기가 무섭게 그렇게 내뱉었다. 목단 모양의 배지를 달고 있는 걸 보아 중등생인 것 같았는데, 초대면에 난데없이 용서하지 않는다고 해봐야 그저 곤란할 뿐이었다.

"사람을 잘못보신 것 같네요."

"기다려! 사람을 잘못 봤을까 보냐! 너 말이다, 도로셀 노아 피리아레기스!"

그러나 서둘러 대화를 끝내려는 레티시엘에게 남학생은 확실하게 그녀의 얼굴을 가리키며 외쳤다.

"많은 학생들에게 증언을 들었다! 네가 이곳을 사용하고 싶어 하는 학생들을 거칠게 쫓아내고 독점하고 있다는 사실은 이미 알고 있어!"

"……."

"게다가 문까지 잠그다니, 횡포에도 정도가 있는 법이다!

이 장소는 학원의 학생들이…….”

“용건이 없다면 돌아가 주세요.”

“……사람 얘기를 좀 들어!!”

레티시엘은 문을 닫으려고 했으나 그 전에 남학생이 문손잡이를 붙잡아서 실패했다. 레티시엘은 진심으로 성가시다는 표정을 지었다. 그러나 남학생은 그 표정은 알아차리지 못하고, 자신의 지론을 늘어놓기 시작했다.

“이곳은 학생들이 평등하게 이용하는 시설이다! 그런데 너희는 누구의 허락을 받고 이곳을 독점하고 있는 거냐!”

딱히 독점은 하지 않았다만. 애초에 이곳 이외의 부스라면 텅텅 비어 있건만, 왜 굳이 가장 안쪽에 있는 이 부스에까지 와서 불평을 늘어놓는 것일까.

“허락, 인가요. 학원장님의 허락이라면 받았습니다만.”

“뭐라?!”

레티시엘의 말에 남학생은 알기 쉬울 정도로 눈을 크게 뜨며 몸을 뒤로 젖혔다. 그 얼굴에는 커다랗게 『거짓말이지?!』라고 쓰여 있었다.

“되, 되는 대로 주워섬기지 마라! 시시한 거짓말을 해도 학원장님께 물어보면 단박에 들통 날 테니까 말이지!”

“그렇다면 물어보러 가시지요. 아마도 아직 학원장실에 계실 겁니다.”

실제로 레티시엘은 루카스에게 이 부스의 우선 사용을 허락받았다. 레티시엘이 이곳에서 마술을 연습하는 것을 알고 편의를 봐준 것이지만, 그렇다고 물론 누군가가 먼저 사용할 때 새치기하거나 하진 않았다.

"읏! 돼, 됐다! 이 이상 할 얘기는 없어!"

"하아, 그런가요."

레티시엘의 대답이 또 마음에 들지 않았던 것일까, 남학생은 얼굴을 빨갛게 물들이면서 쿵쾅쿵쾅 요란한 발소리를 내며 돌아갔다. 처음부터 끝까지 혼자서 멋대로 화를 내고 멋대로 이야기를 끝냈을 뿐이라, 레티시엘은 의아하다는 눈으로 그 뒷모습을 지켜보았다.

"대체 뭐였던 걸까……."

결국 그 남학생이 뭘 하고 싶었던 것인지 전혀 알 수 없었다. 레티시엘은 의문을 품으면서 문을 닫았다. 괴물 소동이 끝나고 난 뒤로 이렇게 트집을 잡는 사람이 늘어난 것 같았다. 매번 어렵지 않게 격퇴하고는 있지만, 이제 슬슬 짜증이 나려고 했다.

"누구였나요?"

"모르는 남자였어요. 목단 배지를 달고 있었을 테니 중등생이 아니었을까요."

"최근에 이곳에 들어오려는 사람이 많네요……."

"그러네요. 학교가 다시 문을 연 뒤로 이걸로 세 번째에요."

지크가 손바닥 위에 만든 빛의 마술을 표적을 향해 발사한 뒤, 한 손은 가볍게 허리에 대고 다른 손으로는 턱을 잡은 채 생각에 잠겼다.

"갑자기 늘어났죠."

"왜일까요? 그런 소동이 있었던 탓에 다들 방어 수단이라도 연마할 생각인……."

"죄송합니다! 방과 후에 이곳에 오면 도로셀 노아 피리아 레기스 님이 있으시다고 들어서 왔습니다!"

"……와."

레티시엘이 마술로 문을 다시 잠그려고 한 순간, 탕 하는 소리가 들릴 것 같을 정도로 기세 좋게 부스의 문이 열렸다. 문의 바로 앞에 서 있던 레티시엘은 하마터면 문에 얼굴을 부딪칠 뻔 했다.

들어온 것은 라일락 배지를 단 소년이었다. 지금은 마침 자신이 걷어찬 문이 어디 휘지는 않았는지 확인하면서 닫는 중이었다. 참으로 성실한……이 아니라.

짧게 자른 옅은 녹색의 머리카락에 둥그스름한 갈색의 눈동자가 정말이지 기운이 넘치고 밝은 인상을 주는 소년이었다. 라일락 배지를 달고 있다는 것은 초등생이라는 뜻이겠지만, 본 적은 없는 얼굴이었다.

레티시엘은 지크 쪽을 바라보았다. 그랬더니 그도 역시 의아하다는 얼굴을 하고 있었다. 레티시엘은 2반, 지크는 1반이었으므로 두 사람 모두 본 적이 없다면 3반의 학생인 것일까.

"어, 음…… 그 정보는 틀리지 않습니다만, 무슨 볼일이신가요?"

레티시엘은 조금 경계를 하면서 소년에게 물었다. 그러자, 그녀의 예상을 뒤집고 소년은 갑자기 땅바닥에 정좌를 하더니, 씩 하고 호쾌하게 웃어보였다.

"예! 저도 방과 후에 여기에 끼어도 되겠습니까?! 평생 소원입니다! 승낙해 주실 때까지 돌아가지 않을 겁니다!"

대면하기가 무섭게, 엄청나게 우격다짐격의 자세로 그렇게 말하는 소년에게 레티시엘을 비롯한 세 사람은 그대로 굳어버렸다.

"……아니아니. 갑자기 밀고 들어와서 그런 태도는 좀 아니지 않아?!"

가장 먼저 재기동한 것은 미란다레트였다. 미란다레트가 소년에게 태클을 거는 그 옆에서 한 발 늦게 레티시엘도 현실 세계로 귀환했다.

"미라 님 말 대로예요. 적어도 우선 이름을……,"

"아! 그거 실례했습니다! 그웰 자작가의 장남, 히르메스 리프 그웰이라고 합니다."

지적을 받고 나서야 소년은 퍼뜩 정신을 차리고 허둥지둥 자세를 바로하고 자기소개를 했다. 그런데…… 리프라는 이름, 방금 전에 어디선가 들은 것 같기도 하고…….

"리프. 너, 여긴 어떻게 냄새를 맡고 찾아온 거야?"

레티시엘이 입을 여는 것보다 먼저, 미란다레트가 놀란 것 같은 소리를 내며 히르메스에게 말을 걸었다.

"루루! 역시 너도 여기 드나들고 있었구나! 왜 최근에 같이 집에 돌아가지 않았는지 겨우 알았어!"

"그, 그건 미안해…… 아, 아니 그게 아니라!"

미란다레트와 히르메스가 서로 시시덕거렸다. 히르메스는 태연했지만, 미란다레트는 창피해하거나 허둥거리거나 화를 내는 등 바빴다. 그랬다. 리프라는 건, 분명히 미란다레트의 약혼자 이름이었다.

"과연. 그가 미란다레트 양의 약혼자이군요."

"예에. 그런 것 같아요."

미란다레트의 미들 네임은 「루루」였다. 서로 미들네임을 부른다는 것은, 두 사람은 꽤나 사이가 좋은 정혼자인 것이리라. 어쩌면 방금 전 이야기를 듣고 미란다레트가 당황한 것은 이것이 원인이었는지도 몰랐다.

"그건 그렇다 치고, 놀랐어요. 설마 이렇게 빨리 미라 님의 사이좋은 약혼자를 만날 수 있을 줄이야."

"벼, 별로…… 저는 보통이라고 할까요…… 대단치 않다고 할까요."

미란다레트는 작은 목소리로 중얼거렸다. 그런데 저녁노을 때문인지 얼굴이 빨개진 것 같은 느낌이 들었다. 그런,

솔직해지지 못하는 약혼자를 히르메스는 걱정스러운 눈으로 물끄러미 바라보았다.

"루, 루루? 왜 그러는 거냐? 괜찮은 거냐?"

히르메스는 여전히 걱정스러운 듯이 미란다레트의 얼굴을 들여다보려고 했고, 미란다레트는 바로 얼굴을 돌려버렸다. 때문에 두 사람은 자신의 꼬리를 사냥감으로 착각해 그 자리를 빙글빙글 도는 작은 동물 같은 느낌이 되어 있었다.

'저 사람, 둔감한 걸까?'

왠지 주인의 곁을 빙글빙글 맴도는 개의 환각이 보이는 것 같아서, 레티시엘은 허둥지둥 고개를 흔들어 그것을 머릿속에서 지워냈다. 갑자기 고개를 흔드는 레티시엘의 행동에, 옆에 있던 지크가 의아한 얼굴을 했다.

"헉! 이런! 이야기가 딴 길로 샜다!"

히르메스가 그런 레티시엘의 움직임을 눈치 빠르게 잡아내고는, 빙글 하고 다시 이쪽을 향해 돌아섰다. 뭔가 정신없는 사람이라는 생각이 든 것은 비밀이었다.

"도로셀 님. 다시금 부탁합니다. 저도 함께 활동하게 해주십시오!"

"아, 음…… 히르메스 님은 애초에 왜 여기에 끼고 싶으신 거죠?"

"여러모로 사정이 있습니다!"

히르메스는 허리에 두 손을 갖다 대고 득의양양하게 대답했다. 그렇지만 그 대답에 레티시엘은 오히려 어떻게 반응해야 할지 더 곤란해졌다.

"……저, 여러모로 라고 해도 알 수가 없으니, 되도록 하나씩 이야기해 주면 고맙겠는데요."

"아아아! 그렇죠! 죄송합니다!"

그렇게 지적을 받고 비로소 알아차린 것일까, 히르메스는 헉 하고 움직임을 멈추었다. 그리고 부끄러움을 감추기 위한 것일까, 벅벅 자신의 머리를 긁었다.

"저, 도로셀 님에게 검술을 배우고 싶어서 왔습니다!"

"……에?"

진지한 표정으로 말한 히르메스의 한 마디에 레티시엘은 저도 모르게 얼빠진 대답을 하고 말았다.

"저, 검술은 지도하지 않는데요……."

"알고 있습니다! 하지만, 전 꼭 도로셀 님에게 검술을 배우고 싶습니다!"

"우선, 어디서 알았나요? 제가 검을 쓸 줄 안다는 걸."

분명 레티시엘은 검술을 익히고 있었다. 그렇지만 남에게 가르칠 정도의 실력은 아니라고 생각했다. 애초에 그 사실은 누구에게도 말하지 않았고, 남 앞에서 검술을 선보인 적도 없을 터인데. 그러나 그 뒤에 이어진 히르메스의 설명을 듣고 레티시엘은 납득했다.

히르메스가 정체불명의 검희와 만난 것은 보름 정도 전.

쉬는 시간에 교실이동으로 검술연습장에 왔다가, 마침 잊어버리고 갔던 물건을 찾으러 옆 부스 앞을 지났을 때였다. 검술연습장의 부스는 문이 없었기 때문에, 그는 입구를 통해 목검을 휘두르는 도로셀을 봤다고 했다.

처음에는 단순히 그녀가 검을 다룬다는 사실에 놀라움을 금치 못했지만, 두 번, 세 번 계속 보는 사이 레티시엘의 검이 지금까지 본 그 누구의 것보다 아름답다는 사실을 알아차렸다. 군더더기도 없고 빈틈이 없는, 보여주기 위한 검이 아닌 그저 적을 베는 것에 특화된 검에 매료되었다고 했다.

히르메스는 검에 대해 상당한 자신을 갖고 있었지만, 검희의 세련된 기술에는 눈이 뜨인 것 같은 기분을 맛봤다고 했다.

"그 뒤로는 수업이 있을 때마다 옆 부스를 들여다보고, 도로셀 님이 있으면 그 기술을 관찰했습니다!"

"……누군가 지켜보고 있다고는 생각하지 못했네요."

검술연습장은 부스별로 문이 따로 없다는 사실을 잊고 있었다. 수업 중이겠지 하고 방심했던 일을 레티시엘은 후회했다.

"저, 삼 형제의 장남이라 형제 중에서는 제가 제일 강하다고 생각했고, 동년배 중에 저보다 강한 사람은 별로 없을 거라고 멋대로 생각하고 있었습니다만, 저 따위는 아직 한참 멀었다는 사실을 실감했습니다."

레티시엘의 검술은 정말 호신술 정도의 수준이었고, 지금까지 그것을 칭찬받은 적은 없었다. 때문에 자신의 검이 누군가의 검술 인생을 바꿔 놓았다는 식으로 격찬받자 위화감 반 기쁨 반에 왠지 근질거렸다.

"그러는 사이, 연습장에서 보고 있는 것만으로는 부족해져서요. 어제 루루네 집에 다녀오신 아버님께, 루루가 늘 방과 후에 도로셀 님과 공부하고 있다는 말을 듣자, 이거다! 라고 생각해서 오게 된 겁니다!"

"과연. 그래서 여기 온 것이군요."

"옙! 게다가, 최근 루루와 함께 하는 시간이 적어져서 말입다. 여기선 루루와 같이 있을 수 있으니까 반드시 동료가 되어야겠다는, 약간의 사명감도 있었습니다!"

"……!"

뒤이어 히르메스에게서 흘러나온 말에 레티시엘은 어머나? 하고 고개를 모로 꼬았고, 미란다레트는 무척 놀란 표정을 지었다.

"리프, 너 여기에 온 이유가 결국은……."

"그래! 여기 오면 도로셀 님에게 검술을 배울 수도 있고, 루루와도 함께 있을 수도 있고, 또 전처럼 루루와 같이 돌아갈 수도 있으니까 말이지! 일석삼조잖아!"

사뭇 당연하다는 듯이 자신만만하게 단언하는 히르메스의 말에 미란다레트의 뺨이 점점 빨갛게 변했다.

"바, 바보! 바보 리프! 뭘 아무렇지도 않게 그런 말을 하는 거야?!"

"헤? 어, 어라? 나, 뭔가 이상한 소리를 했어??"

"……그 뭐라고 할까요…… 그…… 참, 흐뭇한 광경, 이군요."

"그, 그러네요……."

"거기! 쓸데없는 소리 하지 마!!"

"어? 아, 예. 죄송합니다."

초조한 나머지 존댓말을 붙이는 것도 잊어버린 미란다레트의 무서운 태도에 레티시엘은 저도 모르게 사과를 하고 말았다. 그리고 어디가 재미있었는지는 수수께끼였지만, 지크가 작게 웃음을 터뜨렸다. 히르메스가 이곳에 온 이유를 듣고 있었을 터인데, 왜 이렇게 된 것인가.

"어쨌든!"

그런 말과 함께 그 자리의 공기를 불식시키려는 것처럼 크게 손뼉을 치며 레티시엘은 탈선한 화제를 겨우 본래의 궤도로 되돌렸다.

"그렇게까지 칭찬받을 만한 실력은 아니에요."

"무슨 말을 하는 겁니까! 그렇게까지 군더더기 없고 아름다운 검을 본 것은 처음입니다! 아버님도 그렇게까지 아름답게 검을 휘두르지는 못하십니다!"

"하아…… 고맙습니다?"

히르메스는 레티시엘의 실력을 절찬했으나, 그녀에게는 여전히 피부에 와 닿지 않았다.

"지금까지는 보고만 있었습니다만, 역시 그것도 한계입니다. 저는 도로셀 님에게 직접 검을 배우고 싶습니다! 그러니까 함께 활동하게 해 주세요! 아니, 안 된다면 한 번 겨뤄보는 것만으로도 좋으니까요!!"

그렇게 말하며 히르메스는 스윽 하고 뭔가를 내밀었다. 짙은 갈색에 가늘고 길며, 살짝 휜 이 형태는…….

"히르메스 님. 그건……."

"검술연습장에서 가져왔습니다!"

"……아니, 가져오면 안 될 것 같은데요."

연습장에 놓여 있던 범용 목검이었다. 지금 당장 갖고 돌아가라고 말하고 싶었지만, 히르메스에겐 포기할 생각은 추호도 없어 보였다.

"설마 도로셀 님이 검술도 익히고 계신 줄은 생각도 못했어요…… 보고 싶습니다!"

"예?"

"저도, 조금 흥미가 있습니다……."

거기에 미란다레트와 지크까지 가세했다. 도망갈 길이 막혀버린 레티시엘은 체념하고 헤르메스의 손에서 목검을 받아들었다.

"말해두지만, 전 가벼운 호신술밖에 익히지 않았어요."

"상관없습니다! 저는 제가 반한 검술의 주인과 싸워보고 싶을 뿐이니까요!"

레티시엘의 검의 어디가 좋았던 것인지 석연치 않았지만,

이미 겨뤄보겠다고 결심한 이상, 더 생각할 필요는 없었다. 레티시엘은 히르메스와 넓게 트인 공간으로 이동해 목검을 쥐고 자세를 잡았다. 시합개시의 신호는 지크에게 부탁했다.

"그럼…… 시작!"

"하아아아아!!"

시작신호와 함께 파고 들어온 것은 헤르메스였다. 과연 검술과 체술을 단련한 인물답게 상당히 날카로운 일격이었다.

그 일격을 레티시엘은 목검을 기울이며 받아 흘렸다. 목검이 서로 부딪치는 메마른 소리가 마술훈련장에 울려 퍼졌다.

공격이 튕겨난 히르메스는 즉시 검을 거두고 후방으로 물러났다가 다시 공격을 해 왔다. 그에 반해 레티시엘은 스스로는 공격을 하지 않고 우선 방어에 전념하면서 그의 실력을 관찰했다.

히르메스는 레티시엘이 봐도 훌륭한 검사였다. 아직 젊기 때문일까. 움직임에는 아직 거친 부분도 많았지만, 훈련을 계속하면 상당히 강해질 수 있으리라.

그러나 뭔가가 부족했다. 히르메스는 알아차리고 있을까. 자신이 레티시엘의 급소를 피하고 있다는 사실을. 그는 적을 벤 적이 없었다. 때문에 검이 어딘가 가벼웠다. 이른바 도장검술이었다.

'뭐, 태평한 시대에 사람을 벨 각오를 갖고 있어도 별로 의미가 없을까.'

똑바로 내질러 온 히르메스의 2단 공격을 정확한 움직임으로 흘려내고 일단 도약해 거리를 벌리면서 레티시엘은 생각했다.

"타앗!"

히르메스가 땅을 크게 차면서 크게 휘두른 검을 내리쳤다. 그 검의 움직임을 신중하게 끝까지 지켜본 뒤 레티시엘은 목검을 가로로 누이면서 뒤로 물러났다.

두 자루의 목검이 서로 부딪치고, 레티시엘이 뒤로 물러남에 따라 히르메스는 자신이 낸 속도의 반동을 다 죽이지 못하고 비틀거렸다.

솜씨는 결코 나쁘지 않았다. 일격 일격에 무게가 있었고, 직감으로 움직이는 센스도 있었다. 그러나 전체적으로 큰 동작이 많아서 이렇게 허를 찔리기 쉬웠다. 집단전이었다면 살아남을 수 있을지도 모르지만, 어쨌든 틈이 많은 것은 문제였다.

시합은 히르메스가 공세인 채로 질질 5분 가까이 계속 되었다. 레티시엘은 그저 히르메스의 공격을 받아 흘리며 줄곧 수세를 관철했다. 차츰 히르메스의 얼굴에 초조함이 떠오르기 시작했다.

무리도 아니리라. 그가 진심으로 덤비고 있다는 것은 싸우고 있는 레티시엘이 가장 실감하고 있었다. 그런데도 자신의 검은 상대에게 전혀 닿질 못했고, 레티시엘은 얼굴빛 하나 안 바꾸고 있으니까. 지크와 미란다레트도 말을 잃고 있었다.

초조함이 더해가는 가운데, 히르메스의 동작이 점차 커지면서 공격의 횟수가 늘어났다. 일격 일격을 우선하는 것이 아니라, 스피드를 우선시하는 전법으로 전환한 것 같았다.

'……아아, 반갑네, 이 감각.'

격렬한 시합 도중 레티시엘은 무의식적으로 미소를 지었다. 레티시엘이 전장에서 검을 쥐고 싸운 일은 많지 않았지만, 그래도 마술의 태풍을 뚫고 나온 강자는 이렇게 검술을 펼쳤다.

물론 당시처럼 마술을 병용하고 있는 것은 아니었으나, 그래도 레티시엘은 당시의 일이 떠올라서 즐거워졌다.

찌르기 자세로 검을 쥔 히르메스가 바람을 가르며 돌진해왔다. 레티시엘은 그것을 목검의 손잡이로 쳐내고 방어력이 제로가 돼 버린 히르메스의 발에 다리후리기를 걸었다. 레티시엘이 처음으로 공격으로 전환한 순간이었다.

발밑에서의 공격에 대처하지 못하고 히르메스가 균형을 잃고 쓰러졌다. 거기에 추격타를 넣고자, 레티시엘은 히르메스를 향해 목검의 끝을 아래로 하고 내리찍었다. 히르메스는 간발의 차이로 자신의 얼굴을 향해 날아드는 목검의 끝을 알아차리고 순간적으로 옆으로 굴러 피했다.

거기서부터 형세는 순식간에 역전되었다. 히르메스가 자

세를 바로잡기 전에 레티시엘은 마치 총알과도 같은 속도로 그 품속으로 파고 들어갔다.

그 예상 이상으로 빠른 속도와 공격의 무게에 히르메스는 이를 악물고 그저 정신을 가다듬고 그 공격을 막아내는데 집중했다.

서로 시합을 벌인 시간은 그렇기 길지 않았지만, 히르메스에게는 긴 시간이 지난 것처럼 느껴졌다. 레티시엘의 맹공이 약해진 한순간의 틈을 타 히르메스는 재빨리 후방으로 물러나면서 태세를 바로잡고 눈앞의 검희와 대치했다.

자신은 금방이라도 숨이 끊어질 것처럼 헐떡거리는데, 그녀는 몇 차례 심호흡을 했을 뿐이었다. 그 괴물과도 같은 강함에 히르메스는 전율을 느끼는 동시에 존경의 마음을 품었다. 그리고 순수하게 그녀에게 이기고 싶다고 바랐다.

이 일격으로 끝낼 생각인 것일까. 히르메스의 자세가 바뀌었다. 양손으로 목검의 손잡이를 잡고, 그것을 어깨 부근에 든 채 허리를 낮추었다. 레티시엘도 작게 미소를 띠고는 목검을 수평으로 쥐었다.

"우오오오오!!"

우렁찬 외침을 지르면서 히르메스는 모든 체력을 불태워 레티시엘과의 거리를 좁히고, 넓은 하늘을 향해 크게 검을 들어올렸다. 그의 모든 힘을 실은 일격이 내리쳐졌고, 레티시엘은 그 검을 향해 자신의 검을 휘둘렀다.

머리 위로 쳐올리는, 쓸데없는 움직임이 전혀 들어있지 않고 힘이 온전히 실린 기술에 목검이 마른소리를 내며 헤르메스의 손에서 벗어나 하늘 높이 튕겨났다. 그것이 지면에 박히는 것과 동시에 헤르메스의 목 끝에 또 한 자루의 목검이 들이대어졌다.

어느새 이동한 것일까. 레티시엘은 히르메스의 등 뒤에 서 있었다. 순식간에 벌어진 일이었다. 히르메스는 목에 닿은 차가운 목검의 감촉에 얼굴을 창백하게 물들였다. 만약 이것이 실전이었다면 그는 확실하게 죽었을 것이다.

"……졌습니다."

히르메스가 항복의 신호와 함께 두 손을 들었다. 그 목소리에 레티시엘은 헉 하고 정신을 차렸다. 그녀의 목검은 히르메스의 목에 살짝 닿은 상태였다.

"미, 미안해요. 괜찮은가요?"

레티시엘은 서둘러 목검을 내리고 지면에 엉덩방아를 찧은 히르메스에게 손을 뻗었다. 히르메스가 생각했던 것보다도 훨씬 싸우는 보람이 있는 상대라 즐거워져서, 도중부터는 저도 모르게 진심으로 싸웠다는 사실은 자각하고 있었다.

"완패입니다. 도로셀 님은 굉장하네요."

레티시엘이 내뻗은 손을 붙잡으며 히르메스가 분하다는 듯이 그렇게 말했다. 그렇지만 그 표정은 조금도 유감스러운 것 같지 않았다.

"줄곧 검술훈련을 해 온 귀족의 도련님을 상대로 금이야 옥이야 자라왔을 터인 영애가 이기다니 대체 어떻게 된 걸까요?"

"……저런 고도의 기술은 본 적이 없습니다. 정말로 어디서 저런 월등한 힘을 익힌 것인지."

미란다레트에 이어 지크까지 멍하니 그렇게 말했다. 그러나 레티시엘은 상처가 생긴 목검을 수복하면서 고개를 저었다.

"딱히 대단한 것이 아닙니다. 뭐…… 살짝 힘 조절에 실패했지만, 이 정도는 보통이에요."

레티시엘이 살던 시대에서는 호신술이라는 것은 최소한의 능력으로 상대를 얼마나 빠르고 정확하게 쓰러뜨릴 수 있는지가 중요했다. 그 힘으로 적을 베어 죽이는 일도 드물지 않았으며, 평민이든 귀족이든 불문하고 모든 인간이 그 정도는 할 수 있는 것이 당연한 시대였다. 본격적으로 군에 몸을 둔 사람들은 좀 더 규격 외였다.

"'아니, 지금 그건 절대 보통이 아니야……'"

그러나 지금은 그렇지 않았다. 군에 종사하지 않는 한 무술을 익히는 일은 없었고, 애초에 평화로운 세상이니 그렇게까지 높은 기술은 요구되지 않았다. 그런 시대의 무술과 그녀의 무술은 수준이 달랐다. 이질적일 정도였다.

자신의 검술에 아무 위화감도 품지 않는 레티시엘에게 다른 세 사람은 말로 하지는 않았지만, 마음속으로 나란히 똑

같은 태클을 걸었다.

"하지만 히르메스 님의 실력도 꽤 뛰어나다고 생각해요."

"진짜인가요?!"

"예. 훈련을 하면 좋은 검사가 될 수 있지 않을까……."

"훈련시켜 주시는 건가요?! 감사합니다!"

"……응?"

레티시엘이 히르메스의 실력을 높게 평가하는 것은 틀림없었다. 한층 더 훈련을 거듭하면 꽤 강해질 것이라고 생각하는 것도 사실이었다. 그런데 지금, 그의 머릿속에는 뭐가 어떻게 되어서 그런 결론에 다다른 것일까.

"기다려 주세요. 저, 좋은 검사가 될 수 있을지도 모른다, 라고는 말했지만, 가르치겠다는 말은 한 마디도……."

"앞으로 잘 부탁드립니다! 스승님!"

"……."

레티시엘의 말을 끝까지 듣지도 않고 히르메스는 만면의 미소를 띠었다. 붕붕 꼬리를 흔드는 모습까지 보이는 것 같았다. 아무래도 그의 안에서는 이미 레티시엘이 그에게 검을 가르치는 것으로 확정된 모양이었다.

"……알았습니다. 하지만 기대는 하지 말아 주세요."

"예!"

천진난만하게 눈을 빛내는 히르메스에게 레티시엘은 한숨을 쉬면서도 꺾였다. 니콜도 그렇고 히르메스도 그렇고, 역시 자신은 억척스럽게 자신의 주장을 관철하는 태도에는 약한지도 몰랐다.

“히르메스 님은 언제부터 검을 배우셨나요?”

레티시엘은 여전히 땅바닥에 앉아있는 히르메스에게 물을 건네면서 물었다. 히르메스는 물을 한 모금 마시고, 마치 기다리고 있었다는 것처럼 희희낙락해서 이야기를 시작했다.

“사물을 분별할 수 있게 되었을 때부터입니다!”

“그거 대단하군요. 양친께서도 검술을 익히셨나요?”

“그렇습니다! 저는 삼형제 중 장남이지만, 우리 형제는 전원 기사아이입니다!”

히르메스의 말에 섞여있던 정체불명의 단어에 레티시엘은 고개를 갸우뚱했다.

“……기사아이? 그런가요?”

“리프의 본가인 그웰 자작가는 대대로 기사를 배출한 무술파 집안이에요.”

“그랬군요…….”

설명이 부족한 히르메스를 대신해, 미란다렌트가 탄식조로 해설을 덧붙여 주었다. 아무래도 기사아이란, 기사 가문의 아이들이라는 의미인 모양이었다.

“다만, 귀족가의 장남은 반드시 루크레치아 학원에 다녀야 한다는 규정이 있었기 때문에…….”

“아니! 루크레치아 학원이라도 도로셀 님이라는 맹자(猛

者)를 만날 수 있었으니까 나는 딱히 만족하고 있어!"

"무슨 말을 하는 거야? 얼마 전까지만 해도 하인겔 학원 쪽으로 가고 싶었다고 툴툴거렸잖아."

"그, 그건 예, 옛날에 한 얘기고."

히르메스가 제대로 말을 버벅거렸다. 헤르메스는 왜인지 알기 쉽게 동요해서 뭔가를 얼버무리려 했지만, 레티시엘은 그보다는 다른 말에 흥미가 끌렸다.

"……하인겔 학원?"

처음 듣는 학원의 이름에 레티시엘은 고개를 모로 꼬았다. 학원이란 루크레치아 학원을 말하는 것이라고 생각했는데, 하나만이 아닌 건가?

"예! 루크레치아 학원과 똑같이 왕도 니르반에 있는 학원이지만, 하인겔 학원은 말하자면 사관학교예요!"

방금 전의 동요는 어디에 갔는지, 순식간에 회복한 히르메스가 오른손을 꽉 주먹 쥐면서 그렇게 역설했다.

"원래는 검신 하인겔 님이 정예병 육성을 위해 설립한 연병기관이었지만, 디트리히 님의 사후, 나라에서 생전의 공적을 기리기 위해 그 이름을 붙여 나라를 지키는 군인과 기사의 양성 기관으로 재건한 겁니다! 오라시오 후작가라든가, 케룬 자작가라든가, 베타 백작가라든가 무예의 명문가가 모두 이곳 출신에, 그 외에도 우수한 기사나 군인을 많이 배출하고 있죠!"

히르메스가 빠른 속도로 끝없이 말을 이었다. 과연. 루크레치아 학원이 지식을 배우는 곳이라면 하인겔 학원은 무술을 익히는 곳이라는 건가.

"게다가 하이겔 학원에는 일반과정과 특수과정이라는 게 있는데, 특수과정은 검에 마법을 입혀 싸우는 훈련을 해서 마력치가 일정 이상 되지 않으면 들어갈 수 없는 엘리트 코스예요! 어차피 마법과 검을 병행하는 건 출세에 필요한 최소한의 기술이니까 말이죠. 다만, 검과 마법을 같이 다루는 건 엄청 어려워서 케룬 자작가처럼 대대로 특수과정에 들어가는 건 완전 보기 드물어요! 좋겠다. 나도 마력이 강하면 마력으로 이렇게…… 딱 멋진 검기를 선보이고 싶어……!"

"그, 그렇군요."

가문의 장남은 집안을 잇기 위한 지식을 익히기 위해 루크레치아 학원에 의무적으로 입학하게 돼 있으나, 그 이외의 아들들에게는 그것이 적용되지 않았다. 때문에 히르메스의 동생들은 그들의 희망대로 하인겔 학원에 다닐 예정이라는 것 같았다.

"꽤나 자세히 아는군요. 히르메스 님은 하인겔 학원을 무척 좋아하시는군요."

"……헛!"

저도 모르게 말실수를 해서 무덤을 파고 만 히르메스를 보고 레티시엘은 쓴웃음을 지었다. 어수선했지만, 어딘가 미워할 수가 없는 사람이었다.

"하, 하지만하지만! 루크레치아 학원에는 『감벽의 사자』도 있으니까요. 후회는 하지 않습니다! 아무튼 동경하는 사람이니까요!"

"……감벽의…… 사자?"

뭔가의 별명일까. 레티시엘로서는 별 생각 없이 물어본 것뿐이었다. 그러자 그 자리에 있던 전원이 그녀에게 경악에 찬 시선을 보냈다.

"어. 도로셀 님, 『감벽의 사자』를 모르시나요?"

"예. 모르는데요…… 그런 사람이 이 학원에 있나요?"

"……있고 자시고, 학원장님이세요."

옆에서 지크가 그렇게 말했다. 레티시엘은 놀라서 눈을 껌벅거렸다.

"……학원장님이요?"

"예. 학원장님은 11년 전의 전쟁에서는 전선에서 싸우며 『감벽의 사자』라 불릴 정도의 공적을 세운 영웅적인 존재세요."

그런 이야기는 금시초문이었다. 듣자하니 전쟁 때 입은 상처로 군을 은퇴해 루크레치아 학원에서 후진을 양성하는 책무를 맡았다고 한다.

"그 말대롭니다! 게다가 오라시오 가는 먼 옛날부터 줄곧 왕국에 봉직해 온 유서 깊은 명문후작가로, 왕족과 왕도 부근을 경호하는 왕국 기사단의 기사단장을 가장 많이 배출한 엘리트 중의 엘리트! 본인도 마법의 힘이 강하면서도 스스로 기병으로서도 용맹스럽게 싸웠고, 더 나아가 기병의 지휘를 맡으면 비할 자가 없는 지휘 능력을 갖추고 있죠! 거기에 덧붙여, 스피리아 전쟁에서의 수많은 활약까지! 그야말로 기사를 목표로 하는 자의 귀감이라고 해도 과언이 아닌 분입니다!"

거친 콧김을 뿜으며 열변을 토하는 히르메스의 기백에 압도되어, 레티시엘은 어떻게 반응해야 할지 알 수가 없을 정도로 질겁했다.

"호, 호오. 학원장님이 그렇게 멋진 별명을 갖고 계셨다니 진심으로 놀랐네요."

"도로셀 양은 학원장님을 뭐라고 생각하시는 겁니까……."

무의식적으로 솔직하게 말하는 도로셀에게 지크는 곤란한 것 같기도 하고 어처구니가 없는 것 같기도 한 미소를 지었다.

"뭐, 어쨌든 여기서 보고 들은 것을 아무에게도 누설하지 않겠다고만 약속하면 또 와도 괜찮아요."

"진짠가요?!"

"예. 약속을 지켜준다면 그걸로……."

"고맙습니다! 저, 맹세하겠습니다! 여기서 보고 들은 일, 외부의 인간에게는 절대로 흘리지 않겠습니다!"

남아도는 기운을 사방으로 흩뿌리며 히르메스는 목이 빠

질 것 같을 정도로 기세 좋게 고개를 세로로 끄덕였다. 기합이 들어간 것은 좋은 일이었지만, 기세가 너무 좋아서 오히려 일말의 불안이 남았다.

"도로셀 님. 저도 확실하게 리프를 감시하겠으니……."

그것이 그 나름대로의 기쁨의 표현인 것일까. 히르메스는 재빨리 콧노래를 부르면서 바닥에 떨어진 목검을 주워 붕붕 휘두르기 시작했다. 그 모습에 미란다레트는 체념한 것처럼 레티시엘에게 말했다. 과연, 역시나 익숙하다는 것일까.

"……그래요. 잘 부탁해요."

너무 기운차게 휘두른 것일까. 목검이 히르메스의 손을 빠져나가 빙글빙글 돌면서 날아가 버렸다. 기다려—! 그렇게 외치며 목검을 쫓아가는 히르메스의 모습에, 레티시엘은 한층 더 불안해졌다.

"이걸로 저도 도로셀 님의 서클 동료이네요!"

날아가 버린 목검을 회수해서 돌아온 히르메스는 신바람이 나서 그렇게 말했다. 그렇지만 그의 말에 고개를 갸우뚱한 것은 레티시엘 쪽이었다.

"서클?

"흐에? 그게 도로셀 님은 서클 활동으로 여기에 와 계시는 거잖아요?"

"……?"

"어? 아닌가요?"

네 사람 사이에 미묘한 침묵이 흘렀다. 레티시엘과 미란다레트와 지크는 서로 얼굴을 마주보았다. 그러고 보면 자신들의 일과는 사람들이 서클 활동이라고 착각해도 이상하지 않다는 사실을 새삼 알아차렸다. 혼자 따돌림을 당한 히르메스는 머리 위에 물음표를 양산하고 있었다.

"히르메스 님. 한 가지 물어봐도 될까요?"

"예."

"혹시 히르메스 님은, 처음부터 저희가 서클 활동을 하고 있다고 생각해서 이곳에 오신 건가요?"

"예. 그런데요."

그게 뭔가 잘못됐나요? 그렇게 말하고 싶기라도 한 것 같은 눈을 한 히르메스의 모습에 레티시엘은 한숨을 내쉬었다. 히르메스에 대해서가 아니라 자기 자신에 대해서였다.

"맹점이었어요. 그러고 보면 이 학원에는 서클이라는 것이 존재했죠……."

한참 전에 루카스에게 설명을 들은 기억은 있었지만, 지금까지 완전히 잊고 있었다. 딱히 사람들이 멋대로 서클로 인식해도 곤란한 일은 없었지만, 서클을 만들지도 않았는데 사람들이 착각하는 것은 왠지 묘한 기분이었다.

"그렇다면, 차라리 서클을 만들까요?"

불현듯 지크가 그런 제안을 해 왔다. 레티시엘과 미란다레트가 나란히 지크에게 시선을 주었다.

"저는 어느 쪽이라도 좋지만, 서클을 만드는 것에 뭔가 이점이 있나요?"

"그렇군요. 이점이라고 해야 할까요, 서클이 됨으로써 활동 장소나 필요한 도구를 우선적으로 활용할 수 있고, 또 당당하게 활동할 수 있게 되겠네요."

"당당하게 활동할 수 있다, 고요……."

레티시엘은 생각에 잠겼다. 지크가 말한 대로, 지금의 레티시엘과 친구들은 이른바 공부 열심인 학생들이 자주적으로 남았을 뿐인 상태였다. 그 때문에 이후에도 방금 전의 중등생 같은 이상한 무리에게 방해를 받을 가능성이 적지 않은 것이다.

물론 시비를 걸어온다면 때려눕히면 되지만, 솔직히 그런 무리 따윈 아무래도 상관없었고 성가시기만 해서 엮이고 싶지 않았다. 서클 활동이라는 정식 활동 근거가 있다면 분명히 그런 억지를 둘러대는 꼴을 보지 않을 것 같았다.

"게다가, 서클을 만들어 두면, 우리가 늘 같이 있어도 이상한 소문이 나지 않을 겁니다."

"그러네요. 다시 말해 방파제 겸 위장막이라는 건가요?"

레티시엘의 말에 지크는 작게 고개를 끄덕였다. 뭐, 서클이 되면 입회희망자라는 새로운 적이 탄생할 가능성도 있었지만, 그것은 입회시험이라고 해서 검술로 때려 눕…… 아니, 불합격시키면 될 것이다.

"좋아요. 그럼 쇠뿔도 단김에 빼라고 했다고, 곧바로 학생회실로 가서 서클을 만들까요."

"아? 지금 당장 가는 거군요?!"

생각이 미치자 바로 행동에 옮기는 레티시엘에게 미란다레트와 지크는 쓴웃음을 지었지만, 곧바로 그녀의 뒤를 따랐다. 자리를 비운 사이에 연습 장소를 빼앗기지 않기 위해 부스의 출입구를 마술로 잠가놓는 것도 잊지 않았다.

"설립신청서……라고 했나요? 그건 어디에서 손에 넣을 수 있죠?"

"현관의 접수처에 있습니다. 그것을 작성해서 학생회에 제출하면 됩니다."

"이런 시간에도 학생회가 활동하나요?"

"할 거라고 생각해요. 학생회는 학원 안 모든 열쇠의 최종 체크를 하기도 하기 때문에 최종 하교종이 울릴 때까지 있을 거예요."

미란다레트의 조언을 얻어 레티시엘 일행은 학원 정면의 현관홀에 들어섰다. 접수처 자체는 이미 닫혀 있었지만, 서류는 밖에 놓여 있어서 언제든지 누구라도 자유롭게 가져갈 수 있도록 되어 있었다.

"멤버는 저와 미라 님, 지크, 그리고 히르메스 님이죠?"

"그러네요. 세 사람이 있으면 서클 설립을 신청할 수 있으니까 최소 조건은 문제없이 통과하리라고 생각합니다."

설립신청서에는 서클 이름과 멤버, 활동 목적과 활동 장소, 활동일 등을 적기 위한 빈칸이 죽 나열돼 있어서, 그것을 본 레티시엘은 귀찮다는 듯이 얼굴을 찡그렸다. 서클을 만들겠습니다, 라는 한 마디로 설립할 수 없는 것일까.

서클명은 마술을 감추기 위해 『마법동호회』라고 지었다. 그렇게 하면 레티시엘과 친구들이 마술연습을 해도 다른 학생들이 의심하지 않을 것이다.

"그런데, 서클의 대표자는 누가 되는 거죠?"

""""……….""""

학생회실로 향하는 도중, 설립신청서에 있는 『서클 대표』라는 칸에 시선이 멈추어서 레티시엘은 친구들에게 물어보았다. 그러자 그들은 얼굴을 마주보면서 입을 다물더니, 말없이 레티시엘에게 시선을 향했다.

"도로셀 님이에요."

"응응. 역시 도로셀 님이죠."

"예?"

망설이는 기색도 없이 고개를 끄덕이며 딱 잘라 말하는 미란다레트와 히르메스에게 레티시엘은 입을 반쯤 벌린 채 기묘한 표정으로 웃어보였다.

"저희는 도로셀 양에게 배우는 서클이니, 대표는 도로셀 양이 되어주시는 것이 타당하지 않을까 생각합니다만……."

"……예?"

거기에 지크도 어딘가 말을 꺼내기 어려워하는 것 같긴 했으나, 그렇게 추가 공격을 해 왔다. 아무래도 레티시엘은 처음부터 서클 대표로 지명돼 있었던 모양이었다.

한담 불가사의한 퍼즐

아버지가 언니와 함께 국왕을 알현한 그날 밤. 크리스타는 저녁 식사를 마치고 자신의 방으로 돌아가던 도중, 복도에서 도로셀과 엇갈렸다. 학원 이외의 장소에서 쌍둥이 언니를 보는 것은 꽤나 오랜 만이었다. 크리스타는 은색 머리카락이 지나간 방향으로 힐끗 시선만 향했다.

한쪽 옆구리에는 세 권 정도의 책을 끼고, 다른 빈손에는 책을 펼친 채 들고 있는 도로셀. 그녀는 주위의 시선은 신경 쓰지도 않고, 마치 앞을 보지 않아도 길을 다 안다는 것처럼 독서에 집중하면서 걷고 있었다.

'……역시 저 사람, 뭔가 이상해.'

도로셀의 모습이 계단 아래로 사라지자, 크리스타도 자신의 방으로 돌아왔다. 그래도 그녀의 뇌리에는 방금 전 본 도로셀의 뒷모습이 새겨져서 떨어지지 않았다.

'어떻게 하면 그렇게 움직일 수 있는 걸까…….'

크리스타는 소파에 털썩 주저앉아 천장을 올려다보면서 생각에 잠겼다.

고용인들 사이에 나도는 소문으로, 최근 도로셀이 때때로 도서실에 드나들면서 대량의 책을 방으로 가져가고 있다는 사실은 알고 있었다. 그러나 크리스타가 놀란 것은 다른 일이었다.

방금 전 도로셀이 계단을 내려가기 직전, 마침 1층에서 집사가 쟁반을 들고 올라오고 있었다. 그리고 크리스타는 봤던 것이다. 도로셀이 독서에 몰두한 채로 집사를 피한 것을.

크리스타는 무의식중에 왼쪽 위팔을 꽉 쥐었다. 그녀의 쌍둥이 언니는 어릴 적부터 신기한 힘을 갖고 있었다. 물건이 움직인다거나 공기의 움직임도 없었는데 바람이 분다거나, 언니의 주변에서는 늘 기묘한 일이 일어났다.

한때 그런 괴기현상은 조용해졌었는데, 최근에 와서 또다시 발생하는 것처럼 느껴졌다. 방금 전과 같은 앞뒤가 맞지 않는 움직임도 도로셀의 과거를 아는 사람으로서는 혹시 뭔가의 힘이 작용하고 있는 것이 아닐까 하고 의심하고 억측을 하게 된다.

"아가씨. 지금 잠시 괜찮으신지요."

방밖에서 두 번 노크하는 소리가 들렸다. 크리스타는 천장에서 문으로 시선을 움직였다.

"괜찮아요."

크리스타가 대답하자, 문이 열리고 티세트가 담긴 쟁반을 손에 든 집사가 입실했다. 방금 전 계단에서 도로셀과 마주친 그 집사였다.

"실례하겠습니다. 식후의 홍차를 가져왔습니다."

"테이블에 놔 줘요."

집사는 티세트를 테이블 위에 내려놓고 컵에 홍차를 따라 차를 마실 준비를 갖춰놓고는, 크리스타에게 인사를 한 번 하고 퇴실했다.

크리스타가 쌍둥이 언니에게 위화감을 느끼게 된 것은 약 한 달 정도 전이었다. 계기는 사소한 것이었다. 도로셀이 교사의 질문에 완벽하게 대답한 것이 시작이었다.

처음에는 뭔가의 변덕으로 공부를 한 것뿐이겠지 하고 생각했다. 그러나 그 다음 날부터 도로셀은 왜인지 수업에는 전혀 출석하지 않게 되었다. 점심시간에 식당에 모습을 나타낼 뿐 그 이외의 시간은 거의 모습을 볼 수 없게 되었다.

그것만이 아니라, 지금까지는 한 번도 가지 않았던 대도서실에 틀어박혀 지내고, 다룰 수 있을 리 없던 검을 다뤘으며, 연구실까지 받는 등 지금까지의 그녀는 아는 사람에게는 믿을 수 없을 법한 변화를 보였다.

성격이 변모하기 전의 예전의 성격으로 돌아갔다고 생각할 수도 있다. 그렇지만 예전의 성격과는 또 달랐다.

분명히 도로셀은 옛날부터 독서를 좋아하긴 했다. 그러나 예전에는 동화처럼 따뜻한 이야기를 즐겨 읽었다. 하지만 지금 읽는 것들은 어려운 학술서들 뿐이었다. 특히, 좋아했을 터인 로시포드와의 관계를 완전히 끊어버린 일이 크리스타의 의문을 증폭시켰다.

크리스타는 창문 앞에서 물러나 책상 서랍을 열고 그 안에서 한 통의 편지를 꺼냈다. 원래는 아버지인 스컬로 앞으로 온 편지였으나 크리스타가 억지를 써서 받아낸 것이었다.

그것은 국왕이 보낸, 도로셀과 로시포드의 약혼을 해소한다는 내용이 담긴 편지였다. 그와 동시에 약혼 해소에 이르게 된 경위로, 로시포드의 현재 용태에 대해서도 적혀 있었다.

로시포드가 현재 앓고 있는 마음의 병에 대해 해결책을 아는 것은 아니었으나, 크리스타는 그 증상을 전에도 본 적이 있는 것 같다는 느낌을 받았다.

'그 때와, 비슷해요…….'

크리스타의 기억은 지금으로부터 2년 전의 어느 밤으로 거슬러 올라갔다. 그날은 공작가의 저택에서 공작가의 쌍둥이의 생일을 축하하는 파티가 열렸다. 달이 매우 아름다웠고, 나뭇잎이 바람에 흔들리는 것 이외의 소리는 어딘가에 몸을 숨긴 듯 고요한 밤이었다.

쌍둥이의 생일 축하 파티라고는 해도, 실제로 사람들에게 축복받은 것은 크리스타 뿐이었다. 사교계에 섞여들지 못했던 도로셀은 회장에 모습을 보이지도 않았고, 그리 화제에 오르지도 않았다.

파티는 그대로 아무 일도 없이 진행되어 무사히 종료되었다. 그러나 회장을 정리하던 때, 야외 테이블을 치우던 고용인이 정원을 둘러싼 울타리 근처에 쓰러져 있는 도로셀을 발견했다.

도로셀은 바로 방으로 옮겨졌으나, 그 뒤로 사흘이나 계속 의식을 찾지 못했다. 처음에는 신경도 쓰지 않았던 고용인들 중에도 점차 걱정을 하는 자들이 나오기 시작하는 가운데, 도로셀이 의식을 되찾았다. 그리고 그녀는 그때까지와는 완전히 다른 성격이 되었다.

차분한 것처럼 보이면서도 사소한 일에도 흥분해서 물건을 던졌고 아우성을 치다가도 갑자기 울음을 터뜨렸다. 또, 누군가에게 아양을 떨 듯이 바짝 달라붙는 일도 있었다. 지금의 로시포드와 완전히 똑같지는 않아도 꼭 닮은 상황이었다.

"로시포드 님의 몸에, 대체 무슨 일이 벌어진 걸까요……."

학원에서 일어난 소동에 관한 자세한 정보는 학원 측이 엄중히 함구령을 내린 탓에 학생들에게는 거의 전해지지 않았다. 로시포드가 원인이라는 소문은 흘렀지만, 일련의 일이 어떻게 해결되었는지는 수수께끼에 싸인 채였다.

그러나 크리스타는 그 소동에 도로셀이 얽혀 있는 것 같은 느낌이 들었다. 갑작스러운 약혼 파기, 공작가로부터의 이탈. 로시포드의 정신 상태를 감안해 생각했을 때, 약혼이 지속 불가하다고 판단했다면 그뿐이었다. 그렇지만 크리스타에게는 쌍둥이 언니가 관여되지 않았으리라곤 도저히 생각할 수 없었다.

한 달 사이에 또다시 변모한 도로셀은 지금까지 이상으로 저택 사람들과의 관계를 끊어버렸다. 때문에, 크리스타는 그녀와 같은 집에 살면서도 무시무시한 뭔가와 함께 동거하고 있는 것이 아닐까 하는 생각이 들 때도 있었다. 그래서 그녀가 집을 나가게 되었다고 들었을 때, 솔직히 안도했다.

같은 집에서 사는 자신조차 그렇게 생각할 정도이니, 로시포드가 자신의 약혼녀였던 그녀를 까닭 없이 싫어했던 이유도 이해하지 못할 것은 아니었다.

"마녀, 인가……."

로시포드의 몸에 무슨 일이 일어났는지 알고 싶어서 학예사인 길룸을 찾아가 이야기를 들은 적도 있었다. 로시포드는 마녀를 벨 것이라고 말하며, 마녀살해의 성검을 들고 나갔다고 했다. 로시포드가 베려고 했던 마녀란, 언니를 말하는 것일까.

"……후우."

이 이상 생각해 봐도 결론이 나올 것이라고는 생각되지 않았다. 크리스타는 사고를 중단하고 앞서 집사가 타준 홍차를 입에 가져갔다. 시간이 지나 미지근해졌지만, 화상을 입는 것보다는 나을 것이다.

티포트의 옆에는 설탕과 우유, 잼이 든 종지도 마련되어 있었다. 그러나 크리스타는 아무것도 넣지 않았다. 홍차를 스트레이트로 마시게 된 것은 언제부터였던가. 찰랑 하고 흔들리는 표면에 비치는 자신을 보면서 크리스타는 멍하니 그런 생각을 했다.

4장 평화로운 세상에서의 전쟁

“……루빅. 말을 모는 것 정도는 스스로 할 수 있으니까 괜찮아요.”

“아뇨. 아가씨가 괜찮으셔도 제가 괜찮지 않습니다. 애초에 마차를 몬다는 위험한 행위를 아가씨에게 시킬 수는 없습니다.”

왕도 니르반의 교외에 있는 조촐하고 아담한 저택. 그 정문 앞에서 레티시엘은 마부석에 앉아 출발 준비를 하는 루빅과 대화를 나누고 있었다.

그녀의 앞에는 짙은 갈색의 기품 넘치는 디자인의 마차가 정차해 있었고 백마가 두 마리 메어 있었다. 이것은 이사를 올 때 오스왈드가 선물로서 준 것이다. 승차감이 꽤 좋았다.

새 저택으로 막 이사를 왔을 무렵 레티시엘은 전이로 학교에 등교했다. 그렇지만 집의 장소가 바뀌면서 통학로의 풍경도 변화했고, 그녀는 교외의 풍경이나 마을의 모습을 바라보면서 느긋하게 등교하는 것도 나쁘지 않다는 것을 알아차렸다. 그래서 최근에는 다시 마차를 이용하고 있었다.

루빅과 니콜 두 사람만으로 이 저택을 관리해야 하는 현재, 레티시엘은 그 두 사람에게 쓸데없는 일을 늘리고 싶지 않아서 스스로 마차를 몰려고 했다. 그러나 운 나쁘게도 루빅에게 발견되어 지금에 이르렀다.

전생에서는 말도 곧잘 타고 다녔다. 마차를 모는 것은 일도 아니건만. 레티시엘이 그렇게 생각하고 있으려니, 루빅이 마부석에서 내려와 마차의 문을 열어주었다.

"오래 기다리셨습니다. 아가씨. 준비가 끝났으니 타시지요."

"……알았어요. 그럼, 말몰이는 루빅에게 맡길게요."

"예. 맡겨 주십시오."

레티시엘이 마차에 오르자, 루빅은 문을 닫고 창문의 시야 밖으로 사라졌다. 잠시 뒤, 철썩 하고 채찍을 휘두르는 소리가 들리고, 말이 우는 소리와 함께 덜컹덜컹 마차가 달리기 시작했다.

자택의 위치가 바뀌면서 마차의 창문 밖으로 흘러가는 경치도 다른 것이 되어 있었다. 군데군데 나무와 숲이 흩어져 있는 조용하고 한갓진 평원의 광경을 바라보면서, 레티시엘은 흔들리는 마차에 몸을 싣고 니르반의 남문을 통과했다.

'……생각해 보면 나, 마을에 나간 적이 한 번도 없지?'

창밖으로 흘러가는 거리의 풍경을 바라보면서, 레티시엘은 새삼스레 그런 사실을 알아차렸다. 모처럼 공작가에서 해방되었겠다, 기회가 있다면 마을을 걸으며 좀 더 서민들이 생활하는 모습을 보고 싶었다.

이윽고 큰길 저쪽으로 루크레치아 학원의 정문이 보였다.

마차는 그곳을 통과해 정면 현관 앞에 정차했다. 문을 열어 준 루빅에게 에스코트 받으며 레티시엘은 마차에서 내렸다.

"그럼 다녀오십시오, 아가씨."

"예. 고마워요, 루빅."

루빅은 마부석으로 돌아가 고삐를 쥐었다. 레티시엘은 돌아가는 그를 배웅한 뒤 본관으로 향했다.

"오, 왔나. 도로셀. 좋은 아침이다."

현관홀에 발을 들여놓자, 전방의 기둥에 기대서 있던 루카스가 가볍게 한 손을 들며 인사를 건네왔다.

"안녕하세요. 이런 곳에 계시다니 별일이시네요."

"그래. 여기서 잠복하고 있지 않으면 넌 또 어딘가로 모습을 감출 거잖아."

"잠복을 하고 계셔도 어딘가로 갈 건데요."

"기다려라. 오늘만큼은 어디론가 가 버리면 곤란해."

왠지 손이 많이 가는 아이라고 말하는 것 같은 그 어조는 조금 의외였다. 그대로 루카스를 무시하고 지나가려고 하는 레티시엘을 루카스가 불러 세웠다.

"왜 그러시죠?"

"오늘 오전 중에 초등생 전원이 참가해야 하는 강연회가 있다."

"……그거, 제가 출석해야 할 이유가 있나요?"

"좀처럼 만날 수 없는 사람들이 오니까 말이지. 재미있는 이야기를 들을 수 있을지도 몰라.”

레티시엘은 강연회 같은 것에는 흥미가 없었고, 그런 종류의 이야기의 내용에도 크게 기대하지 않았다. 하지만 그런 말을 듣자 신경이 쓰였다. 만에 하나라도 그녀가 알지 못하는 지식이 있을 가능성을 생각해서, 레티시엘은 강연회에 참가하기로 했다.

“……알겠습니다. 갈게요. 강연회는 어디서 열리나요?”

“대강당이다. 식당 바로 위에 있으니까 바로 알 수 있을 거다.”

우선 출석은 하고 재미있는 이야기를 들을 수 있으면 그걸로 됐고, 재미가 없다면 적당히 다른 일을 해서 시간을 죽이면 되겠지. 레티시엘은 생각과 태도를 바꾸기로 했다.

“그건 그렇고 제가 여기로 오지 않았다면 어떻게 하실 생각이셨나요?”

“최근에 너 계속 마차로만 등교하고 있잖아. 다른 학생들의 마차가 정차해 있는데, 네가 마부석에 앉아 마차를 몰고 온 날에는 눈을 의심했다.”

“말을 모는 것도 의외로 재미있어요.”

“그런 문제가 아니잖아!”

대강당은 본관 2층, 식당의 윗 층에 위치하고 있었다. 레티시엘은 중앙 계단을 올라가 대강당으로 들어섰다.

대강당은 일반 교실과 비교해 천장이 높았고, 입구에서

안쪽을 향해 좌석들이 완만하게 경사를 이루고 있었다. 좌석수도 일반 교실의 세 배에서 네 배 정도로 많았는데, 이미 여기저기 자리가 차 있었다.

앞쪽의 자리에는 아무도 앉아있지 않았는데, 레티시엘은 굳이 가장 앞줄의 통로 쪽 자리에 앉았다. 뭐니뭐니 해도 그 자리는 출입구와 가장 가까운 위치라서, 강연이 끝나면 곧바로 강당을 나가기 좋은 요충지였다.

"아! 도로셀 님. 안녕하세요."

잠시 동안 강당에 드나드는 학생들을 무의미하게 멍하니 바라보고 있으려니, 그 안에 섞여 있던 미란다레트와 눈이 마주쳤다.

"안녕하세요. 빨리 왔네요."

"그렇지도 않아요. 옆에 앉아도 될까요?"

"물론이죠."

미란다레트는 레티시엘의 옆에 자리를 잡았다. 하지만 가장 앞줄이라 그런가, 어딘지 진정이 되지 않는 것 같았다.

"그건 그렇다 쳐도 도로셀 님, 용기 있으시네요. 가장 앞자리에 진을 치시다니……."

"그게, 여기가 문에서 가장 가깝잖아요?"

"그, 그런 이유였군요……."

1교시 시작 20분 전이 되자, 그때까지 한산했던 문 근처가 붐비기 시작했다. 강당 안은 방금 전까지의 두 배의 학생수로 북적거렸고, 자리다툼을 하는 소리도 들려왔다.

"두 분 모두 안녕하세요."

"어머, 지크. 안녕하세요."

그 학생들의 파도와 함께 지크가 대강당에 발을 들여놓았다. 레티시엘과 미란다레트가 앉은 테이블에는 이미 빈자리가 없었기 때문에, 지크는 통로를 사이에 끼고 건너편에 있는 테이블의 끝자리에 앉았다. 레티시엘의 바로 옆자리였다.

"오늘 강연에서는 대체 무슨 이야기를 할까요?"

레티시엘은 양옆에 앉은 친구들에게 물었다. 이러니저러니 해도 그녀는 루카스에게 강연이 있다는 말밖에 듣지 못했기 때문에 그 내용까지는 알지 못했다.

"해군 장관인 밸런타인 공작과 마법성 장관인 블루아 공작의 강연회입니다. 매년 열리는 정례 행사 같은 거예요."

루크레치아 학원에서는 매년 초등생 전원을 대상으로, 당대의 국군 장관과 마법성 장관을 초청해 강연회를 연다고 했다. 다만 연도에 따라서 이야기의 내용이 다르기 때문에, 재미있는 해가 있으면 시시한 해도 있다던가.

올해도 본래라면 국군 장관이 올 터였는데, 최근에 군은 국내에서 일어나는 여러 가지 사건으로 한창 바빴다. 국군 장관 역시 예외는 아니어서 집무로 올 수 없게 되었기 때문에, 그 대신 해군 장관이 온 것이었다.

"공작……이라는 것은 5대공들이시겠군요."

"예. 밸런타인 공작도 블루아 공작도 원래는 후작이었던 것 같습니다만, 11년 전의 스피리아 전쟁 당시의 공적을 인정받아 작위를 하사받았다고 들었습니다."

"흐음……."

지크의 이야기를 들으면서 레티시엘은 머릿속에 학원장의 모습을 떠올렸다. 이전에 히르메스가 말했다. 루카스의 가문인 오라시오 가는 옛날부터 왕국에 봉직한 **후작**가문이라고.

루카스가 세운 공적이 어느 정도의 것인지는 알 수 없었으나, 어째서 『감벽의 사자』라고까지 불리던 그가 승격도 하지 않고 후작위에 머물러 있는 것일까.

"우와, 위험했다—! 늦는 줄 알았네—!"

수업 시작을 몇 분 남기고 히르메스가 대강당으로 뛰어 들어왔다. 아무래 성대하게 늦잠을 잔 모양이었다.

"히르메스 님, 곧 시작을 할 테니까 빨리 자리에 앉는 편이 좋지 않을까요?"

"예? 여러분한테서 멀리 떨어진 자리밖에 없잖아요!"

"그건…… 어쩔 수 없는 일이에요."

히르메스가 터벅터벅 빈자리로 걸어갔다. 버림받은 강아지처럼 애환이 떠도는 그 뒷모습에 레티시엘은 자신의 탓이 아닌데도 왠지 미안한 기분이 들었다.

이윽고 대강당에 수업개시를 알리는 종이 울려 퍼지고, 그와 동시에 문에서 두 사람의 남성이 들어왔다. 턱수염을 기른 어딘가 엄격해 보이는 풍모의 남성과, 옅은 회색의 머리카락과 수염을 가진 초로의 남성이었다.

"해군 장관인 노먼 스코트 밸런타인이다. 우선은 내가 이야기를 하도록 하지."

엄격한 풍모의 남성이, 낮고 무거운 목소리로 조용히 말했다. 그것만으로도 상당한 박력이 있어서 여기저기에서 작은 술렁거림이 일었다.

밸런타인 공작의 강연은 주로 국군의 구조와 채용 조건 등으로 채워져 있었다. 플라티나 왕국의 군은 해군 장관이 이끄는 해군과 육군 장관이 통솔하는 육군, 그리고 그 양쪽을 모두 관리하는 국군 장관으로 구성돼 있었다. 입대에 신분 제한은 없고, 시험만 통과하면 누구나 들어갈 수 있다고 했다.

일찌감치 이것은 자신과는 그다지 관계가 없는 얘기라고 판단한 레티시엘은 흘려듣고 있었지만, 일부의 남학생들은 열심히 귀를 기울이고 있었다.

히르메스도 예외 없이 그런 남학생 중 한 명이었다. 그는 레티시엘에게서 네 자리 정도 뒤쪽에 앉아 있었는데, 가장 앞자리에 있는 레티시엘이 뒤를 보지 않아도 알 수 있을 정도로 즐거워하는 오라를 내뿜고 있었다. 레티시엘의 옆에서는 미란다레트가 곤란하다는 듯이 이마에 손을 얹고 있었다.

"그럼 내 이야기는 이상이다."

담담하게 예정했던 이야기를 마치자, 밸런타인 공작은 바로 단상에서 내려와 블루아 공작에게 자리를 양보했다. 처음부터 끝까지 기복이 없어서, 좋은 의미로도 나쁜 의미로도 평범한 수업과 다르지 않은 강연이었다. 일부 학생들은 매우 기뻐했지만.

"마법성 장관인 윌리엄스 지르바 블루아입니다. 남은 건 내 이야기뿐이니 여러분, 조금만 더 늙은이의 이야기에 어울려 주십시오."

회장에 작은 웃음소리가 새어나왔다. 그러나 레티시엘은 그에 아랑곳하지 않고 마음 내키는 대로 종이에 술식을 적고 있었다. 그녀는 전원 출석해야 한다고 해서 이곳에 있는 것일 뿐, 그렇게까지 이야기의 내용에 관심이 있는 것은 아니었다.

"……때문에, 우리 마법성 관료들은 나날이 좋은 마법을 개발해, 그것을 범용화하는 일에 힘쓰고 있습니다."

레티시엘이 머릿속에 떠오르는 대로 지면의 술식에 자기 좋을 대로 술식을 추가해 되는 대로 전개 술식을 적어가는 한편, 블루아 공작의 강연도 순조롭게 나아갔다.

"예를 들어, 이것은 이전에 내가 개발한 부유마법입니다. 큰 것은 띄울 수 없으나, 필기도구 정도라면 괜찮을 겁니다."

블루아 공작이 분필을 손에 들고, 그것을 허공에 띄워 칠판에 마법술식을 적어나갔다. 레티시엘은 그 술식의 완성도에는 약간 감탄했다. 흠결이 결코 적은 것은 아니었으나, 그래도 여분의 술식을 집어넣지 않고, 최대한 연산영역에 부담을 주지 않는 간결한 구조로 돼 있었다. 역시 마법성 장관의 지위는 폼이 아닌 모양이었다.

"장관님! 그 마법을 써 봐도 되겠습니까?"

대강당 뒤쪽에서 들려온 남학생의 목소리에 영창을 적으면서 블루아 공작은 고개를 끄덕였다.

"물론입니다."

블루아 공작의 허가가 떨어지자, 강당 여기저기에서 곧바로 그 창피한 영창을 외우는 목소리가 들리기 시작하고 학생들의 필기도구가 하나둘 씩 떠올랐다.

"……마법을 사용할 수 있다는 것이 그렇게 특별한 일이었던가?"

마법이 실제로 발동되어 기쁘다는 듯이 떠드는 학생 일동을 바라보면서 레티시엘은 의아하게 생각했다. 그녀에게 평소 마술을 사용하는 것은 당연한 일이기에 일희일비하는 일은 없었다.

"특별하다기보다 기쁜 일인 것이겠지요. 애초에 마법이란 것은 일상생활에서는 거의 쓸 일이 없는 것이니까요."

지크가 허공에 띄운 필통을 원래의 장소로 되돌려 놓으면서 그 의문에 대답해 주었다. 그러고 보면, 이 시대의 마법은 연비가 나빠서 빈번하게 사용할 수가 없었다는 사실을 레티시엘은 다시금 떠올렸다.

“서민은 일상생활에서 마법을 접할 일이 거의 없고 그 존재에 대해서도 잘 알지 못합니다만, 귀족은 마법을 일종의 능력치라고 받아들이고 있지요.”

“능력치?”

“예. 저도 전해들은 이야기입니다만, 자수를 놓을 때 바늘의 움직임을 매끄럽게 하기 위해 보조마법을 사용하거나, 연회 같은 곳에서 자신이 주목을 받기 위해 사용하는 일도 있다던가 뭐라던가…….”

“과연. 다시 말해 자신을 연출하는 힘이 뛰어날수록 좋다, 라는 것이 귀족계의 상식인 것이군요…….”

그것은 이름만 마법인 길거리 공연 기술이지 않을까. 처음 마법을 보았을 때부터 공격에는 압도적으로 어울리지 않는다고 생각했지만, 설마 정말로 단순한 종이호랑이와도 같은 힘이었을 줄이야.

그런 이야기를 하고 있으려니, 윌리엄스가 레티시엘과 지크 사이의 통로로 걸어왔다. 마법 실연 시간에 들어간 뒤로, 윌리엄스는 그렇게 학생들 사이를 누비고 걸으며 학생들의 질문 등에 답해주고 있었다.

“어떤가요? 뭔가 의문스럽게 생각되는 점이 있나요?”

“아, 그거라면, 술식의 이 수식에 대해 여쭙고 싶습니다만…….”

윌리엄스가 지나가는 길에 그에게 말을 건 것을 기회로 삼아, 지크는 이때다 싶어서 이런 저런 질문을 쏟아내기 시작했다. 레티시엘은 거기 낄 생각은 없었다. 어차피 그녀 자신이 마법을 사용할 수 있는 것도 아니었다. 때문에 실연 시간이 끝날 때까지 책상에 엎드려 기다리기로 했다.

"……."

그랬기에, 윌리엄스가 지크와 이야기를 마친 뒤 레티시엘의 책상 위에 그대로 벌려져 있던 술식의 낙서를 구멍이 뚫어져라 쳐다보고 있었다는 사실은 알아차리지 못했다.

마법연습으로 시끌시끌한 실내에서, 문득 레티시엘의 귀에 쿡쿡 하고 경멸이 섞인 작은 웃음소리가 여럿 들려왔다.

레티시엘이 몸을 일으켜 강당을 둘러보자, 노골적으로 시선을 돌리는 학생이 있는가 하면 오히려 여봐란 듯이 계속해서 웃는 학생 등 각양각색이었다. 아마도 그녀가 한가함을 주체하지 못하는 사실을 우스워하는 것이겠지만, 참으로 시시했다.

그러나 조소의 표적은 레티시엘만이 아닌 것 같았다. 레티시엘의 뒤쪽, 히르메스가 있는 부근에 안경을 쓴 한 소녀가 얼굴을 숙인 채 앉아 있었다. 금발에 푸른 눈. 어깨 아래까지 내려오는 머리카락을 양쪽으로 높게 올려 묶은 그녀도 또한 부유마법을 어떻게든 발동시키려고 애를 썼지만, 잘하지 못하고 있었다.

저 소녀도 마력이 낮은 것일까. 그렇게도 생각했지만, 마력이 없는 자는 학년에서도 레티시엘 뿐이었다. 그렇다고 단순히 마력이 낮은 것뿐이라면 미란다레트나 히르메스도 똑같은 사정일 터였다. 왜 그녀만이 비웃음을 사는지, 레티시엘은 그 이유를 알 수가 없었다.

소녀는 때때로 고개를 들어 어느 한 곳을 힐끗힐끗 쳐다보며 신경을 쓰고 있었다. 뭘까? 라고 생각해서 레티시엘은 그 시선을 더듬어 가보았다. 그러자 그녀의 시선의 끝에는 강연을 마치고 의자에 앉아 대기하고 있는 해군 장관이 있었다.

알아차리지 못한 것일까 아니면 알아차릴 생각도 없는 것일까. 밸런타인 공작은 시선을 전방에 고정한 채로 꼼짝 않고 앉아 있었다. 두 사람은 아는 사이라거나 뭐 그런 것일까.

그 뒤로 또다시 잠시 시간이 흐르고, 길고 길었던 강연회가 드디어 끝났다. 뭣보다, 레티시엘은 실연 시간이 끝난 뒤로는 더 이상 이야기를 들을 마음도 없어서 그냥 잤지만.

“끝났드아아아!”

장관 두 사람이 강당을 나서자, 히르메스는 곧바로 자리에서 일어나 레티시엘 쪽으로 날아왔다.

“빨리 식당으로 가죠! 나, 이미 배가 고파요!”

“그러네요. 빨리 가지 않으면 또 자리가 없어질 것 같으니까 말이죠.”

이미 많은 학생들이 출구에 몰려들어서 좌석에는 거의 사람이 남아있지 않은 상태였다. 레티시엘도 강당을 나서기 위해 자리에서 일어났다.

"……없어…… 없어……."

그때, 등 뒤에서 절박함을 띤 것 같은 소곤거림이 들려왔다. 그 소리에 이끌려 레티시엘이 돌아보았다. 그러자 방금 전의 안경을 쓴 소녀가 우왕좌왕하며 뭔가를 찾고 있었다. 책상 서랍을 뒤지고, 가방 안의 물건을 책상 위에 뒤엎는 그 얼굴은 당장에라도 울음을 터뜨릴 것 같았다.

"뭘 찾고 계신가요?"

"힉!"

이대로 모른 척 지나쳐도 괜찮았지만, 저렇게나 필사적인 소녀를 그대로 못 본 척 하는 것은 마음이 아팠다. 레티시엘은 뭔가 도움이 될 수 있을까 싶은 생각에 소녀에게 말을 걸었다. 그러나 소녀는 어지간히 놀랐는지 작은 비명을 지르며 뛰어올랐다.

"저기, 뭔가 찾는 것이 있다면 같이 찾아줄게요."

"아, 그게…… 아뇨, 그…… 저……."

레티시엘이 말을 건 것만으로도 소녀는 말문이 막혀서 얼굴을 빨갛게 물들였다. 완전히 놀라서 어찌할 바를 모르고 있었다. 이를 어쩌나. 아무래도 낯을 엄청나게 가리는 영애인 모양이었다.

"……피, 피피, 필통, 이예요. 어머니의, 유품……."

그래도 재촉하지 않고 기다리고 있었더니, 뭉텅뭉텅 토막 나긴 했지만 말을 했다. 그 정보를 토대로 레티시엘은 자신의 기억을 더듬어 보았다. 분명히 강연 중에 레티시엘이 그녀를 보았을 때에는 나뭇결이 아름다운 나무통이 책상 위에 놓여 있었다.

"혹시, 필통이라고 하는 것은 목제 물건인가요?"

"예, 예예예예!"

되도록 소녀를 놀라게 하지 않도록 목소리의 높이나 톤에 주의하였나, 큰 효과는 없는 것 같았다. 레티시엘은 대강당 내부를 대상으로, 탐색마술을 사용했다. 생김새만 알면, 탐색마술로 발견하는 일은 매우 간단했다.

"가장 뒷자리의 가장 안쪽 책상 속에 목제 물건이 들어 있어요. 확인해 보면 어떤가요?"

"가, 가겠습니다, 입니다!"

레티시엘이 탐색 결과를 알려주자, 소녀는 곧바로 구석자리로 가서 몸을 굽혀 책상 속을 들여다보았다. 그리고 눈을 빛내며, 약간 동그스름하며 부드러운 색조의 나무 필통을 꺼내들었다.

"아, 이, 있다…… 고맙, 습니다!"

"다행이네요. 제대로 찾을 수 있어서."

"예…… 예!"

나무 필통을 소중하다는 듯이 꽉 쥐고 소녀는 진심으로 안도한 것처럼 미소를 지었다. 어지간히 소중했던 것이리라.

"그럼 난 그만 가보겠어요. 그 필통, 다시 잃어버리지 않도록 귀중하게 다뤄주세요."

어째서 소녀의 필통이 그녀의 자리에서 멀리 떨어진 책상에 있던 것일까. 수수께끼는 남았으나, 어쨌든 무사히 발견해서 다행이었다. 레티시엘은 소녀에게 말을 남기고 대강당의 출입구로 향했다.

"저, 저기!"

문을 나서려던 레티시엘의 등에 소녀의 외침이 와 닿았다. 소녀는 방금 막 발견한 필통을 가슴에 안고, 자신을 진정시키려는 듯이 심호흡을 했다.

"고, 고맙뜹니다……?!"

그러나 고맙다는 인사를 하는 도중에 혀가 꼬여버려서, 그녀는 부끄러움에 얼굴을 덮으면서 그 자리에 웅크리고 앉더니 그대로 테이블 밑으로 숨어버렸다.

"아, 음. 천만에요."

지금은 모습이 보이지 않는 금발 소녀에게 그렇게 대답을 하고 레티시엘은 대강당을 뒤로 했다.

"누구였던 걸까요?"

레티시엘은 함께 따라온 친구들에게 무심하게 중얼거렸다. 방금 전의 소녀는 레티시엘에게는 여러모로 임팩트가 있는 존재였다.

"아아. 그 사람, 베로니카 양이에요."

레티시엘의 말에 대답을 한 것은 뜻밖에도 히르메스였다.

"히르메스 님. 아는 사이인가요?"

"아는 사이는 아니지만, 저랑 같은 3반에 재적 중인 공작 영애예요!"

"공작, 영애?"

"예! 오늘 강연을 하러 오신 해군 장관님의 따님입니다!"

다시 말해, 그 베로니카라는 소녀는 밸런타인 공작 영애라는 것이리라. 과연. 그래서 강연 중에 밸런타인 공작 쪽을 보고 있던 모양이다. 그러나 공작의 그 태도로 예상하건대 모녀간의 사이는 그다지 좋지 않은 것 같았는데, 과연 어떨려나.

"그것보다 빨리 식당으로 가요! 먼저 가겠습니다!"

"잠깐, 리프!"

한 발로 깡충깡충 뛰면서 복도를 달려가는 히르메스의 뒤를 미란다레트가 허둥지둥 쫓아갔다.

***

강연회가 있은 날로부터 며칠이 더 경과했다. 그날 점심시긴, 레티시엘은 복도를 걷고 있었다. 이날은 지크가 선생님을 도우러 갔고, 히르메스와 미란다레트도 다른 볼일로 학원을 쉬었다. 그녀는 이제부터 마술연구동으로 향하려던 참이었다.

오후 수업이 시작될 때까지 아직 시간이 조금 남았기 때문에, 복도에는 담소를 나누는 학생들의 모습이 여기저기에서 보였다. 그들은 레티시엘이 가까이를 지나가면 곧바로 복도의 양쪽 끝으로 피신했다. 그렇지만 레티시엘로서는 그 편이 오히려 걷기가 편했기 때문에 계속 그렇게 피해줬으면 했다.

모퉁이를 꺾자, 레티시엘은 마침 앞쪽에서 루카스가 누군가와 이야기하고 있는 모습을 목격했다. 상대는 짙은 금발을 머리 양쪽으로 올려 묶고 안경을 쓴 여학생이었다.

'응? 저 사람은 분명히……'

지난 강연회에서 레티시엘이 도와줬던 베로니카라는 소녀였다. 그 손에는 교과서와 노트로 생각되는 것이 들려 있었는데, 기분 탓인지 표지가 일부 물에 젖어서 쭈글쭈글해져 있었다.

"무슨……다면……말……다오."

"……고……니……!"

레티시엘이 있는 위치에서는 거리가 있어서 두 사람의 대화는 거의 알아들을 수가 없었다. 그러나 루카스가 무언가를 말하고, 그것을 베로니카가 거절하는 것 같았다. 실제로 루카스는 그녀에게 뭔가를 열심히 얘기하고 있었는데, 베로니카는 고개를 좌우로 흔들며 뒷걸음질을 치고 있었다.

갑자기 베로니카가 레티시엘이 있는 쪽을 향해 달려오기 시작했다. 이야기를 억지로 끝맺은 것일까. 루카스가 그녀를 만류하려고 그 등에 손을 뻗었다.

"……!"

모퉁이에서 레티시엘과 맞닥뜨린 베로니카는 레티시엘의 존재에 놀라움을 감추질 못했다. 그러나 곧바로 꾸벅 고개를 숙이고는 복도 저 편으로 달려갔다. 레티시엘은 자신의 옆을 지나가는 옆얼굴에 말을 걸지도 못하고 그저 지켜보기만 했다.

"어라? 도로셀이 아니냐?"

뒤늦게 베로니카를 쫓아온 루카스는 복도 모퉁이에 서서 물끄러미 한 점을 응시하는 레티시엘을 보고 발을 멈추었다.

"안녕하세요, 학원장님. 베로니카 님이라면 저쪽으로 갔습니다만."

레티시엘은 그렇게 말하며 베로니카가 달려간 방향을 가리켰다. 그 말을 듣고, 루카스는 왜인지 뜻밖이라는 것처럼 눈을 크게 떴다.

"너, 베로니카와 아는 사이였던 거냐?"

아무래도 레티시엘이 베로니카의 이름을 아는 것에 놀란 모양이었다.

"아는 사이라고 할까요, 요전의 강연회에서 필통을 함께 찾아준 정도입니다만. 학원장님이야말로 베로니카 님과 무슨 이야기를 하고 계셨던 건가요? 그녀, 울 것 같은 얼굴을 하고 있었어요."

방금 전 스쳐지나갔을 때, 베로니카의 뺨에 눈물이 흘러내리던 것을 레티시엘은 보았다. 그 말을 듣고, 루카스는 뭔가를 확신한 것처럼 눈썹을 찌푸렸다.

"……역시 괴롭힘을 당하고 있는 건가."

"괴롭……힘?"

그것은 대체 어떤 개념인 것일까? 괴롭힘, 이라는 것은 천 년 전에는 없었던 단어라, 레티시엘은 그 의미를 찾지 못하고 내심 고개를 모로 꼬았다. 그런 사실은 알아차리지 못하고 루카스는 레티시엘의 중얼거림을 대답이라고 인식하고 고개를 끄덕였다.

"그 녀석은 학원 안에서도 상위에 들어갈 정도로 높은 마력을 갖고 있지만, 동시에 중증 마력포화증을 앓고 있어서 말이다. 그 탓에 마법을 사용하지 못한다. 너랑 비슷한 셈이지."

"아, 예……."

"마법을 쓸 수 있다는 것을 능력치로 간주하는 귀족 사회에서 베로니카는 너와는 다른 의미로 무능의 낙인이 찍혀서, 학원 안에서도 마력지상주의 학생들에게 멸시당하고 있어."

도중에 모르는 병명이 나왔지만, 그 의미를 물어서 말허리를 꺾지는 않았다. 레티시엘은 일단 그 단어를 잊지 않고 머릿속 한 구석으로 살짝 밀어놓았다.

"그 녀석이 노먼의 딸이라는 건 알고 있으리라고 생각한다만, 남보다 배는 마음이 약한 아이라서 말이다. 나도 전우의 딸이라 말을 걸거나 근황을 묻거나 하고 있는데, 아무래도 그것이 나쁜 소문으로 퍼지고 있는 것 같아."

"나쁜 소문, 이요?"

"그래. 베로니카가 내게 교태를 떤다고, 그런 말을 듣게 돼버렸다."

자신의 역부족을 분하게 여기는 것일까. 루카스는 입술을 깨물었다. 그러더니 영 떨떠름한 선택을 하는 것 같은 복잡한 표정으로 레티시엘에게 이런 부탁을 했다.

"저기 말이다, 도로셀. 베로니카를 도와주지 않겠냐? 나 자신이 개입할 수 있다면 좋겠지만, 지금 상황에선 내가 끼어들어들수록 결과가 나빠질 거다."

루카스는 미간에 깊은 주름을 새기며 당장에라도 피가 배어나올 것 같을 정도로 자신의 주먹을 강하게 쥐었다. 두 사람에 대한 이상한 소문이 사람들 입에 오르내리고 있다면, 루카스의 개입은 오히려 베로니카를 더욱 궁지에 빠뜨리게 될 것이다.

레티시엘은 다시 한 번 베로니카가 사라진 복도 끝을 바라보았다. 그러고는 그녀는 루카스를 향해 고개를 세로로 흔들어 보였다. 자신은 이미 그녀를 도와준 적이 있었다. 그렇다면 끝까지 도와주는 것도 딱히 문제랄 건 없었다.

"알았습니다. 어디까지 힘이 될 수 있을지는 모르겠습니다만, 최선을 다하지요."

"그러냐…… 고맙다."

안도하는 루카스와 헤어져 라티시엘은 베로니카의 모습을 찾아 그녀가 달려간 복도를 걸었다. 그러나 복도에 베로니카의 모습은 없었다. 그럼 마술로 찾아볼까. 레티시엘이 그렇게 생각하던 참에, 그녀의 귀에 문득 섬세한 피아노 멜로디가 포착되었다.

무척이나 상냥하고 평온한 음색이었다. 거리가 있었기 때문에 소리는 결코 크지 않았으나, 소리의 파도는 벽도 넘어 밀려왔다. 빨라졌다가도 느려지고, 강해졌다가도 약해지거나 하는 멜로디가 듣는 사람의 마음을 진정시킨다. 저도 모르게 그 멜로디에 도취되었다.

학원의 약도는 외우고 있었기 때문에, 이 근처에 음악실이 있다는 것은 알고 있었다. 이 소리가 베로니카가 연주하는 것인지는 알 수 없었다. 하지만 그래도 누가 치는 것인지는 확인해 두자고 생각해, 레티시엘은 목적지를 음악실로 정했다.

레티시엘이 음악실로 이어지는 마지막 모퉁이를 돌았을 때 마침 세 사람의 영애가 음악실에 들어갔다. 그녀들이 방에 들어선 순간, 그 아름다운 피아노의 음색은 딱 멈춰버렸다.

"어머 어머, 베로니카 님. 이런 곳에 있었군요."

레티시엘 본인은 난데없이 난입해 들어가도 하등의 문제가 없었다. 그렇지만 일단 어떤 상황인지를 파악하기 위해, 레티시엘은 가늘게 열린 음악실 문틈으로 실내의 광경과 소리를 수집했다.

"오, 오드리, 님……."

베로니카의 겁을 먹은 것 같은 목소리가 들려왔다. 아무래도 세 사람의 영애 중 리더로 생각되는 롤빵머리의 소녀가 오드리 같았다.

"있죠, 베로니카 님. 오늘도 내 부탁을 들어줄 거죠? 우리는 친구잖아요."

"……."

도저히 친구를 대하는 것으로는 보이지 않는 고압적이고 거만한 태도로 말하면서 오드리는 손으로 입을 가리며 생긋 웃었다.

"나, 당신이 갖고 있는 그 금 브로치가 갖고 싶어요. 이리 내세요."

"어……왜, 왜."

"어머. 뭔가 불만이라도 있나요? 그것을 나한테 줘도, 당신은 당신이 사랑해 마지않는 아버님에게 새로 사달라고 조르면 되잖아요."

그 세 사람의 모습으로 보건대 그녀들은 정말로 그 브로치를 갖고 싶은 것은 아니리라. 그저 베로니카에게 소중한 것을 빼앗고 그 모습을 즐기고 있는 것뿐이었다. 이래서는 자신의 쾌락을 위해 무의미한 살육이나 약탈을 벌이는 자들과 똑같은 사고 회로가 아닌가.

"그, 그렇지만…… 그건, 어머님의, 유품……."

"뭐죠? 설마 못 주겠다고 말할 생각은 아니겠죠?"

"……."

오드리와 그 일당인 영애 두 사람은 팔짱을 끼고 베로니카를 노려보며 그녀에게 바짝 다가섰다. 그것은 이미 협박에 가까운 행위였으나, 베로니카는 그래도 고개를 끄덕이지 않았다. 오드리는 혀를 찰 것 같은 기세로 얼굴을 찡그리고는 베로니카가 방금 전까지 치고 있던 피아노로 시선을 옮겼다.

"어머…… 높기만 한 마력을 제대로 쓸 수 없어서 주체도 못하면서, 음악 같은 별로 가치도 없는 일만 잘하는군요. 이런 것만 하고 있으니까 친구의 부탁도 들어주지 못하는 것이 아닌가요?"

그렇게 말하고 오드리는 여 보란 듯이 과장된 동작으로 손을 머리 위로 들어올렸다.

"내 몸에 가득찬 바람의 마력이여. 모든 것을 베어버리는 칼날이 되어 이 손에 모여 적을 꿰뚫어라! 윈드 커터!"

오드리의 영창에 호응해 바람이 그녀의 손바닥 위에 모

여, 소용돌이를 만들며 머물렀다.

음악을 비웃으며 오드리는 바람의 마법을 발동한 채로 천천히 피아노 위에 놓인 악보로 손을 뻗었다.

"아, 안 돼……!"

오드리의 마법이 악보에 닿기 전에, 놀랍게도 베로니카가 그렇게 외치며 악보를 빼앗아 자신의 품에 끌어안았다. 그 행동에 오드리는 몹시 놀라서, 악보를 빼앗고자 베로니카에게 달려들었다.

"그걸 내놔요! 당신에게는 분에 넘치는 물건이에요!"

"싫, 어요! 이건, 줄 수 없어요!"

"뭐라고요!"

베로니카가 이렇게까지 저항하리라고는 예상하지 못했던 것일까. 오드리는 눈을 크게 뜨며 마법을 거둬들였다. 그러더니 곧바로 격렬하게 호통을 치기 시작했다.

"당신! 내게 대들다니, 건방져요!"

생각대로 되지 않아 조바심이 난 것 같은 모습의 오드리는 베로니카를 향해 손을 내리쳤다. 베로니카는 충격을 각오하고 눈을 꽉 감았다. 그러나 언제까지 기다려도 통증은 찾아오지 않았다.

"실례했습니다. 부당하게 사람을 때리려고 하던 분이 계셔서, 저도 모르게 그만……."

지금 막 베로니카를 향해 내리치려고 하던 오드리의 손을 레티시엘이 그 등 뒤에서 단단히 움켜쥐고 있었다.

"아, 아파요! 놓으세요!"

오드리는 몸을 비틀어 뒤를 돌아보고는, 자신의 팔을 잡고 놓지 않는 레티시엘의 손을 어떻게든 떼어내려고 했다. 그러나 평범한 소녀인 그녀가 강화마술을 사용한 레티시엘의 손아귀에서 벗어날 수 있을 리 없었다.

"방금 전 우연히 이 문 앞을 지나게 되었습니다만, 안에서 영애들께서 부당한 이유로 금품을 갈취하려고 하고 있었기 때문에 놀랐습니다."

"뭐라고요?!"

가차 없고 노골적이기까지 한 레티시엘의 말투에 오드리는 믿을 수 없다고 말하기라도 하는 것처럼 눈을 부릅떴다.

"당신. 지금 당장 그 말을 취소하세요! 이 나를 도둑 취급한 것을 지금 당장 사죄…… 아야!!"

레티시엘이 팔을 쥔 손에 힘을 더하자 오드리의 말은 자신의 비명으로 도중에 중단되었다.

"그럼 왜 베로니카 님에게서 어머니의 유품인 브로치를 빼앗으려고 한 거죠? 그것이야말로 당신에게는 과분한 것이잖아요?"

방금 전의 자신의 발언을 역이용한 정론에 오드리는 말문이 막혀 아무 반론도 하지 못했다. 다른 두 사람은 아까부터 레티시엘의 무서운 태도에 얼굴을 창백하게 물들이고 있을 뿐이었다.

“게다가…….”

탁 오드리의 손을 놓으며 레티시엘은 말을 이어나갔다. 레티시엘에게서 해방된 오드리는 눈물이 그렁그렁한 눈으로 계속 붙잡혀있던 손을 문질렀다. 그녀 그룹의 영애들이 새삼스럽게 그녀에게 달려갔다.

“뭔가 하고 싶은 말이 있다면, 이렇게 에둘러서 음험한 짓을 하지 말고 직접 말하는 것이 도리가 아닌가요? 친구, 라면, 더더욱 그렇지 않을까요?”

“……윽. 당신, 절대로 용서치 않겠어요! 두고 보세요!”

오드리는 패자의 허세로밖에 들리지 않는 대사를 내뱉고는 울먹이면서 음악실을 뛰쳐나갔다. 그녀의 추종자들도 허둥지둥 그 뒤를 따랐다.

“저, 저기! 고맙, 습니다…….”

베로니카가 피아노 의자에 앉은 채로 눈을 위로 치뜨며 이쪽을 쳐다보았다. 그런 그녀에게 레티시엘은 오드리 일행이 사라진 문을 바라보면서 작게 어깨를 움츠려 보였다.

“인사 같은 건 필요 없어요. 나는 저런 수법이 싫어서, 저런 인간을 보면 용서할 수가 없답니다.”

루카스에게 부탁받았다는 이유도 분명히 있었지만, 그건 말하자면 덤이었다. 본심으로는, 레티시엘이 그녀에게 도움의 손길을 뻗고 싶었던 뿐이었다.

'이 시대의 귀족들은 한가한가?'

이전 미란다레트를 도와줬을 때에도 심술궂은 영애들은 그녀에게 묘한 트집을 잡거나 무의미한 비아냥거림을 던지곤 했다. 그 사실을 다시 떠올리고는 레티시엘은 그만 그런 생각이 들었다.

"그것보다, 베로니카 님에게 한 가지 부탁이 있습니다."

"예, 옛!"

"피아노를, 다시 한 번 쳐주셨으면 해요."

어떤 요구를 당할까 싶어서 벌벌 떨던 베로니카는 레티시엘의 말을 들은 순간, 맥이 빠졌다.

"피, 피아노?"

"예. 실은 이곳으로 오는 도중에, 당신의 피아노 연주를 들었답니다. 무척 아름다운 음색이라 듣고 있으려니 마음이 무척 편안해지더군요. 전 음악에는 밝지 않지만요."

농담조가 아니라 지극히 진지한 표정으로 레티시엘은 말했다. 베로니카가 피아노 연주를 누군가에게 칭찬받은 것은 정말 오랜만이었다.

"기, 기뻐, 요! 제 피아노 연주가, 맘에 드신다면, 얼마든지요!"

그 선언대로 베로니카는 악보를 펼치더니 레티시엘에게 연주를 들려주었다. 레티시엘은 그랜드 피아노에 기대서서, 눈을 감고 그 음색에 몸을 맡겼다. 이렇게 시야를 차단하고 소

NOVEL
왕녀 전하는 화가 나셨나 봅니다 2권
발매 기념 초판 한정 특별 부록
[NOT FOR SALE]
©Kou Yatsuhashi/OVERLAP
Illustration Mito Nagishiro

리에만 귀를 기울이자, 마치 자신이 음악이라는 바다에 떠 있는 것 같은 신기한 기분이 들었다.

"베로니카 님은 피아노를 좋아하시나요?"

이윽고 연주가 끝나자, 레티시엘은 눈을 뜨고 베로니카에게 그렇게 물었다. 레티시엘은 피아노를 배운 적은 없지만, 이렇게까지 칠 수 있게 되기까지는 상당한 연습이 필요했을 터. 그저 배우는 것만으로 과연 이렇게까지 숙달될 수 있을 리가 없다고 생각했다.

베로니카는 건반에서 손을 떼고 고개를 숙였다.

"잘, 모르겠습, 니다. 가족을 위해, 쳤던 거예요. 하지만, 칭찬받은 일은, 한 번도 없어서……."

"그런가요. 하지만, 전 좋아요. 베로니카 님의 피아노. 나중에 또 들려주세요."

"조, 좋고, 말고요!"

레티시엘의 말이 어지간히 기뻤던 것일까. 베로니카는 두 손을 꼭 주먹 쥐면서 크게 고개를 끄덕였다. 그 얼굴에는 기쁜 것 같기도 하고 창피한 것 같기도 한, 약간 복잡한 미소가 떠올라 있었다.

그것이 마음을 열게 되는 계기가 된 것일까. 베로니카는 그 뒤로 피아노를 치면서 때때로, 조금씩 자신의 가족 이야기를 해 주었다.

베로니카는 밸런타인 공작의 딸이었지만, 이른바 첩의 소생이라는 존재였다. 모친은 그녀를 낳고 얼마 되지 않아 세상을 떠났고, 아버지의 집에 거둬들여진 것은 좋았으나 출생의 차이 때문에 집안에서는 겉돌았다고 한다. 그 때문에 집안에서의 인간관계도 삐걱거려서 입학할 때에 기숙사로 옮겨왔다고 했다.

"과연…… 힘들었겠네요."

"게다가, 저는 마법도, 쓸 수 없고, 또 원예가 취미라서요. 점점, 모두가, 싫어하게 됐어요."

"어머…… 베로니카 님은 원예도 하시나요?"

"예, 예. 귀족의 딸인데, 이렇게 흙장난을 좋아하다니, 지저분, 하죠……."

"그렇지 않아요. 저도 화초를 보는 것은 좋아하지만, 직접 키워본 적은 없어요. 굉장하네요."

레티시엘의 순수한 칭찬에, 칭찬받는 것에 익숙지 않은 베로니카는 쑥스럽다는 듯이 시선을 이리저리 움직였다. 그녀는 줄곧, 자신을 인정해줄 사람이 필요했던 것이리라.

"저, 이제, 수업에 가볼게요. 저, 저기, 고마웠, 습니다!"

이윽고 시계가 오후 수업개시 5분 전을 가리키고, 베로니카는 척척 악보와 피아노를 정리하고는, 미소와 함께 레티시엘에게 감사의 인사를 하면서 떠나갔다.

혼자가 되자, 레티시엘은 다시금 현재 상황에 대해 생각에 잠겼다. 베로니카는 현재 오드리라 불리는 영애 일당에게 괴롭힘이라는 공격을 일방적으로 당하는 상태라고 할 수 있을 것이다. 예전에는 루카스가 그녀를 지원해 주었지만, 지금은 오드리 일당의 손에 그 지원도 끊어진 상태였다.

'……과연. 다시 말해, 이건 이 시대에서의 전쟁, 인 것이군요?'

이 상황을 전황으로 바꿔보니 깨끗하게 맞아떨어졌다. 아무도 없는 음악실에서 레티시엘은 괴롭힘의 정의에 대해 대단히 진지하게, 그런 엉뚱한 방향으로 튀어나간 결론을 도출해냈다.

"있죠. 츠바루 님. 한 가지 물어도 될까요?"

그리고 수업이 시작된 뒤 평소대로 마술연구동으로 이동한 레티시엘은, 츠바루와 함께 서고에서 조사를 하면서 그에게 질문을 해 보았다.

"예. 무슨 질문이신가요?"

"마력포화증이란 건 대체 어떤 병인가요?"

루카스와 대화를 나누었을 때에는 그냥 한 귀로 흘려들었지만, 그것은 레티시엘이 살던 천 년 전에는 존재하지 않았던 병이었다. 탐구심 덩어리인 레티시엘이 알고 싶지 않을 리 없었다.

"마력포화증이라는 것은 마력을 외부로 방출하는 능력이 저하되는 병입니다. 마법을 사용할 수 없게 된다는 점이 주로 문제시 되지요. 선천적인 발증이 대부분으로 체질적인 문제라 완치되는 일도 거의 없습니다."

"다시 말해, 마력이 높은 사람에게 볼 수 있는 증상이라는 건가요?"

"아뇨. 반드시 그런 것은 아닙니다. 발증에 마력의 고저는 관계없습니다. 다만 마력이 높으면 높을수록 이 병의 영향을 받기 쉽기 때문에, 마력이 낮은 귀족이나 애초에 마법을 사용하지 않는 평민에게는 별로 문제될 것이 없는 거죠"

츠바루는 딱히 싫은 얼굴을 하지 않고 마력포화증 이야기를 해 주었다. 그는 여러 해 동안 마술 연구를 하며 상당히 많은 문헌과 서적을 읽었다. 때문에 특정한 분야에만 이상하게 빠삭한 레티시엘과 달리, 다양한 분야에 폭넓은 지식을 갖고 있었다.

마력포화증이란 마력이 없는 자만큼은 아니지만 그럭저럭 보기 드문 병으로, 마력이 높은 사람일수록 영향을 받기 쉬웠다. 그 때문에 지금 시대에서는 그 원인 규명과 치료 방법의 개발이 상당히 중요시되고 있다고 했다. 레티시엘의 시대는 마술 전성기로, 마력의 고저를 신경을 쓰긴 하되 그것을 체외로 방출한다는 발상은 없었다. 그 때문에 레티시엘은 마력포화증에 대해 알지 못했다.

"다만, 마력을 방출하는 능력의 저하에는 개인차가 있다고 합니다. 약간이나마 방출할 수 있는 사람이 있는가 하면 전혀 불가능한 사람도 있고, 특정한 매체를 이용하는 것으로 방출할 수 있게 되는 사람도 있는 것 같아요."

"그렇군요. 여러모로 복잡하군요……."

츠바루의 설명에 레티시엘은 작게 고개를 끄덕이고는 지금까지 얻은 정보를 정리했다. 마력포화증이라는 특수한 핸디캡, 베로니카가 놓인 현재 상황, 적 부대의 대장인 오드리라는 영애, 상대가 그럴 마음이라면 이쪽도 맞받아 칠뿐이었다.

***

"저, 저기…… 이건 대체."

"배가 고픈 채로 전쟁에 나설 순 없으니까요."

"예? 전쟁? 그게 무슨 말입니까?"

다음 날. 베로니카는 레티시엘 일행과 함께 학생 식당의 테이블에 둘러앉았다. 반도 다르고 시간표대로 움직이지 않는 레티시엘로선 타이밍을 맞추지 못할 가능성이 있었기 때문에, 사전에 베로니카와 같은 반인 히르메스에게 도움을 요청했다.

히르메스는 베로니카에게는 친하지 않은 동급생이었지만 말과 행동이 다르지 않아서, 초대면에서도 상대에게 경계심을 품기 어렵게 만드는 특징이 있었다. 실제로 베로니카는 약간 경계를 하면서도 히르메스와 함께 식당에 모습을 드러냈다.

“베로니카 님은 지금, 오드리 님에게 선전 포고를 당한 상태니까요. 아군이 많으면 많을수록 사태를 타개하는데 유리해요.”

“포, 포, 포고?”

“예. 때문에 아군이 있다는 사실을 오드리 님 일행에게 알려야 할 필요가 있어요.”

오드리가 집요하고 악착스럽게 베로니카를 따라다니는 이유는 그녀에게 도우러 올 원군이 없다고 생각하기 때문이다. 실제의 전쟁에서도 고립무원이라고 판단된 나라나 영지는 가장 먼저 적의 표적이 되었다. 그 때문에 많은 화톳불을 피우거나, 필요 이상으로 등불을 설치하는 등 아군이 많이 있다고 상대를 착각하게 만드는 방법이 유효했다.

물론, 이것은 평화로운 시대의 전쟁이기 때문에 레티시엘이 가진 전란의 기억이 그대로 맞아 떨어지지는 않을 것이다. 그래도 고립되었다고 생각하던 상대에게 동료가 있다는 걸 알게 되면 적은 공격을 주저할 가능성이 컸다.

“과연…… 뭔가 잘은 모르겠지만, 굉장한 것 같네요.”

그다지 잘 이해하지는 못한 것 같으나, 히르메스는 기합이 들어간 대답을 했다. 이번 괴롭힘 전쟁에서 승리하기 위해서는 모두의 힘이 필요했기 때문에, 사전에 지크와 모두의 협력을 요청해 놓았다. 미란다레트가 맞은편 자리에 앉은 지크에게 당황한 채 귓속말을 했다.

"저, 왠지 엄청나게 위험한 이야기로 들리는 건 제 기분 탓일까요?"

"글쎄요…… 도로셀 양도 뭔가 생각이 있을 테지만."

다들 약간 어처구니없어 하는 것 같다는 느낌도 들었으나, 레티시엘은 매우 진지했다. 전쟁이 없는 이 세계에서는 군세나 폭력으로 적을 물리치는 대신, 압력이나 말로서 상대의 정신을 도륙 냈다. 다시 말해 전쟁의 형태가 변화했다는 것이다.

"저기, 왜, 저를, 도와주는 거죠……?"

"친구를 돕는 것은 당연한 일이잖아요?"

"예……? 친, 구……."

도로셀의 입에서 그 말이 나온 것이 뜻밖이었던 것일까, 베로니카는 두 손을 가슴에 대고 그 말을 작게 되풀이해서 음미했다.

"베로니카 님. 괜찮다면 앞으로도 같이 점심을 먹지 않겠어요?"

"저, 저, 앞으로도, 같이, 먹어도 되나요?"

"예. 물론이죠. 혼자서 먹는 것보다 모두와 함께 먹는 편이 더 맛있어요."

베로니카의 후방에서 이쪽을 노려보는 오드리의 모습이 보였다. 그러나 베로니카도 레티시엘도 혼자가 아니라는 점과, 식당에 다른 학생들이 많다는 점도 있어 경솔하게 다가오지는 못하는 것 같았다.

'자, 결판을 내요.'

거기서부터 레티시엘이 주도하는 타도 괴롭힘이라는 이름의 전쟁이 시작되었다. 레티시엘이 온종일 베로니카 옆에 붙어 있을 수는 없었기 때문에, 그 부분은 친구들에게 잘 협력 받았다.

오드리 일행은 전원 베로니카와 다른 반에 재적하고 있었다. 수업 중에는 같은 반인 히르메스에게 감시를 맡겼고, 쉬는 시간에는 미란다레트에게 3반까지 같이 가 달라고 부탁했다.

그때, 한 가지 주의해야 할 점은 반드시 미란다레트가 베로니카에게 말을 건 뒤에 히르메스가 말을 걸어야 할 필요가 있다는 것이었다. 미란다레트와 히르메스는 서로 약혼을 한 사이였다. 만약 히르메스가 약혼자가 아닌 베로니카에게 말을 건다면, 그것은 바람으로 간주할 수 있는 행동으로 보일지 모른다.

그렇지만 동성인 미란다레트가 먼저 말을 걸어서 두 사람이 친구라는 점을 나타낸 뒤에, 거기에 약혼자에게 말을 거는 형태로 히르메스가 섞여 들어가면 남에게 흠 잡힐 일 없이 끝낼 수 있는 것이었다.

베로니카가 혼자 있는 시간을 줄임으로써, 오드리 일당이 활동할 수 있는 시간대는 아침과 방과 후로 좁혀지게 되었다. 그렇지만 요즘의 귀족들은 기본적으로 방과 후에는 연회 등의 예정이 꽉 차 있는 일이 많았다.

아무리 냉대 받는다고는 해도 베로니카는 명색이 귀족가의 딸. 그런 그녀에게 그렇게까지 당당하게 선전 포고를 할 수 있다는 점에서 오드리의 집안은 상당히 고위 귀족이라고 추측할 수 있다. 그리고 그런 상류 귀족인 그녀가 방과 후에 한가할 리가 없었으니, 결국 오드리 일행은 아침에 공격을 집중하게 되었다.

"그렇지만 도로셀 양에게는 늘 놀라게 되는군요. 괴롭힘을 이렇게 논리적인 방법으로 해결하려고 하다니."

"전쟁에서 중요한 것은 전략이니까요. 이것이 최선의 길이라고 생각한 것뿐이에요."

이른 아침 3반의 교실. 베로니카 이외 아직 아무도 오지 않은 교실에서 레티시엘과 지크는 각자 술식의 준비를 하고 있었다.

이 두 사람은 오드리 일행에게 직접 모습을 보이지 않는 것에 의미가 있었다. 지금까지 평범하게 학원에 다니며 수업을 들어온 미란다레트나 히르메스와 다르게, 레티시엘과 지크는 이미 수업에는 출석하지 않는 유령 같은 학생으로 알려져 있었다. 때문에 레티시엘과 지크가 갑자기 수업에 출석한다면, 그것은 오드리나 다른 일당에게도 의심을 불러일으키기 쉬웠다.

그랬기에 레티시엘은 마술을 써서 후방에서 방어하는 쪽을 선택했고, 그 정밀도를 높이기 위해 오드리 일당의 행동 반경을 좁힌 것이다.

"이걸로 아침 시간은 괜찮을 거예요."

"예, 예! 오늘도, 힘, 내겠습니다!"

레티시엘이 건 마술은 교과서나 필통 같은 소지품이 타인의 손에 넘어가면 자동적으로 소유자에게로 돌아오는 것이었다. 오드리 일당이 베로니카의 소지품을 감추거나 버리는 일을 자주 저질렀기 때문에 그것을 방지하기 위한 것이었다.

한편, 지크에게는 그의 한쪽으로만 발달한 마력을 이용해, 마술용 마도술식을 마법용 마법술식으로 응용한 기록 마법을 교실에 걸어놓게끔 했다.

그것은 거울의 아종으로, 천장과 벽에 붙여놓음으로써 아래쪽 혹은 전방의 광경을 기록하는 마법이었다. 기록시간이 종료되면 거울은 사각으로 접혀 얼음과도 같은 입방체가 되어 기록한 정보를 보관했다.

기록마술은 천 년 전에도 빈번하게 사용했는데 주로 첩보전이나 스파이 활동에 중용되었다. 술식을 조금만 바꾸면 음성도 기록할 수 있는 아주 뛰어난 마법이긴 했으나, 지속 가능 시간이 짧은 것이 단점이었다. 오드리 일행이 공격할 수 있는 시간대를 좁힌 것은 이 때문이기도 했다.

그 뒤로 시간이 좀 지난 어느 날의 방과 후. 레티시엘은 미란다레트와 함께 자신들의 마법동호회 활동장소로 향하고 있었다.

"최근, 오드리 님도 왠지 얌전해졌네요."

"그러네요. 하지만 아직 방심은 금물이에요."

지크의 마법으로 괴롭힘의 증거를 비밀리에 확보하면서, 레티시엘군과 오드리군의 전쟁은 일주일 정도 계속되고 있었다. 그 사이엔 미란다레트와 히르메스의 방어 덕분인지 아니면 레티시엘와 지크의 술법 덕분인지, 오드리는 그다지 공공연하게 시비를 걸어오지는 않았다.

그러나 식당에서 가끔 마주치는 그녀의 눈은 물리적인 괴롭힘이 줄어든 것과 달리 반대로 나날이 날카로움을 더해갔다. 결코 포기한 것이 아니라는 것은 추측하기 어렵지 않았다.

"정말로, 베로니카 님은 심술궂으시네요. 자신이 아무것도 할 수 없다고 해서 학원장님만이 아니라 도로셀 님에게까지 아양을 떨다니. 뭐, 어떤 의미로는 미움 받는 사람들끼리 잘 어울리지만요."

호랑이도 제 말하면 온다고, 복도 모퉁이 저편에서 오드리의 목소리가 들려왔다. 그것도 베로니카를 붙잡고 있는 것 같았다. 방과 후에는 예정이 바빠서 시비를 걸지 못할 것이라고 생각했는데, 혹시 일부러 베로니카를 찾으러 온 것일까.

"안녕하세요, 오드리 님. 뭔가 제 이야기를 하고 계셨던 것 같습니다만, 무슨 일이시죠?"

"……! 도로셀 님……."

갑자기 나타난 도로셀에게 오드리와 그 부하들은 눈을 크게 떴다. 그러더니 또 너냐 라고 말하고 싶은 것 같은, 지긋지긋하다는 시선을 보내왔다.

"관계없는 분들은 부디 물러나 주시겠어요? 이건 나와 베로니카 님의 문제예요."

"제게 그런 말씀을 하신다면 저도 거꾸로 묻겠습니다. 베로니카 님은 제 친구입니다. 결코 관계가 없다고는 생각하지 않습니다만?"

"……흐응. 친구라고요? 그렇다면 저도 베로니카 님의 친구예요. 그렇죠? 베로니카님."

오드리는 옅은 미소를 띤 채 팔짱을 끼고 위에서 내려다보는 것 같은 시선으로 베로니카를 쳐다보았다. 베로니카가 자신에게 거역하지 않을 것이라고 믿어 의심치 않는 모습이었다.

"그, 그, 건……."

베로니카는 자신의 치마를 꽉 쥐며 고개를 숙였다. 레티시엘은 그녀에게 말을 걸지 않고, 그저 베로니카가 내놓을 대답을 가만히 기다렸다.

이전의 그녀였다면 분명히 오드리를 거스를 용기가 없어서 오드리의 주장에 그대로 쓸려갔을지도 몰랐다. 그러나 베로니카는 결심을 한 것처럼 얼굴을 들고, 떨리는 목소리로 말했다.

"아, 아니에요! 오드리 님은, 친구가, 아니에요!"

"뭣……!"

베로니카의 반격에 오드리는 경악한 것처럼 눈을 부릅떴다. 레티시엘의 등 뒤에서 미란다레트가 몰래 주먹을 불끈 쥐었다.

"저, 저는, 줄곧, 오드리 님에게, 괴롭힘을 당해왔습니다…… 소지품을 빼앗기고, 교과서가 망가지고, 많은 일을, 당했습니다."

베로니카는 똑바로 오드리를 바라보며 말을 자아냈다. 하지만 어깨를 작게 떠는 모습에서도 공포와 싸우고 있다는 것을 알아차릴 수 있었다. 레티시엘은 오드리에게 보이지 않도록 살며시 베로니카의 등을 쓰다듬어 주었다.

그것에 베로니카는 살짝 눈을 크게 떴다. 하지만 곧 마음을 진정시키려는 것처럼 크게 숨을 들이 쉬었다. 레티시엘의 행동에 용기를 얻은 것일까, 어깨의 떨림도 많이 진정되어 있었다.

"이, 이제는, 멈춰, 주세요! 나는, 당신이, 편하게, 갖고 노는, 장난감, 이 아니, 에요!"

기력을 쥐어짜내어 그렇게 딱 잘라 말한 베로니카에게 레티시엘은 잘 말했다며 마음속으로 박수를 보냈다. 오드리는 베로니카가 처음으로 보이는 일면에 당황했으나, 곧 다시 고압적인 표정을 지어보였다.

"하, 하지만 증거가 없잖아요? 내가 당신을 괴롭혔다니 말도 안 되는 트집이에요. 입으로는 무슨 말을 못하겠어요!"

아직도 자신이 우위에 서 있다고 생각하는 것 같은 오드리의 태도에 레티시엘은 아무 말 없이 주머니에서 손바닥만 한 크기의 입방체를 꺼내들었다. 쨍 하고 얼음에 금이 가는 소리가 들리고, 입방체로 접혀 있던 상자가 펼쳐지며 그 안에 기록돼 있던 광경을 비추기 시작했다.

음성이 없는 영상뿐인 기록이었으나, 그것에는 베로니카의 빈 책상에 몰려든 오드리와 그 일당인 영애들이 찍혀 있었다. 오드리의 입이 움직여 뭔가의 지시를 내리고, 영애들이 그것을 실행하기 위해 베로니카의 책상과 가방에서 물건을 꺼내갔다.

그러나 레티시엘이 사전에 걸어두었던 소유자에게 돌아가려는 마술로, 물건들은 영애들이 가지고 오려고 하면 멋대로 원래 있던 장소로 돌아가 버렸다. 놀란 그녀들은 마법을 사용해 물건들을 꺼내려고 시도했다. 다양한 속성의 마법이 발사되었으나 모조리 튕겨나갔다.

혼란에 빠진 영애들과 그 광경을 보고 한층 화를 내며 뭔가를 말하는 오드리. 그녀는 물건을 꺼내갈 수 없다는 것을 알아차리자 책상과 의자에 욕을 휘갈겨 쓰고는 그 자리를 떴다.

이것은 그제 있었던 일의 영상이다. 이 직후, 베로니카와 함께 교사를 돕고 있던 레티시엘이 돌아와 즉시 책걸상에 쓰인 욕설을 지우는 모습이 이어졌다.

"?!!"

몸의 힘이 빠진 것일까, 오드리가 눈을 크게 뜨며 뒷걸음질을 쳤다. 천 년 전에는 이 마술이 걸려있다는 사실을 알아차리고도 그것을 일부러 방치, 가짜 정보를 적에게 건넨다는 전법도 존재했다. 그러나 그녀에게 그런 작업이 가능할 리 없었다.

"모, 모모모두 다 엉터리예요! 저건, 내가 아니에요!"

"그렇다면 다른 영상도 보여드리지요. 당신들의 모습이 찍힌 기록은 얼마든지 있어요. 모두 엉터리라기에는 너무 절묘하지 않나요?"

그 말대로 지크가 기록해 준 거의 모든 영상에 오드리 일당이 찍혀 있었다. 그것을 보고도 여전히 엉터리라고 우긴다면, 제삼자에게 판정을 요구할 따름이었다.

"……바, 방식이 고식적이에요! 그렇게 뒤에서 소곤소곤, 불만이 있으면 정정당당하게 말하라고요!"

화가 치밀어 속이 끓은 것일까, 오드리가 그렇게 외쳤다.

이 마당에 이르러서 새삼 고식적이니 정정당당이니 무슨 말을 하는 것인가. 그 말을 들은 레티시엘은 그렇게 생각했다.

"그렇게 말씀하셔도 같은 그룹인 영애들과 함께 뒤에서 있지도 않은 소문을 흘리고, 상대가 약하다는 것을 이용해서 필요 이상으로 궁지에 몰아넣으려는 오드리 님께서 그런 말을 할 자격이 있을까요?"

"……으."

레티시엘의 반론에 오드리는 이를 박박 갈았다. 그녀와 같은 그룹의 영애들도 평소의 위세는 어디로 갔는지, 그저 곤혹스러움과 공포로 머리를 싸쥐거나 얼굴을 감싸는 등 각자의 행동을 취하고 있었다.

"애초에 괴롭힘이라는 건, 평화로워진 이 세상의 전쟁이잖아요? 전쟁에는 고식계도 뭣도 없지 않을까요?"

"뭐라고요?! 무슨 소리를 하는지 모르겠네요! 당신, 머리가 이상한 거 아닌가요?!"

"전 지극히 정상입니다. 이것이 요즘 귀족들의 방식인 것 같기에, 그것에 따랐을 뿐이죠."

"대체 무슨 소리를 하는 거예요!"

오드리가 마치 괴짜를 보는 것 같은 눈을 했다. 그녀의 그 모습에 레티시엘은 어디까지나 의아하다는 듯이 고개를 갸우뚱할 뿐이었다.

"그렇다면, 괴롭힘이란 어떤 개념인가요?"

"뭐라고요?! 괴롭힘은 괴롭힘이에요! 그 이상도 이하도 아니에요!"

"……상대의 물건을 감추는 장난질이나 그 마음을 직접 공격하는 비아냥거림. 혹은 안 좋은 소문을 퍼뜨려 상대를 고립시키는 것. 물리적인 폭력의 행사 대신 상대를 정신적으로 몰아넣는 행위 아닌가요?"

"그, 그래요! 그것이 어쨌다는 건가요?!"

"과연…… 당신이 하는 일이잖아요, 오드리 님."

"?!!"

무감정한 시선으로 그렇게 말하는 레티시엘에게 오드리는 겨우 자신이 무덤을 팠다는 사실을 알아차렸다. 얼굴이 점점 붉어지고 어깨도 부들부들 떨리기 시작했다.

"오드리 님과 동료분들의 행동을 기록한 것은 아직 많이 있습니다. 지금의 이 대화도 녹음하고 있습니다. 변명으로 발뺌할 생각은 하지 말아요."

사실은 녹음 같은 것은 하지 않았지만 방금 전의 기록을 본 직후이기 때문일까. 오드리 일당은 손쉽게 레티시엘의 허세를 믿고 얼굴이 창백해졌다. 빨갛게 되기도 하고 파랗게 되기도 하고 참으로 바쁜 사람들이었다.

"앞으로는 괴롭힘 같은 건 생각도 하지 말아요. 어디서 괴롭히든 끝까지 쫓아가 줄 테니까요."

"……! 저, 저는 몰라요!"

최종적으로 오드리가 눈물이 그렁그렁한 눈으로 그렇게 내뱉고는 맹렬한 대시로 도망쳤다. 남겨진 영애들도 허둥지둥 그 뒤를 쫓아갔다.

"베로니카 님. 괜찮으신가요?"

그녀들의 모습이 보이지 않게 되자, 베로니카는 힘이 빠진 듯 바닥에 주저앉았다. 레티시엘은 바로 베로니카에게 말을 걸었다.

"괘, 괜찮습니, 다. 도로셀 님이, 도와주셨으니까요."

"그런가요. 무사해서 다행이에요."

베로니카는 도로셀이 뻗은 손을 잡고 일어났다. 레티시엘이 안도해서 그렇게 말하자 베로니카는 작게 어깨를 움츠리며 웃었다. 그런 두 사람의 모습을 보고 미란다레트도 역시 가슴을 쓸어내렸다.

"어떻게 될지 가슴이 두근두근했어요……."

"뭐, 이걸로 그녀도 경솔하게는 움직이지 못할 거예요."

도망치는 꼴을 봐서는 이쪽에 수작을 걸어올 배짱은 이제 없는 것 같았다. 증거도 레티시엘의 손에 있다. 그녀가 다른 사람을 목표로 한다고 해도 이쪽이 쓸 수 있는 수단은 얼마든지 있었다.

"저, 저기…… 오드리 님, 또, 올, 까요……?"

"온다면 또 싸우면 돼요. 방금처럼 말이죠."

"……도로셀 님은 아군이라면 마음이 든든하지만, 적이

되면 무섭네요."

"??"

그 뒤, 오드리가 베로니카를 괴롭히는 일은 딱 멈추었다. 방심했을 때 기습하려는 것일까 싶어서 그 뒤로도 한동안 경계태세를 유지했지만, 오드리는 베로니카나 레티시엘을 보면 몸을 피했다.

결국, 오드리가 왜 베로니카를 괴롭혔는지는 알지 못한 채 끝이 난 셈이다. 하지만 그녀는 레티시엘과 그 일이 있은 뒤로는 누구도 괴롭히지 않고 부쩍 얌전해졌다. 아무래도 정말로 사태는 해결된 것 같았다.

"저기, 도로셀 님. 어디에, 가시는 건가요?"

"마법동호회의 활동 장소예요."

그날. 레티시엘은 베로니카와 함께 마법훈련장에 향했다. 훈련장의 가장 안쪽 부스. 늘 활동하는 그곳의 문을 열고 들어가자, 지크와 미란다레트, 히르메스가 이미 그곳에 와 있었다. 레티시엘은 베로니카를 안으로 불러들이고는 그녀에게 물었다.

"베로니카 님. 괜찮으시다면, 우리 서클에 들어오지 않으시겠어요?"

그 권유에 베로니카는 눈을 크게 떴다. 오드리의 괴롭힘에 대항해 공동 전선을 펼쳤기 때문에 레티시엘이 서클을 만들었다는 사실은 베로니카도 알고 있었다.

하지만 레티시엘은 그에 대해 아무 이야기도 하지 않았고 또한 마법을 사용할 수 없는 자신이 들어가 봤자 분명히 모두의 발목만 잡고 말 것이다. 베로니카는 그렇게 생각하고 있었다.

"어…… 그치만, 저는, 모두에게 폐가 되니까, 지금까지, 서클에 집어넣지, 않으셨던, 거죠?"

"어머. 그렇지 않아요."

베로니카의 말에 레티시엘은 고개를 가로로 흔들었다. 그런 이유로 그녀를 서클에 입회시키지 않았더라면, 애초에 베로니카를 괴롭힘에서 구하자고 생각하지도 않았을 것이다.

"저는 베로니카 님을 민폐라고 생각했던 게 아니에요. 다만, 이 서클은 활동 내용을 외부에는 비밀로 하고 있어요. 한창 괴롭힘을 당하는 중이라 힘든 베로니카 님에게 부담을 주고 싶지 않았던 거예요."

마법동호회는 그 명칭과는 반대로 마술을 다루는 서클이었다. 거기에 레티시엘의 연구가 국가 기밀이라는 사실도 어우러져서, 마술의 존재는 루카스 등의 일부 교사만이 아는 비밀 사항이었다.

베로니카가 괴롭힘 때문에 정신적으로 힘들어 하고 있다는 것은 루카스에게 들었다. 그렇지 않아도 괴롭힘으로 괴로워하던 베로니카를 어중간하게 레티시엘의 비밀에 끌어들여서는 안 된다고 판단했던 것이다.

게다가 베로니카의 괴롭힘이 해결되지 않은 상황에서는 오드리 일당이 베로니카를 쫓아올 가능성도 완전히 배제할 수 없었다. 때문에 정보누설방지라는 이유도 다소는 존재했다.

"그래서 괴롭힘이 해결될 때까지는 베로니카 님을 이곳에 접근시킬 수는 없었던 거예요. 따돌릴 생각은 결코 없었습니다."

그렇게 말하고 레티시엘은 베로니카를 돌아보았다. 베로니카는 여전히 눈앞에서 일어나는 일이 믿기지 않는 것일까, 눈도 입도 크게 벌린 채 멍하니 있었다.

"마법동호회에 어서 오세요, 베로니카 님. 환영합니다."

레티시엘은 희미하게 미소를 띠며 베로니카에게 오른손을 내밀었다. 그 손을 두 손으로 머뭇머뭇 잡은 베로니카의 얼굴에는 조금씩 미소가 번져나갔다.

"예, 예! 잘, 부탁합니다!"

5장 시계의 기억

"기말시험?"

강연회에서 한층 더 수 주일이 지난 6월의 어느 날. 식후의 디저트로 레몬 셔벗을 먹으면서 레티시엘은 방금 전 대화에 나온 단어를 반복했다.

"예. 이제 곧 2주일 밖에 남지 않으니 슬슬 공부를 해야 해요……."

"으헤…… 나 시험은 싫어요……."

"조, 좋아하는 사람은, 별로 없을, 거예요."

미란다레트와 히르메스가 사이좋게 테이블 위에 엎어졌다. 그 옆에서 베로니카가 아이스 코코아를 마시면서 나직하게 중얼거렸다.

"시험, 이라는 건 뭔가를 시험하는 건가요?"

"시험한다고 할까요, 지금까지 배운 지식의 습득 정도를 확인하는 일입니다."

루크레치아 학원은 봄과 가을 2학기제이며, 각 학기말에는 그 학기에 배운 것에 대해 테스트를 치른다고 한다. 시험은 필기시험과 실기시험 둘로 나뉘며, 이것들을 종합한 득점이 성적에 반영된다든가 뭐라든가.

"그건 전원이 치러야 하는 것인가요?"

"그렇죠. 이 시험을 치지 않으면 다음 학년으로 진급할 수 없으니까요."

"……그건 곤란하군요."

연구에 전념하는데 있어서는 진급을 하든 하지 않든 크게 달라지는 것은 없었다. 그렇지만 다른 친구들은 중등생이 되는데 자신만 초등생으로 남는 것은 싫었다. 그렇게 되면 외롭지 않은가.

"필기시험에는 구체적으로 어떤 테스트가 있나요?"

"잠깐만 기다려 주세요. 분명히 이 근처에 시험 과목 일람이…… 아. 여기 있군요."

지크가 주머니를 뒤져 깨끗하게 접힌 사각형의 종이를 꺼내 레티시엘에게 건넸다.

그것을 펼치자, 그것에는 6개의 과목명이 적혀 있었다. 교양학, 역사학, 어학, 수학, 지학, 마법학. 솔직히 말해, 역사학과 수학, 마법학 이외에는 그 내용을 전혀 짐작할 수가 없었다.

"……우선은 이것들을 공부하면 된다는 건가요?"

"예. 그렇습니다."

"저, 수학은 잘 못해요……."

히르메스가 여전히 테이블 위에 엎드려 있었으나, 미란다레트는 몸을 일으켜 테이블 위에 턱을 괴고 있었다. 무거운 한숨을 내쉬는 그녀의 모습에서 추측건대, 어지간히 기말시험이 우울한 모양이었다.

"뭣하면 모두 모여서 공부를 할까요? 혼자서 하는 것보다 여러 명이 모여서 하는 편이 효과적이라고 하니까요."

문득 지크가 그런 제안을 했다. 그러자 그때까지 대답이 없었던 히르메스가 갑자기 휙 고개를 들었다. 그 눈에는 왠지 글썽글썽 감격의 눈물이 고여 있는 것 같은 기분이 들었다.

"정말인가요?! 지크 님이 가르쳐주시는 겁니까?!"

"예. 함께 공부를 하는 이상, 할 수 있는 데까지 지원을 하고 싶습니다."

"고맙습니다! 구세주세요!"

"지크 님은 학년에서 으뜸가는 수재라고 알려져 있고, 베로니카 님도 쪽지 시험에서 만점만 받을 정도로 우수하시니까요……."

"그렇군요."

갑자기 기합이 빡 들어간 히르메스를 보고, 미란다레트가 자신의 약혼자가 갑자기 의욕에 불타는 이유를 설명해 주었다. 과연. 공부하는데 든든한 아군이 있다는 걸 알았기 때문인가.

"저, 저도! 돕겠습, 니다!"

"베로니카 님도 괜찮으신 겁니까?! 앗싸아아! 이걸로 낙제는 피할 수 있을 것 같다…… 아야!"

"리프는 공부를 괴멸적으로 못해서, 지금까지 수업 중에 치러진 쪽지 시험에서도 한 번도 합격점을 받은 적이 없어서 말이죠……."

기세 좋게 의자를 걷어차고 일어나서는 갑자기 고함을 지르는 히르메스의 발을 말없이 지그시 지르밟으며 미란다레트가 방금 전과 똑같이 여느 때와 같은 어조로 설명을 덧붙였다. 자신도 시끄럽다는 것을 자각한 것일까. 히르메스는 풀이 죽어서 얌전히 의자에 고쳐 앉았다. 역시나 약혼자이자 소꿉친구. 미란다레트는 히르메스를 다루는 것이 꽤 익숙했다.

"그렇다면 바로 오늘 방과 후부터 시작하는 어떨까요? 쇠뿔은 단숨에 빼라는 말도 있으니까요."

"저는 상관없습니다. 오늘은 별다른 예정도 없으니까요."

레티시엘로서도 일찌감치 다른 세 과목의 내용을 파악해 두고 싶었다. 지크가 컵의 커피를 다 마시고는 고개를 끄덕였다.

"그거 괜찮네요. 저도 찬성이에요!"

"나도나도! 열심히 하겠습니다!"

"저, 저도, 요."

레티시엘의 의견에 전원이 찬성해 만장일치로 대도서실에서 공부를 하게 되었다. 오늘은 마침 전원이 방과 후에 예정이 없는 날이었던 모양이었다.

그 뒤로 방과 후가 될 때까지 각자의 예정을 소화하기 위해 식당에서 헤어졌다. 미란다레트와 히르메스, 베로니카는 수업을 받기 위해 교실로 돌아갔고, 지크는 방과 후의 공부회를 준비한다며 자신의 연구실로 향했다.

레티시엘은 평소대로 마술연구동에서 술식의 연구……는 하지 않았다. 이날, 레티시엘은 연구동에는 가지 않고 대도서실에 향했다. 이대로 연구동으로 직행하면, 자칫 약속을 잊어버릴지도 모르기 때문이었다. 자신이 연구에 몰두하면 시간도 뭣도 다 잊어버리는 경향이 강하다는 것을 레티시엘도 일단은 자각하고 있었다.

레티시엘은 대도서실의 문을 열고 실내에 발을 들여놓았다. 사서 카운터에서는 긴 수염과 눈썹에 파묻혀 털 뭉치처럼 된 데이비드가 높이가 높은 흔들의자에 앉아 기분 좋은 듯이 자고 있었다.

차마 깨울 수는 없어서 레티시엘은 책장으로 직행해 책을 물색하기로 했다. 뭘 읽을까. 그렇게 멍하니 생각하고 있으려니, 문득 얼마 전에 츠바루에게서 들은 이야기가 뇌리를 스쳤다.

『여하튼, 마법과 비교해 위력도, 연사속도도, 술식의 전개 규모조차도 훨씬 상회했다고 하니까요. 거기에 술자들은 하나같이 눈을 붉게 물들이고 하얀 머리카락을 나부끼며 왕국군을 유린했다는 소문도…….』

그러고 보면 그 정체불명의 힘에 대해 도서실에서 조사해 볼 생각이었다. 레티시엘은 장소를 옮겨, 라피스 국에 대해 적힌 책들이 많을 것 같은 장소를 찾았다.

그러나 라피스 국이 긴 세월 쇄국을 해 와서일까, 아니면 단순히 라피스 국에 대해 서술하는 것이 금기인 것일까. 라피스 국에 대해 언급한 서적은 놀랄 만큼 적었다. 레티시엘은 우선 내용이 비슷할 것 같은 책을 몇 권 골라서 가까운 테이블에 앉아 독서를 시작했다.

"……."

그리고 한 시간 정도가 경과하고, 레티시엘은 다 읽은 책의 산을 바라보며 복잡한 얼굴로 팔짱을 끼었다.

'라피스의 정보. 조금 너무 적은 것이 아닐까?'

처음부터 정보가 적을 수도 있다고 생각은 했지만, 상상했던 것보다도 훨씬 더 정보가 부족했다. 대부분의 서적은 라피스 국에 대해 아무 언급도 하지 않았고, 언급을 한다고 해도 겨우 몇 줄뿐. 그것도 대부분은 11년 전의 전쟁에 대한 것들이었다. 라피스 국을 아는데 필요한 실마리가 부자연스러울 정도로 없었다.

'이건, 가망이 거의 없으려나?'

레티시엘은 한숨을 내쉬면서 다음 책을 집어 딱히 기대는 하지 않고 펼쳤다.

"……!"

지금까지 읽은 책과 비교해 꽤나 얇은 서적이었다. 그랬기에 레티시엘도 대단한 기대는 하지 않은 것이었는데, 그 얇은 책 안에는 지금까지 읽은 어느 책보다도 더 자세히 라피스 국에 대해 기술돼 있었다.

라피스 국에 대해 지금까지 알 수 있던 일은 이리스 제국과 함께 아스트레아 대륙 최대의 나라라는 것, 긴 세월 쇄국을 이어왔다는 것, 플라티나 왕국과 전쟁을 했었다는 것뿐이었다. 하지만 이 책에는 라피스 국의 수도와 문화, 관습 등에 대해서도 잘 적혀 있었다.

건국된 시기는 불명이었으나, 아무래도 라피스 국은 고대로부터 여인이 왕으로서 나라를 통치하는 형태를 취해온 것 같았다. 또, 타국의 문화는 이단으로 여겨지는 듯, 쇄국하는 것으로 지금까지 전통적인 자국의 문화를 계속 지켜왔다고도 했다.

예의 정체불명의 힘에 대해서는 기술이 없었으나, 다른 서적에서는 알 수 없었던 라피스 국의 정보를 알 수가 있었다.

'이렇게 자세히 써 놓은 책이 있었다니…….'

그렇게 생각하며 레티시엘은 페이지를 넘겼다. 그 다음 페이지가 이 책의 마지막 페이지였다.

그러나 그 마지막 페이지에 부자연스럽게 잘린 자국을 발견하고 레티시엘은 크게 놀랐다. 그것은 명백히 그곳에 뭔가의 페이지가 있었으며, 누군가가 그것을 뜯어갔다는 사실을 증명하고 있었다. 레티시엘이 책을 다시 한 번 처음부터 다시 살펴보았지만, 뜯겨진 페이지로 생각되는 것은 없었다.

'……누가, 뭘 위해?'

그런 의문을 품으며 레티시엘은 천천히 책을 덮고 가까이에 있는 다른 책들의 페이지를 들춰보았다. 그러나 역시 뜯겨진 페이지는 보이지 않았다.

대도서실의 문이 열렸다. 그 소리에 자고 있던 데이비드가 튕기듯이 눈을 뜨고, 하마터면 의자에서 굴러 떨어질 뻔한 몸을 팔을 파닥거리며 균형을 잡았다.

들어온 사람은 장미 배지를 단 상등생 남학생 두 명이었다. 그러나 그 뒤에서는 낯익은 검은 머리의 소년이 보였다.

"도로셀 양. 빨리 오셨군요."

"어머. 지크야말로 아직 방과 후까지는 시간이 있는데요."

지크는 손에 든 종이 다발을 테이블 위에 내려놓으며 레티시엘 건너편 자리의 의자를 빼서 앉았다.

"무슨 책을 읽고 계신 겁니까?"

"라피스 국에 대해서예요. 조금 조사하고 싶은 것이 있어서."

"그러셨군요. 뭔가 찾으셨습니까?"

"아뇨. 눈에 띄는 정보는 없더군요."

"그랬나요. 라피스 국은 수수께끼가 많은 나라이니까 말이죠."

잠시 지크와 잡담을 나누고 있으려니, 다른 세 명도 속속

도서실에 도착했다. 정신을 차려보니, 그 외에도 몇 명의 학생들이 더 있었고 다들 하나같이 공부를 하고 있었다. 시험 전에는 모두 생각하는 것이 똑같은 모양이었다.

"지크. 오늘은 뭘 공부할 건가요?"

레티시엘이 묻자, 지크는 자신이 가져온 종이 다발 위에 손을 얹었다.

"못하는 과목을 집중적으로 공부하는 편이 좋을 것 같으니, 처음에는 문제를 풀어보고자 합니다. 제 방에 있던 과거 문제를 갖고 왔으니 나눠드리겠습니다."

과거 문제는 여섯 장이 하나의 세트로 돼 있었는데, 지크는 그것을 미란다레트와 히르메스, 그리고 레티시엘에게 나눠주었다. 지크의 손에 남은 종이는 아마도 해답일 것이다.

이것은 공부회에 참가자의 학력 조사였기 때문에, 가르치는 입장이자 성적이 우수한 지크와 베로니카는 풀지 않았다.

"……."

레티시엘은 여섯 장의 문제 용지를 차례로 살펴보며 어떻게 해야 할지 판단을 내리지 못했다. 딱히 문제 수가 많은 것은 아니었고, 마법학과 수학과 역사학 문제는 아무 문제 없이 술술 풀 수 있었다. 특히 마법학에 관해서는 너무 간단해서 맥이 빠질 정도였다.

그러나 그 나머지 과목의 문제는 전혀 해답이 떠오르지 않았다. 일단 뭐라도 좋으니 써 놓자. 그런 생각에 레티시엘은 적당히 머릿속에 떠오르는 단어를 늘어놓았다.

쪽지 시험 시간은 두 시간이지만 한 과목 당 20문제씩이었기 때문에 금방 끝났다. 답안은 지크와 베로니카가 회수해, 두 사람이 채점을 했다. 참고로 백점 만점이었다.

"으갸?! 수학 빵점?!"

"히, 히르메스 님은, 수학과 지학을, 가장 열심히, 해야 할 것, 같아요."

"히이익! 싫어어!!"

"마법학의 점수가 생각보다 높네…… 도로셀 님과의 훈련의 산물일까?"

히르메스가 자신의 점수에 충격을 받은 반면, 거꾸로 미란다레트는 자신의 답안지를 보고 조금 안심한 것 같았다.

"그리고, 도로셀 양의 점수입니다만……."

레티시엘에게 답안지를 돌려주면서 지크는 뭐라고 할 수 없는 미묘한 미소를 띠었다. 혹시 점수가 안 좋은 것일까. 그런 생각에 레티시엘은 자신의 점수를 확인했다.

"……."

그리고 레티시엘 자신도 어떻게 반응해야할지 곤란해했다. 6과목 중, 수학은 한 문제를 틀렸을 뿐이고, 역사학과 마법학은 두 말 할 나위없는 만점이었다. 그러나, 나머지 세 과목의 점수는 차마 눈을 뜨고 볼 수 없을 정도였다. 0점이 나온 답안지는 없었으나, 30점을 웃도는 것도 없었다.

그 결과는 어렴풋이 예상할 수 있었다. 어쨌든 교양학은 감이라는 이름 아래 적당히 찍었고, 어학은 문제의 내용을 잘 파악할 수가 없었으며, 지학에 이르러서는 지명이나 산맥명 등의 고유명사 외에는 전혀 알지 못했으니까.

"……아, 그러니까. 도로셀 님도 과목에 따라서는 공부가 필요할 것 같네요."

"그런 것 같네요……."

점수의 진폭이 큰 자신의 답안지를 바라보면서 시험이라는 행사는 참으로 귀찮다고 레티시엘은 진심으로 생각했다.

그 뒤. 레티시엘과 친구들 다섯 명은 매일같이 방과 후 대도서실에 모여 공부회를 열게 되었다.

"도로셀 님. 3번의 답이 틀렸습니다. 거기는 지형판정법이 다르기 때문에 틀렸습니다."

"으음…… 외워지지가 않아……."

레티시엘은 지학 교과서와 눈싸움을 하면서 신음했다. 시험공부를 하면서 레티시엘은 한 가지 중대한 벽에 부딪쳤다. 그것은 『흥미』였다.

레티시엘은 흥미가 있는 것에는 일방적으로 파고들었지만, 거꾸로 흥미가 없는 것은 아무리 노력해도 지식이 머릿속에 들어오질 않았다. 지학은 싫어하지 않았고, 산맥이나 지방의 이름을 외우는 것도 좋아했다. 그렇지만, 그 이외의 것은 도무지 외울 수가 없었다. 왜 지형별로 이렇게나 계측법을 나눌 필요가 있는 것일까. 레티시엘에게는 심히 의문이었다.

"이거, 교과로 하는 의미가 있나요? 교양학 같은 건 자신이 매너를 몸에 익히면 되잖아요?"

"그렇게 말하시면 이 공부회는 의미가 없어집니다……."

여섯 과목 중에서도 레티시엘은 특히 교양학이 가장 어려웠다. 식기를 다루는 테이블 매너의 일련의 동작을 뭐라고 부르는가 라든가, 남성이 여성에게 댄스를 권하는 것은 뭐라고 부르는가 등 학문에는 필요 없을 것 같은 의미가 없는 단어들을 배우는 것이 강제됐다.

그것이 귀족의 소양이라고 한다면 언동 등으로 실제로 그렇게 할 수 있으면 충분할 터였다. 그런 것을 일부러 어려운 단어로 개념화시킨다고 해서, 그런 지식이 어디에 필요해진다는 것일까.

'지금의 귀족 사이에서는 이런 이상한 단어를 사용하는 것이 유행하는 건가? 그렇지 않으면 그럴 듯한 단어를 갖다 붙여두면 멋있다고 생각하는 걸까…….'

그래도 교양학은 시험 과목이니 테스트는 치러야만 했다. 그 때문에 레티시엘은 현재 좋아하지도 않는 과목을 공부하기 위해, 뭐든 좋으니 그 과목에의 관심을 찾아내고자 이 방법 저 방법을 시도하는 중이었다. 정말이지, 시험이라는 것은 왜 이리도 성가신 것일까.

그런 분투가 계속되고, 공부회 첫날로부터 일주일 정도가 흐른 어느 날. 이날도 마법동호회의 멤버는 한 명을 제외한 전원이 대도서실에 집합해 있었다. 내일부터는 주말이었지만, 그것이 지나면 시험까지는 앞으로 닷새밖에 남지 않았다.

"……어머? 저기, 지크 님이, 늦으시네요."

레티시엘 맞은편에 있는 빈자리를 보고, 베로니카가 걱정이 된다는 것처럼 그렇게 말했다. 그 자리는 늘 지크가 앉는 자리였다. 레티시엘은 대도서실의 출입구에 시선을 향했다. 분명히 지크가 늦다니 매우 드문 일이었다.

"그러네요. 잠깐 찾아보고 오겠어요."

세 사람에게 한 마디 양해를 구하고 레티시엘은 대도서실을 나섰다. 오늘 지크는 자신의 연구실로는 돌아가지 않을 것이라고 점심시간에 말했으니, 본관이나 별관의 어딘가에 있을 것이다. 우선은 이 잡듯이 샅샅이 뒤져볼까. 그렇게 생각하고 레티시엘은 대도서실이 있는 별관에서부터 찾기 시작했다.

별관은 주로 교사들의 연구실이나 창고 등 용건이 없으면 들를 일이 없는 방이 많았다. 모든 층을 돌아보았지만, 지크의 모습은 어디에도 없었다.

레티시엘은 다음에는 본관으로 향했다. 별관에서 본관으로 가는 길에 있는 시계탑의 기계실도 확인하면서 본관으로 이동했다. 1층의 교실은 앞쪽부터 자료실, 미술실, 음악실 순서로 이어지고 있었다.

"엄머~! 지크가 4중직이라는 고도의 방직이 가능하다니 깜짝 놀랐어~."

"수방직에는 익숙하니까요. 하지만 할 수는 있다고 해도 미숙한 부분이 더 많습니다."

그대로 복도를 빠져나가려던 레티시엘은 바로 옆에 있는 문에서 새어나온 대화소리에 발을 멈추었다. 교실 앞에 걸린 팻말을 올려다보자 그곳에는『미술실』이라고 쓰여 있었다.

레티시엘은 미술실의 문을 살짝 열어보았다. 그러자, 방안에 있던 지크와 바우리오가 일제히 레티시엘 쪽을 돌아보았다. 어쩐지 지크의 시선에서 강력한 구원 요청이 느껴지는 것은 기분 탓일까.

"엄머. 도로셀 님이잖아요. 무슨 일이죠?"

"목소리가 들려와서요. 무슨 이야기를 하고 계셨나요?"

레티시엘이 방에 들어왔을 때부터 지크는 뭔가를 호소하듯이 쳐다보았다. 기분 탓이 아닌 모양이다. 그래도 어쨌든 질문에는 제대로 대답을 해주었다.

"천을 짜는 방법에 대해서입니다. 기계로 짜는 것과 달리, 손으로 짜는 방법에는 여러 가지가 있답니다."

"그럼 방금 말했던 4중직이라는 것도 그런가요……?"

"예. 수방직 중에서 가장 어려운 기술이라고 하지요."

"흐응……."

기계방직의 지식이 거의 없는 레티시엘은 지크의 이야기에 일단 맞장구쳤다. 지크가 수준 높은 기계방직기술을 갖추고 있다는 사실만은 이해했다. 그것을 보고 있던 바우리오의 눈동자가 짓궂게 반짝 하고 빛났다.

"뭐야~ 도로셀 님도 방직의 근사함에 눈을 뜬 건가요?"

"아, 아뇨. 그런 것은 아니지만요."

"아이 차암~! 무정하다니까."

분위기를 맞춰줘도 좋잖아! 그렇게 말하며 팔짱을 끼고 입술을 삐죽거리는 바우리오는 그러나 유감스럽다기보다는 어딘가 즐거운 것 같았다.

"그런데 선생님. 슬슬 지크를 빌려가도 괜찮을까? 이 뒤에 함께 공부하기로 약속을 해서 말이죠."

"어머! 그랬니?"

그 말을 들은 바우리오는 작게 소리를 지르며 입을 손으로 가렸다. 그러고는 눈썹을 여덟 팔(八)자로 만들며 지크에게 물었다. 지크의 눈이 허공을 헤매는 것을 레티시엘은 놓치지 않았다.

"참. 지크. 그런 사정이 있으면 말을 하렴!"

"죄송합니다. 선생님이 즐거우신 것 같아서 그만 말을 꺼낼 수가 없었습니다……."

"어머나, 지크는 정말 착한 아이구나! 나야말로 붙잡아서 미안해. 공부, 열심히 하렴.”

레티시엘과 지크는 살랑살랑 손을 흔드는 바우리오에게 인사를 하고 미술실을 떠났다. 대도서관으로 향하는 도중에 레티시엘은 지크에게 말을 걸었다.

“꽤나 이야기가 활기를 띠고 있었네요.”

“바우리오 선생님과는 여러모로 말이 통합니다만, 유감스럽게도 선생님은 말이 너무 길어서…… 좋은 선생님이시긴 합니다만.”

“용건이 있다고 말하면 되지 않았을까요?”

“중간에 이야기를 가로막는 것은 왠지 미안해서 말입니다. 도로셀 양에게 의지하고 말았네요. 면목이 없습니다.”

“어머. 저는 신경 쓰지 않으니까 괜찮아요.”

레티시엘이 지크와 함께 대도서실에 도착하자, 다른 세 사람은 이미 공부를 시작한 상태였다.

“기다리게 해서 미안해요.”

“아뇨. 괜찮습니다.”

겨우 전원이 다 모여서 평소처럼 공부회는 시작되었다.

“이젠 안 됩다……머리가 폭발할 거예요…….”

공부를 시작하기 무섭게, 히르메스가 눈을 뒤집어 까며 기절할 것 같은 기세로 천장을 올려다보았다. 며칠 전의 그 넘쳐나던 기운은 다 어디로 간 것인지, 이미 다 불타버리기 직전이었다. 목의 중심이 불안정해서 머리는 불규칙하게 흔들렸고, 머리에서는 김이 피어오르는 것이 눈에 보일 것만 같았다.

그 옆에 앉은 미란다레트도 완전히 초췌해진 모습이었다. 얼굴을 테이블에 처박고 두 팔을 힘없이 테이블 위에 내던지고 있었다.

"어허. 두 사람 모두 빨리 일어나세요! 아직 풀어야 하는 문제가 산처럼 많아요!"

두 사람을 기준으로 오른쪽 대각선 앞에는 안경을 쓰지 않은 베로니카가 가차 없이 두 사람을 재촉했다. 그녀야말로 미란다레트와 히르메스가 의기소침해진 원인이라고 할 수 있으리라.

첫 공부회 때에 치른 간이 테스트의 결과가 엉망이었던 점도 있어서, 베로니카는 다음 날부터 미란다레트와 히르메스에게 지옥의 특훈을 시켰다. 그 때문에 두 사람은 요 며칠 동안 매일같이 베로니카에게 혹독하게 쥐어 짜이고 있었다.

"나…… 이렇게 공부한 건 머리털 나고 처음입니다."

역시나 이대로는 두 사람이 불쌍해서 보고 있을 수가 없었기 때문에, 레티시엘은 곁에 놓아두었던 안경을 집어 잽싸게 베로니카에게 씌웠다.

안경을 쓴 순간, 베로니카는 얼어붙었다가 정신을 차린 것같이 움찔하고 어깨를 떨면서 두리번두리번 주변을 둘러보았다.

"저, 저는 무슨…… 꺅! 히, 히르메스 님? 미란다레트 님? 괘, 괘괘괘괜찮으신가요?!"

안경을 되찾은 베로니카는 원래 성격으로 돌아왔다. 레티시엘과 지크는 쓴웃음을 금치 못했다. 설마 베로니카가 안경을 벗으면, 평소의 연약한 성격과는 딴판으로 무시무시한 스파르타스타일이 될 줄이야. 누가 예상할 수 있었을까.

베로니카는 눈이 나쁘기 때문에 안경을 벗으면 타인이 모두 호박처럼 보이기 때문이 아닐까. 레티시엘은 멋대로 그렇게 생각했다. 실제로는 과연 어떨까.

"베로니카 님. 부탁입니다. 잠깐 자게 해 주세요……."

"아, 안 돼요! 아직, 시작한 지 얼마, 안 지났어요!"

"지크 님과 레티시엘 님을 기다릴 때 충분히 스파르타식으로 공부했어요. 이젠 무리임돠……."

"아, 아으으……."

엎드린 자세로 테이블 위에 쓰러져서 그대로 테이블에 달라붙은 것처럼 움직이지 않게 된 히르메스의 모습에 베로니카는 어떻게 하나 갈팡질팡했다.

"있죠. 내가 제안을 하나 하겠는데요."

그런 두 사람의 모습을 보고 레티시엘이 입을 열었다. 책상 위에 엎드린 히르메스 이외의 사람들의 시선이 레티시엘을 향했다.

"계속 공부만 하는 것도 피곤하니, 이다음에 기분 전환

겸 다 같이 마을에 놀러가는 것은 어떨까요?"

레티시엘로서는 최근 흥미도 없는 과목만 공부하고 있었기 때문에 슬슬 머리가 아파오던 중이었다. 마침 레티시엘도 마을에는 관심이 있었기에, 머리를 리셋한다는 의미도 겸해 마을에 나가보자고 획책했던 것이다.

"그거…… 찬성임다! 가끔은 휴식을 취하는 것도 필요해요!"

"저도 가고 싶어요! 무, 물론 그게 끝나면 다시 공부할 테니까요……."

기분 전환, 이라는 단어에 반응해 히르메스와 미란다레트가 거리 구경이라는 화제를 덥석 물었다. 여러모로 지친 두 사람이라면 분명히 찬성해 줄 것이라고 믿고 있었다.

"분명히 적당한 휴식은 필요하죠."

"그래, 요. 저도, 가고 싶습니다……."

당일은 유일한 서민으로 마을을 잘 아는 지크가 안내해주기로 했다. 기말시험 전 마지막 주말. 레티시엘과 친구들은 마을에 놀러나갈 약속을 했다.

***

거리 구경을 하는 날. 니콜의 손에 의해 강제적으로 모양을 낸 레티시엘은 루빅의 배웅을 받으며 저택을 나섰다.

이날 레티시엘의 옷차림은 옅은 남색을 바탕으로 한 청초

한 원피스에 크림색의 짧은 겉옷을 걸치고, 갈색의 목이 긴 끈 달린 부츠를 신고 있었다. 니콜은 어딘가 부족한 것 같다는 얼굴을 했으나, 신분을 숨기고 나가는 것이니 자기주장은 이 정도 선에서 그쳐줬으면 했다.

점심 무렵이기 때문일까, 하늘은 높고 구름도 없이 맑게 개어서 외출하기에 딱 좋은 날이었다. 바람에 날리는 머리카락을 가볍게 쓸어 넘기고 레티시엘은 걷기 시작했다. 모두와 만나기로 약속한 장소는 니르반의 남문. 전이로도 갈 수 있었으나, 그것을 본 통행인들이 소란을 떠는 것은 싫었기 때문에 이번에는 도보로 향했다.

"안녕하세요, 도로셀 양."

"안녕. 두 사람 모두. 기다리게 해서 미안해요."

"아, 아뇨. 저희가 빨리 온 것뿐이니까요."

남문에 도착하자, 약속 장소에는 이미 지크와 베로니카가 와 있었다. 레티시엘이 사과의 말을 건네자, 베로니카는 두 손과 머리를 옆으로 흔들면서 대답했다. 그 옆에서는 지크도 베로니카의 말에 동의하듯이 고개를 끄덕였다.

은색 머리카락에 오드아이를 가진 『도로셀』의 용모 그대로 마을을 돌아다니면 너무 눈에 띌 것 같았기 때문에, 레티시엘은 오늘은 챙이 넓은 심플한 하얀 모자를 썼다. 주위를 확인해보니, 미란다레트와 히르메스의 모습은 아직 없는 것 같았다.

"……아, 저기, 온 것 같아요."

잠시 그 자리에서 기다리고 있자, 베로니카가 큰길을 가리켰다. 길을 오가는 인파의 사이로 이쪽으로 돌진해오는 히르메스와 미란다레트가 보였다.

"아! 도로셀 님이랑 다른 사람들은 벌써 와 있어! 루루, 빨리 와!"

"자, 잠깐 기다려리프!"

히르메스는 검술을 배우고 있었기 때문에 전속력으로 달려도 태연했지만, 그것을 뒤쫓아 오는 미란다레트는 금방 숨이라도 끊어질 것 같았다.

"괘, 괜찮아요? 미라 님. 그렇게 서두르지 않아도 두고 가거나 하지 않을 텐데."

"저, 저는, 괜찮습, 니다."

"마을 구경하는 것이 정말 기대돼서 기합을 너무 많이 넣었습니다!"

이마에 살짝 땀을 흘리며 호쾌하게 씩 웃는 히르메스는 상쾌함 만점이었다. 그 눈동자가 광선을 내뿜을 것 같을 정도로 빛나고 있는 점을 보건대, 어지간히 오늘을 기대하고 있던 모양이다.

"자, 전원 다 모였으니 얼른 갈까요."

"예. 안내를 잘 부탁해요, 지크."

"예. 맡겨주십시오."

레티시엘에게 대답을 하는 지크도 즐거운 듯이 미소를 띠고 있었다. 레티시엘도 마을 구경을 할 생각에 마음이 설렜다. 미란다레트의 호흡이 안정되는 것을 기다려, 그렇게 다섯 사람은 시가지 관광을 시작했다.

"저기저기! 저기 사람들이 모여 있는 건 뭡니까?!"

아직 관광을 시작한 지 몇 분도 지나지 않았건만, 이미 히르메스는 꽤나 흥분한 상태였다.

"아아. 저건 그림 연극이네요. 이건 아이용인 것 같습니다만, 어른용도 있답니다. 저도 자주 보러 갔었지요."

"그림 연극, 이 뭡니까?? 맛있나?"

"먹는 게 아닙니다……."

벌써부터 모든 것이 진기하게 보이는 히르메스에게서 연달아 날아오는 수많은 질문에 지크는 쓴웃음을 지으면서도 제대로 정성스럽게 대답해 주었다.

"엄청 들떴네요."

그런 히르메스의 모습을 레티시엘은 뭐라 형용할 수 없는 표정으로 바라보고 있었다. 지금 그녀는 미란다레트와 함께 가게의 쇼윈도를 들여다보고 있었다. 이 가게는 아무래도 생활용품점인 것 같았다.

"리프는 지금까지 검술을 단련하는데 집중해서, 제대로 마을에 나와 본 적이 없어서요. 어쩔 수 없죠. 하여간에, 어린애라니까……."

옆에서 미란다레트도 쓴웃음을 짓고 있었다. 그런 미란다레트도 방금 전부터 쇼윈도 안에 늘어선 수많은 생활용품을 열심히 바라보고 있었다.

"어머. 미라 님도 이러니저러니 즐기고 계시잖아요?"

"그, 그건 그렇죠. 저도 마을에 나오는 일은 별로 없었으니까요…… 아, 뭘까요? 저 포장마차……."

겸연쩍음을 감추기 위해 고개를 돌린 그 끝에서 먹을 것을 파는 포장마차를 발견한 미란다레트가 순식간에 그것에 관심을 보였다. 그런 미란다레트에게 레티시엘이 저도 모르게 웃음을 터뜨리자, 그녀는 당황해서 말을 돌렸다.

"저건 클로버샌드의 포장마차네요."

"클로버샌드?"

"예. 클로버 모양을 한 샌드위치입니다. 안에 들어가는 내용물을 자유롭게 토핑 할 수 있는 것이 특징으로, 토핑의 양에 따라 가격이 달라집니다."

"흐응. 재미있는 먹거리네요……."

"마을 사람들에게도 인기가 많습니다. 다만, 주의하지 않으면……."

"맛있을 것 같아…… 잠깐 가서 사올게요!"

미란다레트는 지크의 설명을 끝까지 듣지도 않고 곧바로 포장마차를 향해 종종걸음으로 달려갔다. 그에 이어 히르메스도 포장마차로 날듯이 달려갔다. 베로니카는 당황해서 미란다레트 일행과 레티시엘 일행을 번갈아 쳐다보더니, 호기심에 못 이긴 것인지 레티시엘 쪽을 신경 쓰면서도 포장마차로 향했다.

"……쫓아갈까요."

"……그러네요."

레티시엘과 지크가 세 사람을 쫓아 포장마차로 향하자, 세 사람은 이미 샌드위치에 이것저것 토핑을 하고 있었다. 토핑의 종류는 꽤 풍부한 듯, 고기나 채소 같은 일반적인 재료부터 과일이나 아이스크림 같은 디저트까지 가지각색이었다.

미란다레트는 달콤한 것을, 히르메스는 먹어보고 싶은 것들을 닥치는 대로 빵에 끼워 넣고 있었다. 반면, 베로니카는 토핑의 종류에 혼란에 빠진 것인지 아직 아무것도 고르지 못한 것 같았다. 토핑에서도 성격이 나오는 것인가. 레티시엘은 묘하게 감탄했다.

기껏 왔으니 레티시엘도 샌드위치를 사기로 했다. 그렇다고 해도 내용물의 종류가 너무 많아서 뭘 넣으면 좋을지 감이 잡히지 않았기 때문에, 여기에서는 모험은 하지 않고 얌전히 지크와 같은 토핑으로 했다. 양상추에 베이컨, 치즈와 달걀이라는 일반적인 조합이었다.

"어머? 베로니카 님, 그건……."

"아, 그게, 저기…… 결국 정하질 못해서."

베로니카의 손에는 안에 아무것도 들어있지 않은 샌드위치가 들려 있었다. 뭐라고 말하면 좋을지 알 수 없어서, 레티시엘은 모호한 미소를 지었다.

미란다레트는 곧바로 가까운 벤치에 앉아 재빨리 샌드위치를 깨물었다. 그러나 곧 움직임을 멈추고, 입안에 들은 것을 천천히 씹으며 자신의 샌드위치를 물끄러미 바라보았다.

"미라 님? 왜 그러시죠?"

"……왠지 카오스한 맛이 납니다."

미란다레트의 샌드위치는 꽤나 두툼했다. 어쩌면 포장마차에 있던 달콤한 토핑을 전부 집어넣은 것은 아닐까. 상상하는 것만으로도 카오스였다.

"……주의하지 않으면 묘한 맛이 되니 내용물을 정할 때에는 신중하게 해야 합니다."

지크가 눈썹 끝을 떨어뜨려 눈썹을 여덟 팔(八)자로 만들면서 방금 전 미처 끝맺지 못했던 뒷말을 전했다.

"지크 님. 그런 건 빨리 얘기해주세요……."

"이야기가 끝나기도 전에 포장마차로 날듯이 달려가신 건 미라 님이시잖아요."

"……."

미란다레트는 우물우물 반론을 시도했으나 레티시엘에게 정론으로 반격을 당해 부끄럽다는 듯이 고개를 숙였다.

"제 샌드위치를 절반 드릴까요?"

"아뇨. 괜찮습니다. 좀 카오스이긴 하지만 의외로 나쁘지는 않아요. 뭐라고 할까…… 신기한 맛이에요."

미란다레트는 고개를 좌우로 흔들고는 조금씩 자신의 샌드위치를 먹기 시작했다. 겉보기로는 어떤 맛인지 상상이 되지 않았으나, 먹는 본인은 만족하는 것 같았다. 그러고 보니, 미란다레트는 단 것을 매우 좋아했다. 그녀의 모습을 보면서 레티시엘은 그런 사실을 기억해 냈다.

"베로니카 님은 빵뿐인가요?"

"에, 예. 하지만, 빵만으로도, 의외로, 맛있어요."

"히르메스 님은 오히려 너무 많이 넣은 것 같아요……."

"예에에? 맛만 좋은데요?"

각종 고기를 잔뜩 집어넣은 히르메스의 샌드위치는 미란다레트 이상으로 커다랬다. 육즙이 포장지에까지 배어들어서, 옆에서 보는 이쪽까지도 속이 거북해지는 것 같았다.

레티시엘과 친구들은 샌드위치를 다 먹고 물건을 사면서 거리를 걸었다. 그러다가 다른 곳보다 한층 큰 건물 앞에 사람들이 모여 있는 것을 레티시엘이 발견했다.

"저건 뭐죠?"

"왕립 루네스 극장이군요. 오늘은 어린이용의 극을 상영할 예정이라서, 보시는 대로 부모들이 아이들을 많이 데리고 온 거죠."

"극?! 어떤 극인까?! 재미있는 건가요?"

"어린이용…… 하지만 재미있을 것 같아요! 보지 않을래요?"

미란다레트와 히르메스의 희망으로 다섯 명은 갑작스레 연극을 구경하게 되었다. 연극이라는 오락은 천 년 전에도 있었으나, 지금 세상의 연극은 어떻게 되었는지 신경이 쓰이는 참이었기에 레티시엘도 노라고는 말하지 않았다.

상연된 것은 『견습마법사 미르와 레그』라는 작품이었다. 제목 그대로 견습마법사인 소녀 미르와 소년 레그가 마법으로 나쁜 적을 퇴치하면서 성장하는 이야기였다. 작중의 마법은 물론 실제로 사용하는 것이 아닌 연출이었으나, 효과 등이 진짜처럼 생생한 것에는 놀라고 말았다.

마법으로 그렇게 대단한 현상은 일으킬 수 없어. 레티시엘은 때때로 내심 그렇게 태클을 걸었지만, 이러니저러니 해도 그녀도 끝까지 즐겁게 볼 수 있었다. 천 년 전과 다르게, 무대장식이나 소도구가 풍부해진 것도 보고 있으려니 재미있었다.

"꽤 많이 걸었네요."

"그렇군요. 마침 이 근처에 괜찮은 카페가 있습니다. 거기서 잠깐 쉴까요?"

거리는 수많은 사람으로 몹시 혼잡했다. 인파 속을 누비며 레티시엘과 지크는 겨우 목적한 카페 앞에 도착했다. 지크에 이어 레티시엘은 카페에 발을 들여놓았다. 바로 점원이 와서 일행을 자리에까지 안내했다.

레티시엘은 자리에 앉아 다시금 가게 안을 둘러보았다. 내부 장식이 차분하고 세련된 아담한 가게였다. 입구 정면에는 커다란 쇼윈도가 있는 것이, 아무래도 과자점과 카페가 하나로 되어 있는 모양이었다.

“어서 오세요! 주문은 무엇으로 하시겠습니까?”

자리에 앉자 곧바로 점원이 펜과 종이를 들고 주문을 받으러 왔다.

“이 메뉴에서 먹고 싶은 것은 골라주세요.”

그렇게 말하고 지크는 테이블 옆에 있던 메뉴를 건네주었다. 메뉴에는 수많은 과자의 그림과 이름이 적혀 있었다. 어느 것이나 모두 맛있어 보여서, 고르느라 망설이기보단 차라리 다 주문해 버리고 싶다는 충동이 느껴질 정도였다. 그렇지만 다른 쇼핑용으로도 돈은 남겨놓고 싶었기 때문에, 레티시엘은 꾹 참았다.

미란다레트와 다른 사람들은 처음해 보는 주문에 허둥거렸지만, 레티시엘은 익숙한 모습으로 거침없이 『계절색 넘치는 스콘 세트』를 주문했다. 전생에서는 성 아래 마을의 요리점에 몰래 놀러나간 일도 드물지 않았기 때문에 이런 주문에 익숙했다.

“그럼 계절색 넘치는 스콘 세트 셋, 네모난 블록케이크 하나, 특대 팬시 마들렌 하나, 세트의 홍차는 스트레이트이신 거죠? 잠시 기다려 주세요!”

주문을 다 받은 점원은 총총히 가게 안으로 달려갔다. 덧붙여 네모난 블록케이크는 히르메스, 특대 팬시 마들렌은 미란다레트가 주문한 것이었다.

"그럼, 저 잠깐 볼일 좀 보고 오겠습니다!"

히르메스는 그렇게 말하고 자리에서 일어나서는 쇼윈도 안쪽으로 달려서 돌아들어갔다. 아마도 화장실을 간 것이리라.

"그건 그렇다 치고, 무척 신선하네요. 저희 집은 빈곤해서 서민의 생활에도 금방 익숙해질 것이라고 멋대로 생각했는데, 전혀 그렇지 않았어요."

"그럴 겁니다. 서민의 생활 모습은 귀족이라는 신분에 머물러 있어서는 잘 알 수 없지요."

"하지만, 즐겁, 습니다."

자리에 앉았을 때 점원이 가져다 준 물을 마시면서 베로니카가 작게 웃었다.

"오래 기다리셨습니다. 계절색 넘치는 스콘 세트와 스트레이트 티를 시킨 분은 누구신가요?"

"아, 예. 여기 셋입니다."

정오의 피크를 지나서 가게 안이 그럭저럭 한산했기 때문일까. 잠시 기다리니 주문한 디저트들이 금세 날라져왔다.

"크, 크기가 엄청나다……."

미란다레트 앞에 놓인 거대한 마들렌을 베로니카가 멍하니 입을 벌린 채 바라보았다. 위치에 따라 맛이 다르다든가 어떻다든가.

"맛있을 것 같죠? 처음 봤을 때부터 이걸로 정했었어요!"

기쁘다는 듯이 생글생글 웃는 미란다레트에게 레티시엘은 그 이상 태클을 걸지 않기로 했다. 단 것을 매우 좋아하는 미란다레트이니, 분명히 남기는 일 없이 다 먹어치우리라.

"저기, 손님. 이 상품들…… 모두 포장하시는 건가요?"

"예. 부탁합니다."

물을 마시면서 무심하게 바라보고 있던 입구 정면의 쇼윈도에서 점원의 당황한 목소리가 들려왔다. 딱히 큰 소리도 아니어서 가게 안의 떠들썩한 소리에 녹아들어 아무도 신경 쓰지 않았으나, 레티시엘은 그 대화를 관찰해 보았다.

쇼윈도 앞에는 두 명의 여성이 서서 점원과 뭔가 이야기를 하고 있었다. 허니블론드의 밖으로 뻗친 보브 커트의 소녀와 밤색 머리카락을 포니테일로 올려 묶은 소녀가 예사롭지 않은 양의 과자를 사들이고 있었다.

"그리고 이거 두 개 주세요. 응? 왜?"

그렇게 말하며 포니테일의 소녀는 허리를 숙여 또 한 명의 소녀에게 귀를 갖다 댔다.

"그래그래. 그럼 또 하나 사둘게."

포니테일 소녀의 목소리는 들렸지만, 보브 커트 소녀 쪽은 소곤소곤 말해서 목소리가 거의 들리지 않았다.

"과자양이 엄청나네요. 대체 뭐에 쓰려는 걸까요?"

"파티나, 그런 곳이 아닐까요?"

"이—봐 루루. 나 돌아왔다."

소녀들은 쇼핑을 끝내고 카운터에서 금액을 지불하고 했다. 그리고 동시에 쇼윈도 뒤쪽에서 히르메스가 돌아 나왔다. 히르메스는 주위도 별로 살피지 않고 미란다레트의 곁으로 돌아오고자 달려왔다.

"잠깐만! 위험하니까 일단 멈……."

"응? 우왓?!"

"와!"

달려오던 히르메스와 지불을 마치고 가게를 나가려고 돌아본 포니테일 소녀가 정면으로 부딪쳤다. 쌍방 모두 부딪친 충격으로 엉덩방아를 찧었고, 소녀가 손에 들고 있던 과자 봍우도 지면에 떨어졌다.

"죄송합니다! 죄송합니다! 괜찮으신가요?!"

"괜찮습니다. 이쪽이야말로 부딪쳐서 죄송합니다."

"아아아. 줍는 걸 도와드리겠습니다."

"고맙습니다."

히르메스는 서둘러서 바닥에 떨어진 봉투를 주워 포니테일 소녀에게 건넸다. 그러나 그녀의 얼굴을 보는 순간, 히르메스는 그만 딱 하고 움직임을 멈추었다. 눈을 크게 뜨고, 물끄러미 소녀의 얼굴을 집어삼킬 것처럼 바라보았다.

"……?"

그런 히르메스의 시선을 알아차리고 소녀는 눈을 깜빡이면서 고개를 갸우뚱했다.

"저기, 무슨 일이신가요?"

"예? 어, 아닙니다! 아무것도 아닙니다! 나하하하하."

포니테일 소녀의 질문에 히르메스는 이상한 웃음으로 억지로 얼버무렸다. 기분 탓인가, 기뻐하는 것 같은 그의 목소리에 레티시엘의 정면에 앉은 갈색머리 영애의 주변온도가 10도정도 내려간 것 같은 느낌이 들었다.

"하아. 다행이다……."

히르메스가 가슴을 쓸어내리면서 자리로 돌아왔다. 그러나 자리에 앉은 뒤에도 떠나가는 소녀들의 뒷모습에 시선을 향하고 있었다.

"아는 사이인가요?"

"아뇨. 내가 일방적으로 아는 것뿐이지만, 저 사람은 분명……."

"……."

히르메스는 여전히 방금 전의 소녀들이 나간 입구를 바라보면서 뭔가를 말하려고 했다. 그런데 그 옆에서 얼음과도 같은 오라를 두른 미란다레트가 말없이 손 근처에 있던 포크를 들어 히르메스의 접시에서 네모난 블록케이크를 한쪽 가지고 가 버렸다.

"으엑?! 루루?! 왜?!"

히르메스는 자신의 접시와 미란다레트를 몇 번이나 번갈아 쳐다보았다. 그러다가 다른 세 사람의 곤혹스러워하는 것 같은 시선이나 미란다레트의 기분이 상한 것 같은 얼굴을 보고 겨우 뭔가를 알아차린 모양이었다.

"루루. 오해야! 이것에는 제대로 이유가……."

"응. 그렇겠지그럴거야. 알아. 나도 신경 쓰지 않아."

"엄청 신경 쓰고 있잖아! 미안해!"

히르메스는 삐쳐버린 미란다레트의 기분을 어떻게든 풀어주고자 사정설명을 했다. 그러나, 미란다레트는 여전히 저기압이었다. 그 광경에 레티시엘은 저도 모르게 웃음을 흘렸고, 그에 옆에 앉은 지크가 그녀에게 의아한 시선을 보내왔다.

"아뇨. 왠지 흐뭇하다고 생각한 것뿐이에요."

"아하하. 분명히 그렇긴 하네요."

과자점 다음으로 찾은 곳은 벽돌로 만들어진 작은 가게 앞이었다. 가게 앞의 화단에는 나무와 풀이 심어져 있었고, 낡은 느낌은 있었지만 마음이 편안해지는 차분한 외관의 가게였다.

"이곳은?"

"제가 자주 일을 도우러 오는 가게입니다. 골동품점인데, 진귀한 물건도 많아서 마니아인 귀족분들이 오기도 한답니다."

지크는 설명을 하면서 가게 문을 조용히 밀어 열었다. 딸랑 딸랑 하는 벨소리가 가게 안에 울려 퍼졌다.

"우에에에엥!"

벨소리에 이어 들려온 것은 어린 남자아이의 울음소리였다. 레티시엘은 무슨 일인가 싶어서 가게 입구에 멈춰서 가만히 안쪽의 상황을 살폈다.

안쪽에 있는 카운터에서는 젊은 남성이 여섯 살 정도 돼 보이는 남자아이가 필사적으로 달래고 있었다. 남자아이는 그 자리에 쪼그려 앉아서, 아빠 죄송해요 라고 사과를 하면서 엉엉 울고 있었다.

"점장님, 안녕하세요."

"……아아. 지크 군인가. 어서 와요."

"무슨 일이 있었나요?"

남자아이는 지크를 보자 그 다리에 매달렸다. 그 남자아이의 머리를 쓰다듬으며 지크가 걱정스럽게 묻자, 점장인 남성은 겸연쩍다는 듯이 머리를 긁적였다.

"아니. 우리 아이가 실수로 카운터 위에 놓아 뒀던 시계를 고장 내서요……."

"시계라면, 점장님이 대대로 소중히 아껴왔다던 그 시계 말인가요?"

"예. 그래서 이 아이도 책임을 느끼는 것 같아서……."

지크를 따라 가게 안쪽으로 들어온 레티시엘은 카운터 위에 힐끗 시선을 주었다.

그곳에는 어두운 색의 목재로 만들어진 탁상시계가 놓여

있었다. 양손으로 들면 딱 좋을 정도의 콤팩트한 사이즈의 크기였고, 군데군데 도장이 벗겨진 모습에서 세월을 느낄 수 있었다.

부서진 본체와 함께, 부품으로 생각되는 것들도 함께 놓여 있었다. 반짝반짝 빛나는 둥근 원반과도 같은 금속은 크고 작은 것이 다양하게 있었고, 그 외에도 무엇에 사용하는 것인지 전혀 알 수 없을 것 같은 작은 부품도 있었다.

"수리를 맡기고 싶은 마음은 굴뚝같습니다만, 돈이 더 모인 뒤가 아니면 좀 힘들겠지요. 이렇게나 박살이 나면 고칠 수 있을지 어떨지도 모르겠고……."

지크와 점장이 대화를 나누는 옆에서, 레티시엘은 부서진 시계를 구멍이 뚫어져라 물끄러미 바라보았다.

학원에서도 시계는 사용되고 있었고 레티시엘도 이러니저러니 자기 방에 시계를 갖고 있었다. 하지만 잘 생각해 보니, 레티시엘은 그 구조를 전혀 알지 못했다. 듣자하니 기계장치로 움직인다고 하지만, 마술도 마법도 쓰지 않고 이렇게 작은 상자 속에 어떻게 아침부터 밤까지의 시간을 세는 장치를 집어넣은 것일까.

"……누나."

너무나도 진지하게 생각에 잠겨 있었기 때문에, 레티시엘은 발밑에서 들려온 작은 목소리를 한 순간 못 듣고 놓칠 뻔했다. 레티시엘이 시선을 밑으로 향하자, 방금 전의 남자아이가 울 것 같은 눈으로 이쪽을 올려다보고 있었다.

"왜 그러니?"

"나, 아빠의 소중한 시계를 고장 냈어……."

눈에 눈물을 글썽이면서 중얼거리는 남자아이의 말에 레티시엘은 눈을 약간 크게 떴다.

"누나. 어떻게 하면 아빠의 시계를 원래대로 되돌릴 수 있어?"

"……."

기특하게도 아버지의 도움이 되고 싶다고 하는 남자아이의 모습에, 레티시엘은 그냥 내버려두지 못하고 저도 모르게 참견을 하고 말았다.

"내가 고칠게. 고쳐보겠어."

"……진짜?"

"응."

남자아이가 불안하다는 듯이 고개를 갸우뚱했다. 레티시엘은 몸을 숙여 남자아이의 머리를 쓰다듬고는 시계에 마술을 사용해 보았다. 시계를 고치는 법은 알지 못했지만, 해보지 않으면 모르는 일이었다.

옅은 빛이 시계와 그 주변의 부품을 감싸 안았다. 이윽고 그 빛이 시계에 녹아들듯이 사라지자, 그곳에는 깨끗하게 고쳐진 시계가 있었다. 다만, 겉모습만.

'……바늘이 움직이지 않아. 시계의 구조를 모르면 역시

고칠 수 없는 걸까.'

남자아이는 아까부터 줄곧 걱정스럽다는 듯이 이쪽을 올려다보고 있었다. 그 아이의 소원은 이루어주고 싶었다. 그리고, 내친김이긴 하지만 레티시엘도 시계에 대해 개인적으로 흥미가 있었다.

'이걸 수리하는 김에 잠시 빌릴 수는 없을까?'

레티시엘은 일단 시계에 눈을 떼고, 시험 삼아 점장에게 말을 걸어보았다.

"저, 점장님."

"예. 무슨 일인신가요?"

"이 시계. 제게 잠시 맡겨주실 수 없을까요?"

"예?"

레티시엘의 갑작스러운 제안에 점장은 당황한 것처럼 눈을 크게 뜨고 이쪽을 응시했다.

"점장님에게도 아드님에게도 무척 소중한 물건인 것 같아 힘이 돼 드리고 싶어요."

"아, 아뇨, 하지만 그것은……."

"비용은 걱정하지 마세요. 돈을 받을 생각은 없으니까요."

"말씀은 감사하지만, 손님에게 폐를 끼칠 수는……."

점장은 망설이는 것 같았다. 레티시엘은 초조해하지 않고 점장의 대답을 조용히 기다렸다. 그런데 생각지도 못한 곳에서 도움의 손길이 뻗쳐왔다.

"사정이 좀 다를지도 모르겠습니다만, 저도 자주 본가의 방적기를 수리하곤 했으니까 기계에 대해선 잘 안다고 자부합니다. 늘 신세를 지고 있으니 저도 돕게 해 주세요."

레티시엘은 힐끗 지크에게 시선을 주었다. 그러자 그는 시선을 알아차린 것처럼 이쪽을 보고 작게 미소를 지으며 고개를 끄덕였다.

"……알았습니다. 지크 군이 그렇게까지 말한다면, 부디 부탁합니다."

예상외의 제안에 점장은 불안해 보였지만, 잘 아는 손님인 지크의 설득과 금전적인 상황을 고려해 최종적으로는 고개를 끄덕였다.

레티시엘은 점장에게 시계를 건네받자 그것을 소중히 가슴에 안고 문으로 향했다.

가게를 나설 때 살짝 뒤를 돌아보니, 방금 전까지 울던 남자아이가 코를 훌쩍거리며 손을 흔들어주고 있었다. 그것이 왠지 사랑스러워서 레티시엘도 미소를 지으며 작게 마주 손을 흔들어주었다.

"도로셀 님이 시계의 수리를 떠맡으시다니, 조금 놀랐어요."

이윽고 가게가 보이지 않게 되자, 미란다레트가 뜻밖이라는 것처럼 그런 말을 해왔다. 레티시엘은 가슴에 끌어안은 시계에 시선을 떨어뜨렸다.

"그게, 곤란에 처한 사람을 그냥 내버려둘 수는 없잖아요? 백성을 돕는 일도 귀족의 책무인걸요."

"굉장해……! 과연 도로셀 님! 멋지심돠!"

"도로셀 님은 이러니저러니 해도 상냥하시네요."

"그런가요?"

"그래요."

부품 같은 것을 잃어버릴 수는 없었기 때문에, 레티시엘은 분실 방지를 위해 시계를 아공간에 집어넣었다. 오늘은 어차피 걸어서 돌아갈 테니 문제없다.

"해가 많이 떨어졌네요."

히르메스가 오른손으로 눈 위를 가리고 서쪽으로 기울기 시작한 태양을 올려다보며 말했다.

"다들 통금 시간은 괜찮은가요?"

"아. 저와 지크 님은, 기숙사라, 아직 괜찮, 습니다."

"저와 리프도 아직 조금 여유가 있지만, 저는 식사 준비도 해야 해서요. 갈 수 있다고 한다면 앞으로 한 군데 정도일까요."

친구들의 이야기를 듣고, 지크는 주머니에서 작은 수첩을 꺼내 힐끗 내용을 살펴본 뒤 말했다.

"그렇다면, 마지막으로 제가 추천하는 장소로 안내하지요."

레티시엘 일행은 지크의 뒤를 따라 아트리스 강에 걸린 다리를 건너 북쪽으로 향했다. 왕도 니르반을 남북으로 가르는 아트리스 강의 남쪽이 서민들이 집을 짓고 사는 곳인데 반해, 북쪽은 왕성 비아트리스 성을 비롯한 귀족의 저택이 모인 귀족 마을이었다.

그 북쪽 마을 근처에 아트리스 강이 있었고, 그 바로 옆에 자리한 작은 언덕 위에 커다란 시계탑이 솟아 있었다. 아마도 왕도에서도 1, 2위를 다투는 고층 건축이리라. 밑에서 올려다보는 것도 한 고생이었다. 지크는 똑바로 그곳을 향했다.

"이곳이 니르비아나의 시계탑입니다. 왕성의 첨탑과 함께 니르반에서는 가장 높은 건물이죠."

그 말을 듣고 레티시엘은 비아트리스 성 쪽을 바라보았다. 듣고 보니 비아트리스 성의 중심 부근에 높은 탑이 솟아 있었다.

시계탑 앞의 광장에는 저녁때임에도 꽤 많은 사람들이 있어서, 이곳이 사람들의 휴식 공간으로 이용되고 있단 것을 알 수 있었다. 탑 안으로 통하는 문은 열려 있었는데, 그 안쪽은 나선 계단으로 돼 있었다.

"시계탑이라는 건 안에 들어갈 수가 있군요."

계단을 올라가면서 레티시엘은 진지하게 그렇게 생각했다. 천 년 전에도 시계탑은 있었지만, 정비할 때 이외에는 거의 출입이 금지돼 있었다.

"예. 니르비아나의 시계탑은 신분에 관계없이 모든 국민에게 개방돼 있으니까요."

계단을 올라가는 중에도 위에서 내려오는 사람들과 엇갈리면서 레티시엘 일행은 정상의 전망대까지 올라갔다. 전망대에는 아직 드문드문 사람들이 남아 있었는데, 간결한 옷을 입은 서민과 질이 좋아 보이는 옷을 걸친 지체 높아 보이는 사람의 모습이 두루 있었다.

"자, 이리로 와 주세요!"

지크가 난간에 손을 얹고 미소를 지으며 마을 쪽을 가리켰다. 그 자신도 이곳에서 보이는 경치를 기대하고 있던 모양이었다. 레티시엘은 지크의 옆에 나란히 서서 눈 아래 펼쳐지는 경치에 한숨을 흘렸다.

"……무척 아름다운 경치네요."

비아트리스 성의 가장 높은 첨탑과 같은 높이답게, 전망대에서는 니르반의 전경을 한 눈에 볼 수 있었다. 남북으로 각각 똑같은 색채의 지붕으로 통일된 마을의 모습이 펼쳐졌다. 그 지붕에 저녁놀의 오렌지색이 살짝 덮여서 반사되며 아름다운 풍경을 자아냈다.

"이곳은 제가 가장 좋아하는 장소입니다. 고민할 일이 있거나 생각이 막힐 때 자주 이곳을 찾죠."

"그거 좋네요. 저도 그렇게 해볼까요."

"괴, 굉장, 해요……."

이 시대의 건축물들은 왕성을 제외하면 높아봤자 3층이었다. 그래서 이렇게 높은 곳에서 경치를 바라볼 경험을 가지기 어려웠다. 히르메스와 미란다레트, 베로니카는 곧바로 시계탑에서 보이는 경치에 푹 빠져들었다.

"굉장해!! 봐! 루루! 사람이 저렇게 쬐그매!"

"잠깐만, 기다려 리프! 그렇게 몸을 내밀면 떨어질……."

대—앵…… 대—앵…….

갑자기, 머리 위에서 엄청나게 큰 종소리가 울려 퍼졌다. 레티시엘은 반사적으로 방음마술을 사용했으나, 다른 세 사람은 곧바로 귀를 막았다. 지크는 익숙한지 태연하게 있었다.

"으왁?! 이게 무슨 소리죠?!"

"종, 소리. 시간을, 알리는 것, 인가요?"

"예. 시계탑이니까요. 이 천장 바로 위에 종과 문자판이 있답니다."

종소리는 바람을 타고 니르반의 구석구석까지 두루두루 미쳤다. 시계탑 아래의 큰길을 걷던 작은 사람들도 시간을 확인하기 위해 시계탑을 올려다보았다.

"다행이다……."

종소리에 섞여 옆에서 작은 중얼거림이 들려왔다. 지크는 안도했는지 휴 하고 가슴을 쓸어내리고 있었다.

문득 레티시엘의 뇌리에 지크가 갖고 있는 수첩이 떠올랐다. 어쩌면 그것에는 레티시엘 일행을 안내할 장소를 적어두었던 것은 아닐까. 생각해 보면 지크도 기숙사에서 생활하는 몸에 레티시엘과 마찬가지로 연구에 열중하느라, 마을에 나갈 일이 그리 많지는 않았을 것이다. 오늘을 위해 일부러 조사해준 것은 아닐까. 레티시엘은 그런 생각이 들었다.

그 나름대로 오늘 하루의 예정을 생각해 여러 가지로 준비를 해 주었다고 생각하자, 아무것도 모르고 의지만 한 것이 미안해지는 한편 그 마음씀씀이에 가슴이 따뜻해졌다.

"고마워요, 지크."

"……? 무슨 말을 하셨나요?"

"아뇨. 아무것도요."

천천히 고개를 저으며 레티시엘은 저녁놀에 물드는 니르반의 거리를 바라보았다. 시각을 알리는 종소리는 그녀의 말을 감싸며 머리 위에서 계속 울려 퍼졌다.

***

친구들과 놀러나간 다음 날. 식당에서 점심 식사를 마친 레티시엘은 지크와 함께 대도서실을 찾았다. 물론, 시계를 수리하기 위해서였다.

"안녕하세요. 데이비드."

"아이고, 잘 와주셨습니다. 부탁하신 책은 이미 준비해 놓았습니다요."

데이비드는 작은 손으로 카운터 옆의 테이블을 가리켰다. 그곳에는 꽤 많은 양의 책들이 쌓여 있었다. 레티시엘이 사전에 찾아달라고 부탁했던 책들이었다.

"우선은 책을 이쪽 책상으로 가져올게요."

"알았습니다. 저도 공구의 준비가 끝나는 대로 바로 돕겠습니다."

레티시엘은 아공간에 보관하고 있던 시계를 가까운 책상 위에 올려놓고 곧바로 데이비드가 준비해 둔 책들을 옮기기 시작했다. 아공간을 사용하고 있었기 때문에, 오늘은 마차로 등교했다.

무슨 일이 있을 때마다 일일이 독서 테이블과 카운터 옆의 테이블을 왕복하면서 책을 가져온다면 끝이 없을 것이다. 도중부터 지크도 도와준 덕분에 책 운반은 생각한 것보다 빨리 끝났다. 자리로 돌아온 레티시엘은 지크가 맞은편 자리에 놓아둔 상자에 시선을 보냈다.

상자의 뚜껑은 살짝 열려 있었고, 그 틈새로 레티시엘이 잘 모르는 도구들이 언뜻 얼굴을 내밀고 있었다. 레티시엘은 뚜껑을 열고 가장 위에 있던 공구를 손에 들어보았다.

"왠지…… 다양한 공구가 있네요."

"예. 왕도에 왔을 때 본가에서 갖고 온 것인데요. 어쩌면 시계를 고치는데도 쓸 수 있지 않을까 해서 가져와 봤습니다."

지크가 마지막 몇 권의 책을 들고 온화하게 웃으면서 자리로 돌아왔다. 그러고 보면 지크는 방직기 등의 수리를 자주 했었다고 골동품점에서 말했었다.

"지크는 시계의 구조에 대해 잘 아나요?"

"아뇨. 저 나름대로 공부는 했습니다만 그렇게까지 잘

은……."

"그렇다면 구조에 대한 책이 있는 편이 좋을까요? 잠깐 찾아볼게요."

레티시엘은 그렇게 말하고 테이블 위에 쌓아올린 책의 산을 무너뜨리며 원하는 책을 찾기 시작했다. 책의 양은 결코 적지 않았지만 그렇게까지 품이 들 일도 아니었다.

"우선은 세 권 찾았어요. 이 정도 있으면 충분할까요?"

"아마도 충분할 겁니다. 그렇지만 부품은 여기 있는 것이 전부일까요."

"빠진 것이 없기를 기도하죠."

지크와 레티시엘은 책의 산에서 발굴한 세 권을 두 사람 사이에 펼쳐두고 어림짐작으로 시계의 수리를 시작했다.

"이건, 여기 들어가는 것일까요."

"그 전에 이 톱니바퀴가 더 먼저이지 않을까요?"

"어라? 하지만 잘 들어가지 않는데요? 정말로 이 톱니바퀴가 맞는 건가요?"

"으음…… 이게 아닌 건가?"

도중에 진행상황은 어떤지 상황을 보러 온 데이비드도 끌어들이며 레티시엘의 시계수리는 계속되었다.

"데이비드 씨. 이곳의 부품이 잘 맞물리지 않는데요."

"흠. 끼우는 순서가 조금 잘못되었군요. 우선은 이 톱니바퀴를 집어넣는 겁니다. 큰 것부터 집어넣는 것이 요령이지요."

"아, 그렇군요……! 그렇다면 이 원반은 어디에 들어가죠?"

"이곳이 아닐까요? 아마도 이 가장자리가 들쑥날쑥한 부품 옆이라고 생각해요."

시계 수리는 처음이었기 때문에 힘든 부분도 많았지만, 때때로 상황을 보러 와 주는 데이비드의 조언도 있어서 수리는 조금씩이지만 확실하게 진행되어갔다.

"이제 이것을 끼우면…… 다 됐습니다!"

점심 무렵에 시작했는데, 작업의 끝이 보이기 시작한 것은 하늘이 오렌지색으로 물들 무렵이었다. 지크가 마지막 부품을 끼우고 해냈다는 표정으로 즐겁게 웃었다. 레티시엘도 일단 수리가 일단락된 것에 깊은 한숨을 내쉬었다.

"지크는 사실은 시계를 고쳐본 적이 있는 거 아닌가요?"

"아뇨. 처음입니다. 하지만 방직기의 구조와 조금 비슷한 구석도 있었어요. 어려웠지만 공부가 됐습니다."

지크는 탁상시계를 손에 들고 혹시 고치지 못한 부분이 없는지 최종 확인을 했다.

"이제 태엽을 돌리면 움직일 겁니다. 제대로 고쳐졌다면 좋겠습니다만……."

"제가 돌려봐도 될까요?"

"물론입니다."

지크가 흔쾌히 시계를 건네 왔다. 레티시엘은 깨끗하게 수리된 탁상시계를 받아들고 시계의 뒤쪽에 달린 태엽을 빙글

빙글 돌렸다.

끼익 하는 독특한 소리와 함께 태엽이 감겼다. 태엽을 몇 차례 더 감자, 문자판 위에서 멈춰있던 바늘이 움찔 하고 움직이면서, 잠에서 깨는 것처럼 재깍재깍 움직이기 시작했다.

"……!"

시계가 제대로 움직였다는 사실에 감동할 틈도 없이, 갑자기 레티시엘의 머리에 번쩍 하고 어떤 광경이 스치고 지나갔다.

섬광처럼 살짝 엿보인 그 광경은, 어딘가의 방인 것 같았다. 하늘에는 옅게 안개와도 같은 구름이 끼어 있었고, 토막난 구름들 사이로 힐끗힐끗 빛의 라인이 그려지고 있었다.

어린 도로셀의 시선 끝에는 자신의 손바닥만한 크기의 회중시계를 수리하려고 분투 중인 소년의 뒷모습이 있었다. 소년의 주위에는 그 밖에도 나무로 된 장난감이나 공구, 도면 같은 것이 널려 있었다.

『어, 그러니까, 이걸 이렇게 하면…… 됐다! 아마도 이걸로 움직일 거야!』

기쁜 듯이 목소리를 드높인 소년은 어두운 금색 머리카락을 흔들면서 득의양양하게 회중시계를 들어보였다. 의식은 또렷했다. 시야도 명료했다. 하지만 레티시엘은 스스로 움직이는 것도, 말하는 것도 할 수 없었다. 『도로셀』이라는 인물의 안에서, 레티시엘은 그저 관객처럼 눈앞의 광경을 지켜보

는 수밖에 없었다.

『정말로? 완전히 고친 거야?』

어린 날의 도로셀은 불안한 듯이 말했다. 자신의 의지와는 별개로 흘러나온 목소리에, 레티시엘은 눈앞에서 펼쳐지는 광경이 도로셀의 기억이라는 것을 알아차릴 수 있었다.

『응! 몇 번이나 확인했어. 봐, 바늘도 움직이지?』

그렇게 말하고 돌아본 소년은 푸른 하늘을 그대로 담아 놓은 것 같은 맑은 물색의 눈동자를 갖고 있었다. 그 눈동자에 비친 도로셀은 기쁜 듯이 눈을 빛냈다.

콰—앙!

그때, 방에 커다란 소리가 울려 퍼져 레티시엘은 흠칫 하고 어깨를 움츠렸다.

『도로—시!』

문을 있는 힘껏 열어젖히는 소리에 이어 등 뒤에서 크게 들뜬 것 같은, 시원시원한 느낌의 소녀의 목소리가 들려왔다. 그 목소리에 반응해 레티시엘의 시선이 자신의 등 뒤로 향했다.

『———!』

방에 들어온 인물을 보고, 어린 도로셀의 입에서 뭔가의 말이 흘러나왔다. 그러나 그 말을 레티시엘은 알아들을 수 없었다. 자신의 몸, 정확히는 유년기의 도로셀의 몸에서 흘러나온 말이었는데도, 마치 그 한 마디만이 뭔가에 덮인 것처럼 분명치 않아서 들리지 않았다.

도로셀이 앞으로 달려 나가고자 한 발 내디딘 순간, 구름의 틈새로부터 한순간 얼굴을 내민 한낮의 태양이 방 창문의 유리에 반사되어 한층 강하게 빛났다.

꿈속의 경치가 현기증이 날 정도로 눈부신 빛에 감싸여갔다. 뒤돌아본 레티시엘의 눈동자에는 불타는 것 같은 붉은 머리카락을 가진 어린 소녀가 천진난만하게 웃는 얼굴이 보인 것 같은 느낌이 들었다.

"——! ——양! 도로셀 양!!"

『도로셀』의 이름을 강하게 부르는 목소리에, 레티시엘의 의식은 급속히 현실로 되돌아왔다. 눈앞에서는 지크가 걱정과 초조함이 드러나는 표정으로 이쪽을 들여다보고 있었다.

"어떻게 되신 겁니까? 몸이라도 안 좋으신 겁니까?"

갑자기 기우뚱 하고 옆으로 쓰러진 레티시엘을 지크가 의자를 박차고 일어나 두 손으로 그 어깨를 잡아주었다. 지크의 힘을 빌려 자세를 바로하면서 레티시엘은 조용히 고개를 저었다.

"괜찮아요. 조금 현기증이 난 것뿐이니까."

"정말로 괜찮으신 겁니까? 누워서 쉬시는 편이 좋지 않을까요……?"

"아뇨. 그럴 필요까지는 없어요. 걱정하지 않아도 돼요."

지크는 그래도 계속 걱정스럽다는 표정을 띠고 있었지만, 결국에는 레티시엘의 말을 존중해주었다. 레티시엘은 잠시 눈을 감고 마음을 진정시켰다. 그리고 기분이 가라앉자 천천히 다시 눈을 떴다.

"어지러운 건 이제 괜찮으십니까?"

"예. 이제 괜찮아요."

레티시엘은 의자에 고쳐 앉아서는 재깍재깍 소리를 내는 시계를 가리켰다.

"시계는 고쳐졌으니 이제 돌려주러 갈까요."

"그렇군요. 뒤로 미룰 일은 아니죠. 그럼 같이 가죠."

그렇게 말하고 지크는 수리에 사용한 도구를 정리하기 시작했다. 레티시엘도 책상 위에 널브러져 있던 책들을 원래 있던 장소에 되돌려 놓았다.

모든 정리가 끝나자, 지크와 레티시엘은 예의 골동품점에 가기 위해 학원을 나섰다. 지크의 안내를 받으며 걷기를 10여 분. 레티시엘은 순조롭게 골동품점에 도착했다.

"안녕하세요."

가게 안은, 당연하게도, 어제와 전혀 달라진 것이 없었다. 카운터에 사람은 없었지만 안쪽에서 「네—」 하는 목소리가 들리고, 점장이 부리나케 모습을 드러냈다.

"어서 오세요…… 아. 지크 군! 그리고 어제의 손님도."

점장은 지크와 레티시엘을 보자 놀란 것처럼 눈을 크게

떴다. 레티시엘은 손에 들고 있던 시계를 내밀었다.

"시계 수리가 끝났기 때문에 돌려드리러 왔습니다."

"어! 벌써 말입니까?!"

레티시엘의 말에 점장은 어지간히 놀란 모양이었다. 구멍이 뚫릴 것 같을 정도로 시계를 쳐다보았다. 그러나 그 바늘이 착실하게 시간을 기록하는 것을 보고, 안도의 미소를 지으며 시계를 받아들었다.

"이렇게 빨리 수리해 주시리라고는 생각도 못했습니다…… 고맙습니다. 뭐라 감사의 말씀을 드려야 할지 모르겠군요."

"인사는 지크에게 해 주세요. 수리한 것은 그니까요."

"지크 군도 고마워요. 정말로 살았습니다."

"아뇨. 저 혼자서는 할 수 없었습니다. 많은 분들이 도와주신 덕분입니다."

점장과 지크가 이야기를 하는 사이, 레티시엘은 퍼뜩 이쪽의 기색을 살피는 눈동자의 존재를 알아차렸다. 카운터 안쪽에 있는 벽에서, 점장의 아들이 얼굴을 반쯤만 내밀고 불안한 눈빛으로 이쪽을 바라보고 있었다.

"아빠. 시계. 다 고쳐졌어……?"

"그래. 고쳐졌다. 보렴, 바늘도 제대로 움직이고 있지?"

점장은 아들과 눈높이를 맞추고 미소를 지으며 시계를 그 눈앞에 내밀었다. 숫자가 원형으로 늘어선 문자판에서 두 개의 바늘이 규칙적으로 돌아갔다.

"……! 진짜다! 지크 형! 누나! 고마워!"

남자아이는 눈을 반짝 빛내며 레티시엘의 다리를 꼬옥 끌어안았다. 레티시엘이 당황하자 지크가 남자아이와 시선을 맞추며 미소를 지었다.

"천만에. 다음부터는 소중히 다뤄야 해."

"응! 나, 꼭 소중히 다룰 거야!"

지크가 남자아이의 머리를 슥 쓰다듬으면서 상냥한 어조로 말하자, 남자아이도 만면의 미소를 띠면서 힘차게 고개를 끄덕였다. 하지만 곧 뭔가 할 말이 있는 같은 눈으로 물끄러미 레티시엘을 올려다보았다.

"왜 그러니?"

"있지. 누나. 이건 사례!"

그렇게 말하며 남자아이가 슥 내민 것은 양손에 딱 들어갈 크기의 상자였다.

"이건?"

"오르골이야! 누나한테 줄게!"

시계에 대해 조사하던 때, 같은 기계장치의 일종으로서 오르골이라는 기계에 대해서도 책에서 읽었다. 자동으로 곡을 연주하는 물체였던가.

"이 아이, 시계를 고쳐준다면 오르골로 사례하고 싶다고 말했답니다. 만약 괜찮으시다면 받아 주세요."

아들의 어깨를 끌어안으며 점장이 말했다. 남자아이는 기대와 불안이 섞인 눈으로 이쪽을 올려다보았다. 레티시엘은 약간 망설였지만, 곧 남자아이의 손에서 오르골을 받아들었다.

"고마워. 소중히 간직할게. 귀엽고 근사하구나."

"에헤헤."

레티시엘이 감사의 인사를 하자, 남자아이는 얼굴을 환하게 빛내면서 크게 웃었다.

"또 언제든지 찾아 주세요. 기다리고 있겠습니다."

"고맙습니다."

꾸벅 고개를 숙이며 인사를 하는 점장의 발치에서 남자아이가 두 손을 붕붕 흔들면서 날듯이 뛰어올랐다.

"형! 누나! 또 만나!"

"응. 바이바이."

레티시엘과 지크는 기쁘다는 듯이 손을 흔드는 점장과 그 아들에게 손을 마주 흔들어주고 가게를 뒤로 했다. 저녁 해는 이미 지평선 아래로 가라앉았다. 큰길에는 귀가를 서두르는 사람들이 바쁘게 오가고 있었다.

"벌써 이런 시간이네요……."

"시간이 눈 깜짝할 사이에 흘렀네요. 시간도 늦었으니 저택까지 배웅해 드리겠습니다."

"호의를 받아들이죠."

레티시엘은 지크의 제안에 고개를 끄덕이고 그와 함께 황

혼에 물든 거리를 걷기 시작했다. 해질녘의 분주한 소란스러움이 두 사람 사이로 빠져나갔다.

"지크는 어떻게 그렇게 기계에 대해 잘 아는 건가요?"

인적이 뜸한 큰길을 걸으면서 레티시엘은 문득 신경이 쓰여서 옆에서 나란히 걷고 있는 지크에게 물었다.

"제 본가는 양 목장을 운영합니다. 그래서 옛날부터 물레라든가, 직물과 관계된 것들은 나름대로 접해왔지요."

"그랬군요. 예를 들면 어떤 것들이 있나요?"

"예를 든다면…… 가장 유명한 것은 역시 방직기이겠네요. 방직기를 사용하면 작업 효율도 생산량도 올라가서 늘 도움을 받고 있습니다. 뭐, 저는 손으로 짜는 쪽을 더 좋아하지만요."

지크는 두 손으로 직물을 짜는 시늉을 해 보였다. 이전에 바우리오와 미술실에서 얘기를 했을 때에도, 분명히 모직물의 종류에 대해 이야기하고 있었다.

"전에 모직물 짜는 걸 좋아한다고 말했었죠?"

"예. 어릴 때부터의 취미 중 하나입니다. 재미있어요."

"기회가 있다면 가르침을 부탁해도 될까요?"

"물론 상관없습니다."

서서히 저물어가는 저녁 해를 바라보면서 지크는 어릴 때를 떠올리는 것처럼 온화하게 눈을 가늘게 떴다.

"그건 그렇고 시계의 구조란 건 재미있네요. 여러모로 응용할 수 있을 것 같은 느낌도 들고 말입니다. 좀 더 공부를 하고 싶어졌습니다."

"……지크는 뭔가 하고 싶은 일이 있나요?"

"예, 방직기를 개량하고 싶습니다. 지금은 수동이지만요. 다른 동력으로 움직일 수 있게 한다면, 고향 사람들도 조금은 편해질 것이라고 생각하니까요."

본가나 직물에 대해 이야기하는 지크의 얼굴은 반짝반짝 빛나서, 무척 즐거운 것 같았다. 그는 정말로 직물과 고향을 좋아하는 것이리라. 그 모습이 호감이 가서 레티시엘은 가볍게 미소를 지었다.

그렇게 지크와 시시한 잡담을 나누면서 레티시엘은 별 생각 없이 거리의 모습을 바라보았다. 처음 걸어본 왕도의 거리에는 새로운 것들이 넘쳐, 레티시엘이 모르는 기억을 끌고 왔다.

'언젠가 나도 저런 식으로 과거를 이야기할 수 있게 될까…….'

있을 리 없는 [과거](전세)를 이야기하는 것은 불가능했고, 기억에 없는 [과거](현세)도 이야기할 수는 없었다. 즐거운 듯이 자신의 추억을 이야기하는 지크의 얼굴은, 레티시엘에게는 조금 눈이 부셨다.

***

"다녀왔어요."

"아. 아가씨! 잘 다녀오셨나요."

레티시엘이 교외의 저택으로 돌아가자, 현관홀에서 니콜이 뭔가 메모 같은 것을 열심히 읽고 있었다. 레티시엘의 목소리에 반응해 곧바로 마중을 나온 니콜은 앞치마를 두르고 있었다. 저녁 식사 준비를 하는 모양이다.

"지금 저녁 식사 준비를 하고 있으니 잠시 기다려 주세요!"

"알았어요. 그럼 난 일단 방으로 돌아갈게요."

기운차게 대답을 하면서 니콜은 주방으로 향하고, 레티시엘은 자기 방으로 돌아갔다. 적당한 드레스로 갈아입자, 레티시엘은 깨끗하게 정돈된 침대에 다이빙해서 뒹굴었다. 그리고 골동품점의 남자아이에게 받은 오르골을 사이드 테이블 위에 가만히 내려놓았다.

오르골 상자의 측면에는 작은 태엽이 달려 있었다. 레티시엘은 오르골 뚜껑을 열고 태엽을 빙글빙글 감았다.

한 박자 늦게 오르골에서 방울처럼 맑고 깨끗한 멜로디가 흐르기 시작했다. 간결하고 섬세한 음색이 녹아드는 것처럼 귀로 흘러들었다. 레티시엘은 창밖을 바라보았다.

달에 비친 정원은 은은하게 은색으로 빛나고 있었다. 그 풍경에 오르골의 느릿하고 차분한 선율도 더해졌다. 듣고 있는 것만으로도 마음이 진정되었다. 처음 듣는 것일 터인데도, 왠지 모르게 반가워서 가슴이 따뜻해졌다.

잠시 그렇게 오르골을 듣고 있으려니, 음색은 작은 목제 상자에 빨려 들어가는 것처럼 조용히 멈추었다. 조금 더 듣고 싶어서 레티시엘은 다시 한 번 태엽을 감았다. 그 타이밍에 조심스럽게 방문을 노크하는 소리가 울렸다.

"실례합니다, 아가씨."

"어머. 루빅."

문을 연 루빅은 방안에 울려 퍼지는 아름다운 음악에 눈을 크게 떴다. 그러나 곧 표정을 허물어뜨리며 미소를 지었다.

"아름다운 곡이네요. 이건 어디서 나신 겁니까?"

"받은 거예요."

레티시엘은 친구와 시계를 수리한 일을 루빅에게 들려주었다.

"반갑군요. 아가씨는 어릴 때부터 오르골을 좋아하셨죠."

"……아아. 그랬죠."

"예전에는 자주 아가씨와 함께 듣곤 했었지요. 그 무렵의 오르골은 전부 빼앗겼지만, 이러고 있으니 옛날로 돌아간 것 같네요.

"……."

그렇게 말하며 그리운 듯이 미소를 짓는 루빅에게, 레티시엘은 아무 말도 하지 못하고 그저 모호하게 미소를 지었다. 자신 안의 텅 빈 기억이 왜인지 몹시 안타깝게 느껴졌다.

6장 서쪽의 정령왕들

시계를 수리한 날로부터 1주일 뒤. 루크레치아 학원의 현관홀에는 평소 이상으로 학생들로 넘쳐나고 있었다. 레티시엘은 눈썹을 찡그렸다. 학생들은 모두 동쪽의 벽에 무리짓고 있었었다. 뭔가 행사라도 있던 것일까.

"아, 도로셀 님. 안녕하세요."

"안녕하세요! 스승님!"

레티시엘을 스승님이라고 부르는 사람은 한 사람밖에 없었기 때문에 레티시엘은 경계하지 않고 돌아보았다. 그곳에는 약간 긴장한 미란다레트와 어딘가 기쁜 것 같은 히르메스의 모습이 있었다.

"안녕하세요. 히르메스 님, 아침부터 기뻐 보이시네요."

"당연하죠! 그게, 오늘은 기말시험 결과발표일이니까요!"

히르메스는 콧김을 거칠게 뿜으며 힘차게 대답했다. 그의 말에 레티시엘은 다시 한 번 동쪽 벽을 바라보았다. 잘 관찰하자, 학생들 머리에 살짝 가려지긴 했지만 분명히 게시판에 뭔가 커다란 종이가 죽 붙어 있었다.

"어머. 그랬나요?"

"예! 저, 이번에 엄청 열심히 해서 결과가 기대됩니다!"

"……난 오히려 조금 걱정이 되는데."

"아냐아냐, 루루! 긍정적으로 생각하자! 그만큼 공부를 열심히 했으니까 어떻게든 됐을 거라고!"

불안해 보이는 미란다레트에게 히르메스가 그렇게 기운을 북돋아 주었다. 일부러 밝게 행동하는 것인가 싶기도 했지만 의외로 히르메스는 단순…… 실례, 순수한 구석이 있었으니, 정말로 그렇게 생각하는 것이리라. 한 점 흐림이 없는 히르메스의 웃는 얼굴에 이끌려 미란다레트도 미소를 지었다.

"이틀에 보러 가 볼까요. 사람이 많아지면 붐빌 테니까요."

"그렇군요. 저도……현실과 마주하겠어요!"

딱히 성적 발표에 그렇게 기합을 넣지 않아도 좋을 텐데. 그런 생각이 들긴 했으나, 레티시엘도 얌전히 게시판의 문자를 눈으로 훑었다.

성적은 필기시험과 실기시험, 그리고 두 점수를 합산한 종합 점수, 이 세 가지로 나뉘어져 있었다. 점수는 위에서부터 높은 순으로 나열되어 있었고, 평균점의 절반 이하는 불합격인 듯, 빨간 선이 그려져 있었다.

"……아! 있어요! 합격했어요!"

미란다레트가 순위표에서 자신의 이름을 발견하고 저도 모르게 큰 소리를 냈다가, 허둥지둥 주변에 고개를 숙였다.

"히르메스 님은 어떠셨나요?"

"훗훗훗…… 듣고 놀라지 말아주십쇼?"

히르메스는 팔짱을 끼고 눈을 감은 채 어딘지 불온하게 미소를 지었다. 그 모습에, 레티시엘은 그렇게나 성적이 잘 나온 것인가 하고 그의 다음 말을 기다렸다.

"무려! 경계선에서 위로 다섯 번째였습니다!"

"……잘 됐네요."

득의양양한 얼굴로 외치는 히르메스의 말에 레티시엘은 저도 모르게 힘이 빠지고 말았다. 그것은 바꿔 말한다면 곧 불합격 직전이라는 뜻이었으나, 공부를 싫어하는 히르메스는 자신의 힘으로 노력해서 얻어낸 합격이 기쁜 모양이다.

"도로셀 양, 벌써 와계셨군요."

자신의 이름은 꽤 눈에 띄는 위치에 적혀 있었다. 물끄러미 순위표를 응시하는 레티시엘의 등 뒤에서 지크가 말을 걸어왔다.

"예. 지금 막 제 이름을 발견한 참이에요."

레티시엘 아니 도로셀의 이름은 필기시험 순위의 4위에 있었다. 이백 명 가까운 초등생 중에서 이 순위는 꽤 높은 것 같았다.

참고로 실기시험과 종합 점수의 상위에는 랭크인 하지 않았다. 실기시험은 말할 것도 없이 마법시험으로, 레티시엘은 마력이 없는 자이기에 처음부터 시험을 칠 수가 없었다. 그 때문에 실기는 0점이었고, 필기와 실기의 합계인 종합 점수도 낮아졌다.

처음에 레티시엘은 마법을 쓸 수 없다면 마술을 사용하면 된다는 생각에, 실기시험을 향한 의욕이 넘치고 있었다. 그러나 학원이 파괴되는 것을 걱정한 루카스와 공방이 발생했고, 최종적으로는 마술의 기밀 유지도 고려해 수험을 단념했다.

"나쁘지 않은 순위예요. 이것도 지크와 베로니카 님 덕분이네요."

"그렇지 않습니다. 다 도로셀 양의 노력이 노력하신 덕분이죠."

지크는 어디까지나 겸손한 자세를 관철하려는 것 같았다. 뭐, 그것이 그답다면 그다웠지만. 그러고 보면 지크는 몇 위일까. 레티시엘은 불현 듯 신경이 쓰여서 순위표에서 『지크 비올리스』의 이름을 찾았다.

"……역시나네."

지크의 이름은 금방 찾았다. 그의 이름은 필기시험, 실기시험, 종합 점수 모두 1위에 군림하고 있던 것이다. 수업에 출석하지 않아도 이 정도 수준이라면, 확실히 수업에 들어갈 필요는 없는 것 같았다.

필기시험 2위는 베로니카였다. 이쪽도 함께 공부를 하면서 그 우수함을 뼈저리게 느낄 수 있었으니, 역시나라고 말할 수밖에 없었다. 그리고 베로니카의 밑, 필기시험 3위는 크리스타였다.

'흐음…… 크리스타도 꽤 우수한 학생이었구나.'

평소부터 그녀와는 이렇다 할 접점이 없었고, 또 로시포드와 친밀하게 지낸다는 인상밖에 없었다. 그 탓에 레티시엘 안에서 크리스타의 인상은 백치에 가까웠다. 그러나 잘 생각해 보면, 그녀는 레티시엘과 달리 모두의 기대를 받고 있었다. 우수하지 않은 게 이상하리라.

"……응?"

갑자기 목덜미에 뭔가 찌르는 것 같은 시선이 느껴져 레티시엘은 뒤를 돌아보았다. 시선의 발생원은 크리스타였다. 그녀는 수많은 영식영애들에게 둘러싸여 있으면서도 몰래 이쪽의 모습을 살피고 있었다. 그 눈에서 의기양양한 우월감이 언뜻언뜻 비치고 있었다.

"그렇지만 굉장하세요, 도로셀 님! 제가 말하는 것도 이상한 얘기이지만, 그렇게나 교과별로 점수 차이가 심했는데, 4위에 오를 정도로 공부를 하셨군요."

미란다레트가 순위표를 보면서 감탄했다는 듯이 말했다. 그렇지만 레티시엘은 딱히 흥미가 없다는 듯이 순위표에서 시선을 뗐다.

"아뇨. 순위 같은 건 사소한 것이에요. 솔직히 전 아무래도 좋으니까요."

"아하하! 도로셀 님다우십다!"

레티시엘은 딱히 자신이 몇 위이든 신경 쓰지 않았다. 중요한 것은 얻은 지식을 실제의 생활에 요긴하게 활용하는 것이었다. 아무리 순위가 높다고 한들, 그 지식을 사용하지 않으면 의미가 없었다.

"……."

그럼 오늘은 뭘 할까. 그런 생각을 하면서 레티시엘은 걸음을 옮겼다. 그리고 그 뒷모습을 방금 전의 대화를 전부 들은 크리스타가 분하다는 듯이 노려보았다.

***

학원에서 귀가한 크리스타는 교복을 갈아입지도 않고 가방을 난폭하게 침대에 던졌다. 그녀의 뇌리에는 아침의 일이 아직도 달라붙어 떨어지질 않았다.

자신은 분명히 이겼을 터인데, 왜 그녀는 그렇게나 태연하게 있을 수 있는 것인가. 왜 자신은 이렇게도 비참한 기분이 드는 것인가. 크리스타는 분해서 참을 수가 없었다.

아무것도 할 마음이 들지 않아서 크리스타는 교복을 입은 채 정원으로 내려갔다. 옛날부터 기분이 내키지 않을 때에는, 늘 정원을 걸으며 기분을 달래곤 했다.

저녁 무렵의 정원에는 정원사들의 모습도 뜸했다. 정원사장인 클라우드를 비롯한 몇 명의 정원사들만이 작업을 하고 있을 뿐이었다. 딱히 보고 싶은 꽃도 없어서 적당히 걷고 있던 크리스타는 정원 왼편에 심어진 옅은 분홍색의 낯선 꽃에 시선을 고정했다.

"저기, 이건 무슨 꽃이죠?"

크리스타는 마침 곁을 지나가는 클라우드를 붙잡고 연분홍색의 꽃을 가리켰다.

"예. 그건 룬의 꽃입니다. 마님의 지시로 북방에서 주문구입해서, 지난주에 배달된 꽃을 전부 심은 참입니다."

"흐응, 그런가요……."

그 말을 듣고 크리스타는 자신이 벌써 일주일 넘게 정원을 보지 않았다는 사실을 새삼 깨달았다. 그 사건 이후로 자신의 시간은 줄곧 멈춰있던 것인지도 몰랐다.

룬의 꽃에서 시선을 떼고 뒤를 돌아본 끝에서 그녀는 또 다른 꽃을 발견했다. 정원과 화분에 심기 전의 식물들을 보관하는, 이른바 화초 창고에 피어있었다.

신기한 색조의 꽃잎을 가진 꽃이었다. 저녁놀에 붉게 물들기는 했지만, 순백의 꽃잎에 희미하게 분홍색과 푸른색, 노란색의 광택이 어른거리고 있었다. 그 꽃은 크리스타의 팔 정도의 길이로, 딱 한 송이였지만 상쾌하고 달콤한 냄새를 주변에 뿌리고 있었다.

"이건……."

클라우드에게 묻지 않아도 크리스타는 그 꽃을 알고 있었다. 남쪽의 따뜻한 지방에서만 피는 뮤로리아라는 희귀한 꽃으로, 학원 수업으로 도감을 읽고 있었을 때 우연히 발견한 것이었다. 그때 한 눈에 반해 아버지에게 부탁해 구입했었다.

"크리스타 아가씨의 지시로 들여온 뮤로리아입니다. 지금 막 도착한 참입니다."

뮤로리아 꽃은 아직 흙이 들어있는 주머니에 담겨 있을 뿐, 화분으로는 옮겨 심어지지 않은 상태였다. 이제 막 도착한 참이니, 흙에 직접 심겨 있는 것이 이상한 일은 아니었다.

"……어째서 뮤로리아를 이런 땅바닥에 놔 둔 거죠?! 바로 화분에 옮겨 심으라고 얘기했죠?! 그런 일 정도도 못하는 건가요?!"

그래도 자신이 마음에 들어 하는 꽃이 다른 꽃들과 똑같이 땅바닥에 심긴 모습에, 크리스타는 충동적으로 클라우드에게 고함을 쳤다. 마음 속 어딘가에서는 클라우드에게 아무 잘못이 없다는 사실을 이해하고 있었고, 또 그에게 화풀이를 해도 아무것도 바뀌는 것은 없다는 사실도 알고 있었다. 그러나 크리스타는 도저히 그 짜증을 억누를 수가 없었다.

"죄, 죄송합니다! 바로 준비하겠습니다!"

클라우드가 바로 고개를 숙이고는 창고로 뛰어갔다. 그 뒷모습을 바라보며, 대체 자신은 뭘 하고 있는 건가 하는 생각이 들었다. 크리스타는 자조적인 웃음을 지으며 정원을 떠났다.

***

하계 장기 휴가에 들어간 지 일주일. 레티시엘은 학생의 모습을 찾아볼 수 없는 루크레치아 학원의 정면 현관 앞에 전이로 도착했다.

그녀는 평소처럼 대도서실로 향하지도 않고, 그대로 본관을 빠져나가 뒤쪽으로 향했다. 본관 뒤에 자리한 호수와 그 건너편에 펼쳐진 숲과 연구동들이 햇빛을 반사하고 있었다.

연구를 위해 학원을 방문한 것은 아니었다. 최근에 레티시엘의 연구는 새로운 연구 동료가 된 츠바루와 함께 진행하는 일이 많아졌는데, 그 츠바루는 하계 휴가 기간을 이용해 귀성한 상태였다. 때문에 지금은 학원 기숙사에 없었다.

수업도, 연구 예정도 없는데 레티시엘이 일부러 학원에 온 것에는 물론 이유가 있었다. 마술연구동을 그대로 지나쳐 한층 더 안쪽으로 나아가자, 나무들 사이로 다수의 건물이 보이기 시작했다.

"도, 도로셀 님, 기다리고, 있었습니다."

그 중 하나. 다른 건물보다 한층 더 화려한 건물 앞에서 베로니카가 레티시엘을 기다리고 있었다. 이 일대에 세워진 건물은 모두 학생 및 교직원 기숙사였다. 원래는 연구동이었다고 했다. 기숙사는 입사하는 학생의 신분에 따라 건물이 나눠지는데, 상급 귀족이 사는 황금관과 하급 귀족 및 평민이 사는 백은관이 있었다.

"기다리게 해서 죄송해요. 조금 늦었네요."

"아, 아뇨! 제가 멋대로, 일찍 와 버린 것 뿐, 이에요……."

베로니카는 당황해서 두 손을 좌우로 흔들었다. 두 사람은 여름 방학 중에 있었던 일로 잡담을 나누면서 목적지로 향했다.

"저, 죄송합니다. 여름 방학인데, 일부러, 도와주셔서……."

"어머. 신경 쓰지 마세요. 어차피 저도 아무 예정이 없었고, 또 원예에도 흥미가 있으니까요."

기숙사에서 생활하는 베로니카는 황금관 옆에 있는 숲의 깊지 않은 곳에 커다란 화원을 갖고 있어서, 그곳에서 취미인 원예에 매진했다. 화단이 숲속에 있는 것은, 주위의 시선에 신경 쓰지 않도록 루카스가 나름대로 배려한 결과였다.

평소에는 황금관에 근무하는 정원사 아저씨와 함께 작업을 하는데, 그 아저씨가 하계 휴가 동안에 연휴를 신청해 지금은 학원에 없어서 레티시엘에게 도움을 부탁한 것이었다. 같은 기숙사생으로서 백은관에 사는 지크에게 부탁해도 좋았겠지만, 그도 하계 휴가를 이용해 고향에 돌아가 있었다.

"도착, 했습니다. 여기예요."

베로니카와 레티시엘이 도착한 곳은 나무들에 둘러싸인,

붉은 벽돌로 만들어진 화단 앞이었다. 킹사이즈의 침대 하나가 여유롭게 들어갈 수 있을 것 같을 정도의 넓은 화단이었는데, 이미 70%는 뭔가의 식물들이 심어져 있었다.

"오늘은 뭘 심으시려는 건가요?"

"아, 오늘은, 이거예요!"

그렇게 말하며 베로니카는 뭔가 기묘한 형태를 한 씨앗을 레티시엘에게 건넸다. 원형이 아니라 군데군데 들쑥날쑥한 것이, 전승에 나오는 용의 날개와 조금 비슷한 것 같은 느낌이 들었다.

"이건?"

"드라고닉 플라워의, 씨예요. 이걸, 심을 거예요!"

잘은 알 수 없었지만, 이리스 제국에서만 사는 희소한 식물이라는 모양이었다. 키우는 법도 매우 복잡한 듯, 다양한 순서와 단계를 밟아서 키우지 않으면 아름답게 꽃을 피우지 못한다든가 뭐라든가.

베로니카가 곧바로 소매를 걷어붙이고는, 삽을 한 손에 들고 화단의 흙을 파기 시작했다. 레티시엘도 그것을 도왔다. 그러나 원예 지식이 전혀 없는 레티시엘이 그렇게까지 대단한 도움을 줄 수는 없었다. 물뿌리개 등의 도구를 건네는 잡일 정도밖에 할 수 있는 일이 없었다.

"……아. 어느 쪽이 먼저였더라?"

작업은 도중까지는 순조롭게 진행되었는데, 문득 베로니

카가 손을 멈추고 난처하다는 듯이 고개를 모로 꼬았다.

"왜 그러시죠?"

"그게…… 이 뒤에, 물을 주는 순서랑, 비료를 주는 순서가, 어느 쪽이 먼저인지 잊어버려서요."

베로니카는 흙이 묻은 양손을 털면서 물끄러미 허공을 응시하며 생각에 잠겼다.

"키우는 법에 대한 책이라면 도서실에 있지 않을까요? 빌려올까요?"

"흐에! 아, 아뇨. 제가, 갈게요!"

"베로니카 님 쪽이 원예에 대해서는 더 잘 아시니까, 식물들에게 무슨 일이 있을 때를 대비해 이곳에 있어 주세요. 바로 돌아올게요."

그렇게 말하고 레티시엘은 전이마술을 사용해 순식간에 대도서실에 도착했다. 데이비드에게 도서 검색을 부탁할까도 생각했는데, 공교롭게도 지금은 자리를 비운 것 같았다. 어쩔 수 없었기 때문에 레티시엘은 자력으로 찾기로 했다.

식물 관련 책은 찾아본 적이 없었기 때문에 꽤나 고전했지만, 그럭저럭 드라고닉 플라워의 재배 방법을 알 수 있는 책을 찾아냈다. 어느 것이 좋은지 알 수 없었기 때문에, 일단 그 중에서 몇 권을 골라 아공간에 집어넣었다.

'여기에서 대도서실이라면 박물관 근처의 숲을 가로지르는 것이 가장 좋겠네.'

아공간마술을 쓰고 있어서 전이마술을 사용할 수 없었기 때문에, 레티시엘은 걸어서 숲 안을 되돌아갔다. 숲의 나무들은 결코 많이 심긴 것은 아니었지만, 한 그루 한 그루의 줄기가 매우 커서 여름의 햇살을 잘 차단해주었다.

숲을 지나던 레티시엘은 도중에 나무가 듬성듬성한 장소를 발견했다. 레티시엘이 로시포드 및 정체불명의 괴물과 싸운 그 현장이었다. 당시의 전투로 이 장소에 있던 나무의 많은 수가 꺾이거나 불타버렸기 때문에, 지금은 묘목을 심어서 식림을 하고 있는 참이라고 했다.

"……?"

레티시엘은 그대로 공터를 통과하려고 했다. 그런데 그녀가 자리를 옮기자 나무의 틈새로 한순간 광채가 엿보였다. 금속이 반사한 것 같은 빛이 아닌, 명백히 스스로 빛을 내뿜는 그런 뭔가였다.

여름 휴가로 학원에 사람이 없는 가운데, 누가 이런 곳에 볼일이 있을까. 레티시엘은 발소리를 내지 않도록 신중하게 빛이 있는 쪽을 향해 나아갔다. 풀을 밟아 다지고, 쓰러진 나무를 피해 나아간 끝에 묘하게 넓은 공간이 보이기 시작했다. 예전에 레티시엘이 괴물과 싸운 그 장소였다.

그곳에는 다섯 살 정도로 보이는 어린 남자아이와 여자아이의 뒷모습이 있었다.

백발의 여자아이와 은발의 남자아이는 손을 잡은 채 지면에 쪼그리고 앉아서 뭔가를 하고 있었다. 레티시엘이 본 빛은 아무래도 여자아이의 손에 있는 것 같았다. 뭘 하는 것일까. 그렇게 생각한 레티시엘은 원시(遠視)마술로 두 사람의 손을 들여다보려고 시도했다.

뚝.

발을 살짝 미끄러뜨린 반동에 레티시엘의 발이 작은 나뭇가지를 밟았다. 메마른 소리가 조용한 숲 속에 울려 퍼지고, 남자아이와 여자아이는 웅크리고 앉은 채 동시에 이쪽을 돌아보았다.

"……인간이야."

"……인간이네."

레티시엘의 얼굴을 무표정하게 바라보는 두 사람은 놀랄 정도로 중성적이고, 서로 닮은 얼굴을 하고 있었다. 그저 머리모양과 목소리가 다른 것뿐인데 두 사람은 훌륭하게『남자아이』와『여자아이』로서 존재하고 있었다.

살아있는 인형처럼 사랑스러운 여자아이와 살아있는 인형처럼 귀여운 남자아이. 여자아이는 어깨까지 내려오는 백발에 동글동글한 황금색 눈을, 남자아이는 하늘하늘한 은발에 둥그스름한 회색 눈동자를 갖고 있었다. 두 사람은 얼굴만이 아니라, 말하는 투까지 매우 비슷했다.

"정령……?"

내심의 동요를 감추면서 레티시엘은 쌍둥이로 생각되는

소년소녀를 물끄러미 바라보았다. 정확하게는 그 등에 나 있는 것을……

서면 아마도 레티시엘의 허리 정도까지밖에 오지 않을 두 사람의 등에는, 무지개빛 광채를 휘감은 반투명한 얇은 날개가 자라나 있었다. 날개를 가진 종족이라니. 레티시엘은 하나밖에 알지 못했다.

"……우리를 아네."

"우리를 알아……."

여자아이도, 남자아이도 무표정을 조금도 무너뜨리지 않았다. 똑같은 얼굴에 똑같은 표정을 띤 쌍둥이 정령은 그 눈에 한층 더 강한 경계심을 드러내며 이쪽을 관찰했다.

정령이란 레티시엘이 살아있던 시대부터 이 대륙에 살던 종족이었다. 평균 수명이 500년 정도에 등에 날개가 자라나 있는 것 이외에는 인간과 그렇게까지 큰 차이는 없었다.

레티시엘이 살아있던 시대의 일반적인 인간의 수명은 길어야 50년 정도였고, 60년이나 살면 그것은 경이적인 장수였다. 그런 가운데, 인간보다 10배는 오래 사는데다가 외모도 약간 다른 종족이 섞여 있으면 어떻게 될지 상상하기는 어렵지 않았다.

그 때문에 정령들은 인간들이 헤치고 들어올 수 없을 법한 장소에 둥지를 틀었다. 그중에는 인간계로 나오는 정령들도 있었지만, 대부분은 바깥 세상에 간섭하지 않고 살아갔다.

일단, 정령 소환용 술식은 존재하긴 했다. 그러나 발동하는 데에는 방대한 연산처리와 인간이 일반적으로 다룰 수 있는 한계 이상의 마소를 필요로 했기 때문에 현실적인 힘은 아니었다. 게다가 애초에 정령 자체가 변덕스러운 종족이었기 때문에, 불러내도 마음이 내키지 않으면 협력해주지 않는 일도 많았다.

"“……”"

쌍둥이는 잠시 레티시엘의 얼굴을 빤히 쳐다보았다.

“싸워야 해.”

“싸워야 해.”

왜 정령이 이런 곳에 있는가. 그것을 물을 틈조차 없이 갑자기 날아온 빛의 마술을 피하기 위해 레티시엘은 옆으로 도약했다. 등 뒤의 지면에 직격한 광선은 주위의 흙을 도려내며 폭발해 하얀 연기를 피워 올렸다.

빛속성은 결계나 치료 등, 아군을 수호하기 위한 마술이 많았지만, 그중에도 적게나마 공격 수단은 존재했다. 그 많지 않은 공격 수단이 바로 공기 중의 빛이나 태양빛 등을 모아 내뿜는 광선 공격이었다. 숨을 쉴 틈도 없이 이번에는 쌍둥이의 머리 위에 전개된 작은 술식에서 네 줄기의 빛이 발사되었다.

“?!”

네 줄기의 빛은 일단 공중에서 흩어졌으나 곧 레티시엘을 향해 고속으로 날아와 꽂혔다. 레티시엘은 재빨리 암속성의 결계를 전개해 빛의 굴절을 조작해 아주 살짝 빛줄기의 조준을 빗나가게 했다. 그 자리에서 재빨리 물러서면서, 레티시엘은 자신의 결계에 금이 간 것을 분명히 목격하고 눈을 크게 떴다.

'……저 규모의 술식에서 어떻게 이 정도의 위력이 나올 수 있는 거지?'

레티시엘이 놀란 것은 쌍둥이가 전개한 술식은 굉장히 작았음에도 이만큼의 위력을 내놓았다는 점이었다. 분명히 정령은 강력한 존재지만, 그래도 이만한 위력의 마술을 사용하기 위해서는 술식의 규모가 저것보다 두 배는 더 커야 할 터였다.

레티시엘은 동요를 감추지 못했지만, 소녀를 다시금 관찰하자 곧 그 원인을 짐작할 수 있었다.

소녀의 곁에서 손을 잡고 서 있는 소년의 정령. 그는 방금 전부터 레티시엘에게 어떤 공격도 하지 않았다. 그러나 맞잡고 있는 두 사람의 손은 옅은 빛을 내뿜고 있었다.

그것은 두 사람 사이에 마술이 사용되고 있다는 의미이자, 소년이 무속성의 강화 마술을 쓰고 있다는 증거였다.

'이건 남자아이 쪽부터 어떻게 하는 편이 좋으려나…….'

괴물과의 전투 때, 레티시엘은 공격 수단으로서 무속성의 마술을 사용했지만, 무속성의 마술은 본디 적을 공격하는 것이라기보다는 신체강화처럼 자기 자신을 강화하거나, 다른 속성마술을 강화하기 위해 쓰이는 일이 많은 속성이었다.

즉, 소년의 강화마술이 있기 때문에 소녀의 마술은 술식 규모 이상의 위력을 발휘한 것이리라.

"인간. 피하지 마."

"피하지 않으면 맞으니까 피하는 거야."

"……우."

공격이 맞지 않아서 애가 탄 것일까, 쌍둥이는 뚱한 표정을 지으며 지면에 무수한 빛의 뱀을 날렸다. 대지를 기는 뱀들은 땅을 깎아내고 풀을 태우며 마치 진짜 뱀처럼 소리를 내며 레티시엘에게 육박해왔다.

뱀들이 한 장소에 집결한 타이밍을 노려 레티시엘은 땅을 박차고 뛰어 올랐다. 그리고 지면에서 발이 떨어진 자리에 검은 우리를 만들었다. 우리의 형태를 딴 무속성의 마술은 뱀들을 다 감싸 안고 팽창하더니 마치 폭탄과도 같이 열과 바람을 흩뿌리며 폭발했다.

레티시엘이 뱀의 마술을 없애는 사이, 소녀는 다른 마술의 준비에 들어가 있었다. 그녀가 하늘을 향해 손을 들어 올리자, 공중에 무수한 마방진이 출현했다. 그 마방진은 눈부시게 빛나면서 고속으로 회전해 주변의 마소를 빨아들였다. 마소의 유동으로 인해 일어나는 공기의 흐름이 소용돌이치면서 주변의 돌이나 나뭇가지를 끌어올렸다.

"……변함없이 터무니없는 힘이네."

그 규격외의 마술규모와 위력에는 레티시엘도 공포를 넘어 도리어 웃음이 나왔다.

정령의 최대 특징은 자신의 체내에서 마소를 생성할 수 있다는 점이었다. 그들의 몸은 마술을 사용하기 위해 돼 있다고 해도 과언이 아니어서, 인간이 그 정령의 기술을 흉내 내고 모방해 마술을 체계화했다는 말도 있었다.

그 때문에 공기 중의 마소는 정령이 만들어내고 있다는 설도 있었으나, 레티시엘은 그것은 아니라고 생각했다. 뭣보다, 정령은 그 수가 매우 적었다. 하나의 마을에 백 명이 있으면 많은 편이다. 그런 소수의 종족이 만들어내는 마소가 대륙 전체를 뒤덮는다는 것에는 무리가 있었다.

정령은 마소를 자급자족하는 것만이 아니라 외부에서 흡수하는 것도 가능했기 때문에, 대규모의 마술을 다용하는 경향이 있었다. 이른바 일격필살인 것이었다.

"먹어라."

마방진의 광채가 최대로 높아지고, 무시무시한 열량을 품은 광선이 대지를 향해 어지럽게 발사되었다. 이 주변의 마소 대부분이 이 마술에 사용되었지만, 그래도 인간이 사용할 수 있을 정도의 마소는 남아 있었다.

레티시엘은 마소를 긁어모아 광선을 피하면서 똑같은 타입의 마술을 준비했다. 이쪽은 빛이 아닌 무속성이었다.

앞으로 달려 나가면서 레티시엘은 여기저기에 술식을 전개했다. 그곳에서 검은 빛이 뿜어져 나와, 광선이 아니라 그것을 내뿜는 원천인 마방진을 직접 파괴했다. 그러나 마방진이 파괴되기 전에 단 한 줄기, 광선이 발사되고 말았다.

"곤란하게 됐네……."

뒤를 보지 않아도 숲이 불타고 있는 것을 알 수 있었다. 난사된 광선 중 한 줄기가 레티시엘의 옆을 빠져나가 그 뒤의 나무들에 붙을 붙인 것이다.

이대로라면 숲에 불이 번지고 만다. 레티시엘은 화재를 진화하기 위해 정령들을 향해 최대 출력으로 섬광마법을 내뿜었다. 단숨에 불을 끌 생각이긴 했지만, 그 순간 빈틈이 생길 수 있기 때문에, 상대의 시야를 빼앗아 시간을 벌 생각이었다.

"꺄!"

"왓!"

섬광을 제대로 얻어맞은 쌍둥이가 눈을 비볐다. 그 사이, 레티시엘은 발에 반대 방향으로 힘을 주고 공중으로 뛰어올랐다. 그리고 불타고 있는 나무들의 상공을 통과한 순간, 재빠르게 물의 술식을 그물 형태로 전개해 그것을 눈 아래를 향해 내던졌다.

상공에서 투척된 물의 그물은 나무들에 닿자, 그 자리에서 터지며 폭포가 되어 숲에 쏟아졌다. 불이 무사히 꺼진 것에 레티시엘은 안도했다.

"놓치지 않아."

또다시 고출력의 광선이 레티시엘을 향해 발사되었다. 공중에 있었기 때문에 회피할 수 없던 레티시엘은 물을 배리어 형태로 전개해 급속 동결하고 그 위에 무속성의 결계를 입혔다.

빛과 어둠이 서로 부딪치고 열과 얼음이 충돌해 격렬한 수증기를 발생시켰다. 이것으로 광선을 완전히 막을 수 있으리라고는 생각하지 않았다. 착지할 때까지만 버텨주면 그것으로 충분했다.

술식의 지속시간이 종료되고, 광선이 사라지는 것과 동시에 레티시엘도 지면에 내려섰다. 오른팔에 화끈거리는 통증이 느껴졌다. 방금 전의 마술을 받아낼 때 화상을 입은 것이지만 특별히 지장은 없었다.

'어떻게 하면…… 어떻게 하면 저 아이들을 무력화시킬 수 있지?'

변함없이 날아와 꽂히는 마술을 최소한의 술식으로 막아내면서 레티시엘은 냉정하게 전황을 분석했다.

대규모의 마술만 사용하고 있기 때문인가, 그렇지 않으면 쌍둥이가 아직 어려서 미숙하기 때문인 것일까. 마술을 그다지 잘 제어하지 못하는 것 같았다. 정확하게 목표를 조준하지 않고 힘으로 밀어붙이듯이 마술을 사용하고 있었다.

거기에 더해, 그들은 방어에 서툰 것은 아닐까 싶었다. 방금 전, 레티시엘이 눈속임용으로 내뿜은 섬광마술은 술식의 발동을 인식할 수 있다면 막거나 없애버리는 것은 비교적 간단했다. 하지만, 그들은 그러지 않았다.

'……죽이 되든 밥이 되든 해 보자.'

공중에 또다시 마방진이 나타났다. 방금 사용한 난사 마술을 다시 한 번 사용할 생각인 것 같았다. 레티시엘은 지금 막 떠오른 안을 실행하기 위해 앞으로 달려 나갔다.

빛의 약점은 암흑이지만, 그 밖에도 또 한 가지 공략할 수 있는 특성이 있었다. 빛은 거울에 반사되는 것이다. 그 점을 이용해 정령들의 공격을 반격할 생각이었다.

이것은 쌍둥이가 방어에는 약하다는 것을 전제로 한 작전이다. 추측이 틀렸다면 그때는 또 다음 계획을 세울 수밖에 없다.

자신에게 신체강화마술을 걸어 집중력을 극한까지 끌어올린 레티시엘은 마방진의 위치로 광선의 착탄 위치를 계산해냈다. 소녀가 마술로 추격을 해 왔지만, 그들은 아직 레티시엘의 의도를 알아차리지 못한 모양이었다.

공격의 일부가 다리에 적중했다. 하지만 신체강화마술 덕분에 통증은 별로 느껴지지 않았다. 레티시엘은 앞으로 달려 나가, 광선의 착탄 위치를 차례로 표시했다.

이 마술은 방금 전 한 번 보았기 때문에 그 특징도 어느 정도 파악하고 있었다. 이 마술의 최대 약점은 광선이 발사되는 각도가 고정되는 점과, 마방진이 출현하고 공격이 개시될 때까지 시간이 걸리는 점이었다.

"……지금이다!"

머리 위에서 마방진의 회전이 최고치에 달하고, 마방진이 공격을 개시하기 위해 빛을 내뿜기 시작했다. 레티시엘이 노리던 순간이었다. 광선이 발사되는 것과 레티시엘이 지면에 손을 댄 것은 동시였다.

레티시엘의 손 밑에 거대한 마방진이 떠오르고, 그녀가 지금까지 표시했던 장소가 일제히 푸른빛을 내뿜었다. 표면에 반사력이 있는 순도 높은 얼음으로 덮여 있는 거울들이 출현했다.

광선이 얼음거울에 격돌했다. 얼음은 광선의 무게를 견디지 못하고 금방 깨졌지만, 한순간만이라도 광선을 반사할 수 있으면 충분했다.

반사된 빛은 배치된 거울의 각도에 따라 다양한 방향으로 굴절했다. 그러나 그것들은 모두 쌍둥이 정령을 향해 모여갔다. 거울의 각도가 모두 다른 것은 이 때문이었다.

"""……?!"""

쌍둥이의 파랗게 질린 얼굴이 한순간 보였다. 그 직후, 태양조차도 희미하게 만들 정도의 빛의 폭발이 하늘을 꿰뚫었다.

그 너무나도 눈이 부신 광경에 레티시엘은 곧바로 눈을 감고 손으로 얼굴을 덮었다. 하지만 간발의 차이로 시간을 맞추지 못한 듯, 왼쪽 눈에 격통이 내달렸다. 금속음과도 비슷한 새된 소리가 꼬리를 잇는 가운데, 빛은 이윽고 숲의 사방팔방으로 녹아 들어갔다.

"하아…… 하아……."

대량의 마소를 소비하는 것도, 광역 및 고도의 마술을 연발한 것도 전생한 뒤로 처음 있는 일이었다. 레티시엘은 밀어닥치는 연산부담과 신체강화의 과용으로 인한 전신근육통이 덮쳐오는 몸을 어떻게든 지탱하면서 거친 숨을 몰아쉬었다.

왼쪽 눈의 시계가 부옜다. 아무래도 안구의 일부가 타 버린 모양이었다. 하지만 완전히 실명에 이르지는 않은 듯했다. 레티시엘은 곧바로 왼쪽 눈에 치료마술을 걸었다.

한계까지 집중력을 높인 반동으로 강렬한 통증이 머리를 때려댔다. 레티시엘은 잠시 두 손으로 눈을 누른 채 그 자리에서 움직이질 못했다.

"아얏!"

시계가 원래대로 명료해지고 두통도 어느 정도 가라앉자 레티시엘은 일어서려고 했다. 하지만 다리에 힘을 준 순간, 다리에 내달린 둔통에 신음을 내뱉고 말았다. 그러고 보니 아까 공격에 다리를 맞았었다. 신체강화마술을 풀었기 때문에 이제야 통증이 밀려온 것 같았다.

'이렇게 아슬아슬한 싸움을 한 건, 오랜만이야.'

레티시엘은 다리의 상처를 치료하며 앞쪽을 쳐다보았다. 쌍둥이 정령은 땅에 쓰러져 있었다. 걸을 수 있게 되자, 레티시엘은 곧바로 종종걸음으로 두 사람 곁으로 달려갔다.

쌍둥이는 서로 손을 잡은 채 기절해 있었다. 맞잡지 않은 쪽의 손에 두 사람 모두 가벼운 화상 흔적이 있어서, 방금 전의 빛의 반사를 방어했다는 사실을 알 수 있었다. 레티시엘은 두 사람의 몸에 각각 손을 얹고 치료마술을 발동했다.

"미안. 거칠게 대해서."

이윽고 치료가 끝나자 소년과 소녀는 눈을 뜨고 벌떡 일어났다. 작게 사죄의 말을 입에 올리는 레티시엘을 보고, 쌍둥이는 시선을 떨어뜨리고 자신들의 몸을 여기저기 만져보았다.

"……어라?"

"타지 않았네?"

쌍둥이는 의아한 듯이 고개를 모로 꼬았다. 그런 두 사람에게 레티시엘은 말없이 전장을 돌아보며 어느 한 점을 가리켰다. 아주 조금이지만 사라지지 않고 남은 물웅덩이가 남아 있었다. 레티시엘이 방금 전 설치한 거울의 잔재 중 하나였다.

레티시엘에게는 정령을 죽일 생각은 없었기 때문에, 두 정령의 공격을 모두 튕겨내지는 않았다. 처음 난사마술을 보고 얻은 정보로 광선 하나마다 열량을 계산해, 그것을 다 흡수할 수 있도록 거울에 분해마술을 걸어두었다.

그 때문에 거울에 닿은 광선의 열량은 분해되었고, 열을 흡수한 물은 그대로 증발. 그리고 튕겨난 것은 빛 부분 뿐, 이라는 구조였다.

"……아무 짓도 안 해?"

"……죽이지 않을 거야?"

그 모습을 보고 쌍둥이도 레티시엘이 그때 무엇을 했는지 이해한 듯, 놀란 눈치로 물어왔다.

"내가 왜 너희를 죽이겠어? 그런 짓은 하지 않아."

레티시엘은 오른팔에 치료마술을 걸면서 대꾸했다. 그녀는 정령들에게 원한 있는 것도 아니고, 싸움을 끝내고 싶었던 것뿐이었으니까.

"……이상한 사람."

"……별난 사람."

"그래?"

자신의 오른팔을 확인하는 레티시엘을 바라보면서 소년과 소녀는 나란히 고개를 갸우뚱했다. 일단 대화를 나눌 마음은 든 모양이었다.

"들려줬으면 해. 왜 갑자기 나를 공격했니?"

바닥에 철퍽 주저앉아있는 두 사람에게 레티시엘은 물었

다. 쌍둥이는 얼굴을 마주보았다.

"그게 언니가 인간이었으니까."

"그게 누나가 인간이었는걸……."

마치 그것이 당연하다는 듯이 딱 잘라 말하는 두 정령의 간결한 대답에 이번에는 레티시엘 쪽이 오히려 기가 막혀서 입을 다물지 못했다.

"……어? 이유가 그것뿐이야?"

"그래. 마소를 움직이는 인간은 나쁜 생물이니까 발견하면 용서해서는 안 된대."

"그래. 마술을 사용하는 인간은 위험한 생물이라서 우리를 발견하면 죽여 버린대."

아무래도 정령에게 마술을 다루는 인류는 적대해야 할 악인 모양이었다. 정령 쪽에서 인간들에게 싸움을 걸지는 않지만, 이번처럼 인간계에 와 있을 때 마주치면 경우에 따라서는 죽이는 일도 불사한다고 했다.

지금의 세계에서 정령은 자신들이 사는 마을을 특수한 결계로 덮어 인간과의 관계를 완전히 차단했고, 인간 쪽도 정령의 마을과 접촉하는 일이 불가능하다고 했다.

마을 밖으로 나가는 것은 엄격하게 제한되어 정령왕만이 마을과 바깥세계를 자유롭게 오갈 수 있다고 한다. 이것이 인간계에서 정령의 절멸설이 나돌게 된 원인이리라.

레티시엘의 시대에는 정령의 마을은 아직 결계에 덮여 있지 않아서, 험준한 여정과 가혹한 시련을 극복한 끝에 정령의 마을에 도착한 인간도 극히 드물긴 했지만 존재했다. 그런데 대체 이 천 년 동안 두 종족 사이에 무슨 일이 있던 것인가.

"누가 그런 말을 한 거니?"

"마마가 그렇게 말해줬어."

"파파가 그렇게 가르쳐줬어."

그렇게 말한 쌍둥이는 손을 맞잡은 채 자리에서 일어나더니, 타박타박 레티시엘의 가까이로 걸어왔다. 그리고 물끄러미 레티시엘의 얼굴을 구멍이 뚫어질 정도로 쳐다보았다.

"……? 왜, 왜?"

"하지만, 언니는 좋은 사람이었어. 갑자기 공격해서 미안해."

"응. 누나는 나쁜 사람이 아니었어. 멋대로 단정 지어서 미안해!"

"그런 건 신경 쓰지 않아. 나야말로 미안."

그렇게 말하고 쌍둥이는 레티시엘을 응시하던 것을 멈추었다. 어째서 그런 결론에 다다랐는지는 알 수 없었지만, 정령은 인간보다 높은 감수성을 갖고 있었다. 어쩌면 본능적으로 뭔가를 알아차린 것일지도 몰랐다.

쌍둥이 정령이 레티시엘을 향해 깊숙이 고개를 숙였기 때문에, 레티시엘은 당황해서 두 사람의 얼굴을 들게 했다. 우선 적대할 생각은 없어진 것이라고 인식해도 괜찮을까.

"나는 도로셀이라고 해. 너희는?"

"티나야."

"디트야!"

똑같은 얼굴인데, 티나는 웃지 않았고 디트는 잘 웃었다. 쌍둥이이면서도 이 둘은 어쩜 이렇게 대조적일까. 레티시엘은 그렇게 생각하고 말았다.

"그건 그렇다 치고, 정령은 마을에서 나오는 일이 제한되어 있다며? 이런 곳에 있어도 괜찮은 거니?"

"괜찮아. 우리, 중요한 조사를 위해 이곳에 온 것이니까."

"아무렇지도 않아! 이것도 서쪽의 정령의 중요한 책무이니까 말이야!"

"흐응. 그렇구나……가 아니라, 뭐?"

지금, 엄청나게 흘려들을 수 없는 이야기가 들려와서 레티시엘은 믿을 수 없다는 것처럼 눈을 깜박였다.

"너희, 정령왕, 이었던 거니……?!"

"그래. 나는 빛의 정령왕이야."

"그래! 나는 무의 정령왕이야!"

정령은 속성에 따라 여덟 개의 부족으로 나뉘며 바깥 세상에서 단절된 네 개의 비경에 두 부족씩 모여 마을을 만들고 있었다. 바람과 번개의 정령은 북쪽, 물과 대지의 정령은 남쪽, 불과 어둠의 정령은 동쪽, 빛과 무의 정령은 서쪽.

그리고 정령왕이란 각 부족에서 가장 강한 힘을 가진 지도자를 말하는 것으로, 하나의 속성에 반드시 한 명이 존재했다.

자신이 그 최강의 존재와 싸웠다니. 에헴 하고 가슴을 펴는 티나와 디트의 모습을 보고, 레티시엘은 자신이 저들에게 이길 수 있었다는 사실을 신에게 감사했다.

"……사람이 오네."

"사람이 와 버리네."

아직 사람의 모습도 보이지 않고, 발소리도 들리지 않았지만, 쌍둥이는 숲을 한 바퀴 둘러보더니 그렇게 말했다.

"그럼, 나중에 또 봐, 언니."

"바이바이, 도로셀 누나!"

"아, 응."

쌍둥이는 손을 살랑살랑 흔들고는 서로 손을 맞잡은 채 서쪽 하늘을 향해 날아갔다. 결국, 그 아이들이 이곳에 있던 이유에 대해서는 듣지 못한 채 끝이 나고 말았다.

그 뒤, 굉음을 듣고 걱정이 된 베로니카가 휴가 기간을 이용해 학원 안에서 연구를 하고 있던 몇 명의 교사들을 데리고 달려왔다. 피해 범위가 확대된 현장은 갑작스럽게 살짝 소란스러워졌다.

"도로셀 님!"

교사들이 현장을 조사하거나 지원을 부르러 간 사이, 베로니카가 레티시엘에게로 달려왔다.

"도로셀 님은 좀처럼 돌아오질 않으시고 또 폭발 소리라든가 굉음이 들려와서…… 꺅! 도로셀 님, 교복이!"

"응?"

베로니카의 작은 비명에 레티시엘은 자신의 오른팔을 내려다보았다. 방금 전 싸움에서 찢어지고 피가 묻은 교복이 아직 수복되어 있지 않았다. 레티시엘이 치료한 것은 팔의 상처뿐이었고, 교복 쪽은 깜짝 잊어버리고 있었다.

"괘, 괘괘괘괜찮으신, 건가요?! 옷에, 피가……."

"살짝 베인 것뿐이라 괜찮아요. 그것보다, 모처럼 원예 약속을 했는데 이런 소동이 일어나 버리고 말았네요."

교복을 마술로 수선하면서 레티시엘은 면목이 없다는 듯이 눈을 내리깔았다. 베로니카의 원예를 도와주려 했는데, 소동 탓에 헛일이 돼 버리고 말았다.

"아, 아뇨! 신경 쓰지, 마세요! 원예는, 또, 다른 날을 골라서, 하면 되니까요."

이번 일을 마음에 두는 레티시엘에게 베로니카는 밝게 웃어보였다. 소동 탓에 당분간은 무리일지도 모르겠지만, 가까운 시일에 반드시 이번 일의 벌충을 하겠노라 레티시엘은 맹세했다.

그 직후, 레티시엘은 현장으로 끌려나온 루카스에게 학원장실까지 연행되어 예상했던 대로 호되게 야단을 맞았다. 전생을 한 뒤로 오늘까지, 자신은 대체 몇 번 이런 상황에 빠졌던가. 레티시엘은 의미도 없이 회수를 세었다.

"그러니까 너는 좀 적당히 할 수는 없는 거냐. 그것보다, 이전에는 긴급 사태였으니 넘어간다 치고, 애초에 아무것도 없는데 숲에서 혼자 펑펑 요란하게 굴지 마라! 이번에는 박물관에 아무 피해도 미치지 않았으니 망정이지, 무슨 일이 있었다면 어떻게 할 생각이었던 거냐! 연구동의 연습장이 완성될 대까지는 적어도 마법훈련장에서…… 잠깐. 너, 듣고 있는 거냐?!"

정령에 대해서는 보고하지 않았기 때문에, 루카스는 현장의 참상을 레티시엘 혼자 한 짓이라고 착각한 모양이었다. 뭐, 자연 파괴에 크게 공헌해 버린 것은 틀림없는 사실이었고, 박물관에 대해서 깜빡 잊고 있던 것은 반성해야겠지만.

루카스의 설교를 들으면서 레티시엘은 학원장실의 창 너머로 쌍둥이 정령이 날아간 하늘을 바라보며 생각했다. 그 아이들은 대체 무엇을 조사하기 위해 이곳에 왔던 것일까, 하고.

7장 또다시 공작가로

여름의 오후. 방에서 차가운 레몬티를 마시며 멍하니 있던 레티시엘에게 니콜이 어딘가 혼이 빠진 것 같은 표정을 하고는 찾아왔다.

"니, 니콜? 괜찮아요? 무슨 일이죠?"

"아가씨…… 그게…… 보고드릴 일이……."

말하는 투까지 마치 유령 같았다. 예사롭지 않은 니콜의 모습에 레티시엘은 바로 회복계의 마술을 준비했다.

"보고? 뭐죠? 무슨 일이 있던 거죠?"

"손님이……."

니콜이 소곤소곤 중얼거렸다. 몸이 어딘가 안 좋은 것일까, 그녀의 얼굴은 새하얬다.

"손님? 누군가 찾아왔나요?"

"……."

니콜은 레티시엘의 질문에 대답하지 않고, 허옇게 질린 얼굴을 한 채 빙글 몸을 180도 돌렸다. 그리고 문을 열고 휘적휘적 걸어 나갔다. 레티시엘은 사태를 파악하지 못해 혼란스러웠지만 그래도 니콜을 따라 방을 나갔다

니콜이 계단에서 구르는 것이 아닐까 이만저만 걱정이 되

는 것이 아니었다. 몇 번인가 간담이 서늘해지는 상황은 있었지만 레티시엘은 니콜의 뒤를 따라 응접실 앞에 무사히 도착했다.

"……아, 아가씨."

방에 들어서자 그곳에는 이미 루빅이 멍하니 서 있었다. 레티시엘의 존재를 알아차린 루빅은 딱딱한 동작으로 이쪽을 돌아보고는 도움을 요청하는 것 같은 절실한 목소리를 냈다.

"루빅? 두 사람 모두 무슨 일이죠?"

"아가씨. 여기 이 분들은……."

루빅의 말이 끝나기 무섭게, 갑자기 전방에서 뭔가가 날아왔다. 레티시엘은 갑작스러운 일에 반응하지 못하고, 그대로 균형을 잃고 바닥에 쓰러졌다. 바닥에 깔린 융단에서 가볍게 먼지가 피어올랐다.

"도로셀 언니. 놀러 왔어."

"도로셀 누나. 같이 놀자!"

그 소리에 레티시엘은 시선을 밑으로 내렸다. 그러자 레티시엘의 가슴 근처에 똑 닮은 얼굴을 한 소년 소녀가 이쪽을 바라보고 있었다.

"티나? 디트?"

바로 일주일 정도 전, 루크레치아 학원 안의 숲에서 만났던 쌍둥이 정령왕은 레티시엘의 몸에서 내려오더니 바닥에 나란히 무릎을 꿇고 앉았다.

"너희, 여긴 어떻게 온 거니? 뭔가 용건이라도 있는 거야?"

"이 가까이에 볼일이 있어서야."

"놀러 온 것뿐이야."

진지한 얼굴의 티나와 웃는 얼굴의 디트. 레티시엘은 두 사람을 번갈아 바라보고는, 자신의 고용인 두 사람을 힐끗 쳐다보았다. 두 사람은 변함없이 눈을 크게 뜨고 멍하니 서 있었다. 절멸했다고 여겼던 정령이 눈앞에 이렇게 쉽게 모습을 나타낸다면, 그야 동요해서 거동이 수상쩍어질 만도 했다.

"저 언니. 방금 전부터 계속 놀라고만 있어."

"이 형. 방금 전부터 계속 깜짝 놀라고 있어."

"……뭐, 용서해 주렴. 두 사람 모두 정령이 이곳에 있다는 걸 믿을 수 없는 거야."

레티시엘은 쌍둥이에게, 인간계에서 정령은 절멸했다고 믿고 있다는 이야기를 전해주었다. 그러자 티나는 무표정인 채로, 디트는 삐친 것처럼 뾰로통한 얼굴을 하면서 말했다.

"우리가 절멸했다고? 실례잖아."

"우리는 살아있는데 실례야!"

정령의 분노를 사 버린 것은 아닐까 하는 걱정에 루빅과 니콜의 얼굴에서 핏기가 싹 가셨다. 레티시엘은 허둥지둥 입을 열었다.

"괜찮아요. 괜찮아. 이 아이들은 내 친구이니까."

"치, 친구, 시라고요……."

"그래요. 붙임성이 좋은 아이들이니 그렇게 무서워하지 않아도 괜찮아요."

레티시엘은 루빅과 니콜에게 티나와 디트를 소개했다. 그러나 두 사람은 아직 충격에서 회복하지 못한 것 같았다. 뭐, 조금씩 익숙해지길 기다리자. 그렇게 생각하며 레티시엘은 니콜에게 지시를 내렸다.

"니콜."

"예, 예이?!"

"차를 준비해 줄래요? 그리고 과자도요. 루빅도 따라가 줘요."

"어, 아. 예. 알겠습니다아!!"

루빅과 니콜은 쿵쾅쿵쾅 방을 나갔다. 니콜은 아직 동요에서 벗어나지 못해 움직임이 딱딱했다. 그녀 혼자 차와 과자 준비를 하러 보냈다가는 그거야말로 무슨 일이 벌어질지 알 수 없었다.

"과자? 과자를 먹을 수 있는 거야?"

"그래. 잠깐 기다리렴."

"과자! 과자 기대돼!"

디트는 두 팔을 쳐들고 무표정한 티나의 몫까지 기뻐했다. 레티시엘 이외의 사람이 없다는 것을 핑계 삼아 방안을 마구 날아다녔다.

"그러고 보니 너희, 이 부근에 볼일이 있다고 했는데. 뭘 하고 있던 거니?"

니콜과 루빅을 기다리는 사이, 레티시엘은 쌍둥이와 함께 소파에 앉으며 아무렇지도 않은 척 물었다. 그러자 쌍둥이 정령왕은 나란히 얼굴에서 표정을 지웠다.

"검은 안개를 조사하러 왔어."

"검은 안개가 이 부근에 있어."

진지한 표정으로 그렇게 말하는 티나와 디트의 말에 레티시엘은 눈을 깜박였다. 검은 안개, 라는 건 대체 무엇을 말하는 걸까.

"이 근처에? 짐작 가는 건 없는데……."

저택 부근에 검은 안개가 발생했다는 이야기는 들은 적이 없었다. 레티시엘은 고개를 모로 꼬았다.

"처음에는 도로셀 언니의 학교였어."

"그 다음에는 마을에서 가장 크고 호화로운 건물이었어!"

학원이라는 말을 듣고 레티시엘은 속으로 놀랐다. 혹시 예의 괴물을 말하는 것일까. 하지만 그 이외에는 괴물 소동이 있었다는 이야기도 듣지 못했는데…….

"혹시 이 전에 학원에 왔던 건 그래서였니?"

"응. 안개가 여기저기 움직여서 조사하고 있어."

"그래! 얼마 전에 안개가 교외로 이동했어!"

검은 안개의 정체가 무엇인지는 잘 알 수 없었지만, 만일을 위해 주의하는 편이 좋을 것 같았다. 레티시엘은 쌍둥이에게 물었다.

“그 『검은 안개』라든가 하는 것, 이 근처에 있다고 했는데, 어디에 있는지 물어봐도 될까?”

“무척 큰 건물이었어.”

“엄청 호화로운 건물이었어.”

이 부근에서 크고 호화로운 건물이라고 하면 짚이는 곳이 있었다. 교외에 왕가가 소유하는 별궁이 있다고 했던 것도 같고, 아닌 것 같기도 하고.

“하지만 지금은 한곳에 멈춰서 줄곧 안 움직이고 있어.”

“하지만 지금은 약해서 위험하지 않으니까 안전해!”

“그렇구나. 알려줘서 고마워.”

레티시엘은 티나나 디트와 달리, 검은 안개에 대해서는 아무것도 몰랐고, 또 그것이 보이는 것도 아니었다. 일단 주의는 해야겠지만, 정령왕인 이 아이들이 괜찮다고 한다면 아마도 지금은 문제없는 것이리라.

과자가 준비되기까지의 시간 동안, 레티시엘은 쌍둥이와 여러 가지를 하면서 놀았다. 생김새는 꼭 닮은 쌍둥이였으나 성격의 차이는 존재했기 때문에, 각각 서로 다른 놀이를 좋아하는 것 같았다. 티나는 책을 읽어주는 것을 좋아했고, 디트는 실뜨기 등의 손놀이를 좋아하는 것 같았다.

겉보기에는 아직 어린아이 정령이긴 했으나 레티시엘이나

다른 사람보다 오래 살았고, 무슨 일이 생겨도 스스로 마술을 써서 멋대로 해결해 버렸다. 다치거나 이물질을 삼키는 등의 걱정도 딱히 할 일이 없었다.

"……."

티나를 무릎 위에 앉혀놓고 책을 읽어주다가, 레티시엘은 문득 응접실의 입구에 시선을 보냈다. 티나가 의아하다는 듯이 고개를 갸우뚱거리며 이쪽을 올려다보았다.

"도로셀 언니. 왜 그래?"

"으으응. 아니야. 괜찮아, 신경 쓰지 마."

주방에서 뭔가 불온한 소리가 들려왔다. 레티시엘은 다시 동화책을 읽어주는 것에 집중했으나, 내심 주방에서 대체 무슨 일이 일어나고 있는 것일까 걱정이 이만저만이 아니었다.

디트는 융단 위에 엉덩이를 깔고 앉아서 혼자서 실뜨기를 하는데 여념이 없었다. 제대로 된 놀이도구가 없었던 천 년 전에는 어린아이들의 놀이라고 하면 술래잡기 등의 운동이나 손놀이 정도였다. 덕분에 손놀이에 대한 지식이라면 그럭저럭 갖추고 있었다.

"저, 저기, 오, 오래 기다리셨, 습니다……."

더 기다리자, 주방에 갔던 루빅과 니콜이 드디어 돌아왔다. 니콜의 손에는 과자가 산처럼 담긴 그릇이, 루빅의 손에는 4인분의 티세트가 들려 있었다. 과자를 테이블 위에 놓자 두 사람은 벽 앞까지 후퇴한 뒤, 척하고 자세를 바로하고 대기했다. 왠지 두 사람 모두 기진맥진한 것처럼 보이는데, 기분 탓일까.

옅은 갈색으로 잘 구워진 과자에서는 달달한 향이 피어올라 저도 모르게 식욕이 자극되었다. 한 시간 정도 전에 점심 식사를 한 참이었지만, 디저트 배는 따로 있다는 말은 이런 것을 말하는 것이다.

"야호. 쿠키야."

"와! 아! 타르트다!"

형형색색의 과자를 보자, 티나와 디트는 재빨리 달려들어 다람쥐처럼 먹기 시작했다. 레티시엘도 홍차와 함께 과자를 즐기려 했다. 그렇지만 벽 앞에 직립부동하고 있는 루빅과 니콜이 아무래도 신경이 쓰였다.

"루빅, 니콜. 당신들도 그런 곳에 서 있지 말고 이리 와서 앉아요. 모처럼 과자를 구웠으니 같이 먹죠?"

"예…… 예에에?! 아, 아뇨. 그런 분에 넘치는 일은 할 수 없습니다."

니콜의 얼빠진 외침과 루빅의 체념한 것 같은 한숨, 그리고 맛있다는 듯이 과자를 볼이 미어터지게 집어넣고 우물거리는 소리가 응접실에 울려 퍼졌다.

***

왕도 니르반의 귀족거리에 자리한 피리아레기스 공작저택은 무거운 공기에 싸여 있었다. 로시포드가 일으킨 소동. 피리아레기스 공작가는 아직 그 여파에서 벗어나지 못하고 있었다.

스컬로와 프리드는 공작가의 명성 회복을 위해 여기저기 뛰어다니고 있었고, 크리스타는 사람들이 로시포드와의 가까웠던 관계를 넌지시 암시하는 통에 방에 틀어박혀 있었다. 디안느는 그런 크리스타 때문에 정서불안에 빠져 있었다.

"하아……."

화단에 물을 뿌리면서 클라우드는 한숨을 내쉬었다. 도로셀이 저택에서 나간 지 이제 곧 한 달. 저택의 분위기는 나날이 악화되고 있었다.

특히 스컬로와 디안느는 평소의 스트레스가 쌓인 것일까, 사소한 일로도 고용인들에게 애먼 화풀이를 했다. 이 기간 동안 벌써 하녀가 2명 해고되었고, 집사도 한 명 잘렸다.

최근에는 사람을 고용하려고 해도 그쪽에서 거절하는 일도 있어서, 고용인을 해고한 뒤 새로운 인재를 찾는 것이 어려워졌다고 했다. 집사장도 며칠 전 사소한 일로 꾸지람을 들었다. 공작가에서는 매일 뭔가의 노성이 울려댔다.

"도로셀 아가씨가 없어졌기 때문이겠지……."

등 뒤에 우뚝 선 저택을 올려다보며 클라우드는 또다시

한숨을 내쉬었다. 도로셀이 저택에 있을 때에는 그녀가 공작가 일가에게 공통적으로 미움을 받는 역이었다. 본인 앞에서 뭔가를 하지 않아도, 뒤에서 스컬로와 다른 공작가 일원들이 도로셀에 대해 안 좋은 소리를 해대던 것을 클라우드는 알고 있었다. 그것을 말리는 것도, 의견을 제시하는 것도 용납되지 않았다.

그러나 피리아레기스 공작 일가의 공통의 공격 목표였던 인물은 이제 이 저택에는 없었다. 지금조차도 이런 상황이니, 앞으로 어떻게 될지는 상상하고 싶지도 않았다.

"클라우드! 먼저 실례하겠어!"

작업을 하는 클라우드의 등 뒤에서 중년의 정원사가 그렇게 말을 걸었다. 그는 오늘 다른 저택에서의 일이 들어왔기 때문에, 이쪽에서의 일은 일치감치 마무리 지었다. 정원사 중에는 이렇게 복수의 귀족가에 여러 다리를 걸치는 사람이 적지 않았다.

"아아. 고생했어."

클라우드는 손을 살랑살랑 마주 흔들어주고는 작업을 재개했다. 클라우드도 오늘은 저녁 무렵에 평소의 업무 시간보다 일을 일찍 마무리 지을 생각이었다. 일을 끝낸 뒤, 루빅과 술을 마시러 갈 약속을 했던 것이다.

'생각해 보니 루빅 녀석과 밖으로 술을 마시러 간 적은 없었군 그래. 나와 달리 그 녀석은 저택에 상주했으니까, 좀처

럼 시간을……'

짹그랑!

요란하게 뭔가가 깨지는 소리가 클라우드의 사고를 가로막았다. 그 소리에 무슨 일인가 싶어서 클라우드는 허둥지둥 소리가 난 쪽으로 시선을 향했다. 그러자 가까이에서 작업을 하던 젊은 정원사가 두 손으로 머리를 끌어안고 부들부들 떨고 있는 모습이 보였다.

그의 발밑으로 시선을 주자, 두 손으로 아슬아슬하게 끌어안을 수 있을 정도의 큰 화분이 깨져서 도자기 파편이 흙에 섞여 흩어져 있었고, 주발에 심어져 있던 식물이 지면에 흩어져 있었다.

클라우드의 얼굴이 창백해졌다. 큰 화분에 심어져 있던 것은 뮤로리아라는 남쪽 나라에서 사들인 진귀한 꽃이었다. 그것을 엉망으로 만든 것만으로도 큰일인데, 그 꽃은 하필이면 크리스타가 가장 좋아하는 꽃이기도 했다.

이 뒤에 일어날 일이 순간적으로 예상되어 클라우드는 순간적으로 사고가 얼어붙었다. 그러나 곧바로 정신을 차리고 문제의 정원사에게로 뛰어갔다.

"무슨 일이야? 괜찮아?"

"정원사장님……!"

공작가에 들어온 지 얼마 되지 않은 그 젊은 정원사는 새파란 얼굴로 어쩔 줄 몰라 하고 있었다.

"죄송합니다! 제 탓에, 꼬, 꽃이……!"

"진정해. 다친 덴 없어?"

"예, 예…… 어, 어떻게하죠? 저 엄청난 짓을 저질렀어요……!"

요즘의 저택의 분위기를 모르는 고용인은 없었다. 공포 때문일까, 그 정원사는 머리를 끌어안고 그 자리에 주저앉고 말았다.

"어어어어떻게 하죠……! 정원사장님!"

"진정하라고. 우선은 꽃은 다른 용기에 옮겨 심자. 어쨌든 이대로 두면 위험해. 빨리 정리하지 않으면……."

"무슨 소동인가요."

지금, 가장 듣고 싶지 않은 목소리가 들려왔다. 클라우드가 뒤를 돌아보자, 예상대로 디안느가 소동을 듣고 달려오는 참이었다.

디안느는 심기가 불편한 표정을 부채로 가리려고 하지도 않고 이쪽으로 걸어왔다. 그러다가 바닥에 흩어진 물체들을 보기 무섭게, 눈을 부라리며 얼굴을 새빨갛게 물들여갔다.

"뭘 하는 건가요?! 이건 크리스타가 가장 마음에 들어 하는 꽃이라고요! 손에 넣는데 얼마나 고생했는지 아나요!!"

부채가 부러지는 메마른 소리가 들렸다. 디안느의 손에 들린 부채가 그녀의 분노에 둘로 꺾여있었다. 디안느는 그것을 클라우드를 향해 있는 힘껏 내던졌다.

"정말로 어리석고 아둔하군요. 어째서 너 같은 것이 정원사장이 된 거죠?! 깝죽대지 말아요!!"

현재 상황에 대한 짜증과 분노를 발산시킬 대상 따위 누구라도 좋은 것이리라. 그렇지 않아도 도로셀이라는 대상이 없어진 뒤 화풀이의 창끝은 일부 클라우드에게 향하고 있었다. 그 이유는 단순했다. 클라우드가 저택의 인간들 중에서 도로셀과 가장 관계가 깊었기 때문이었다.

"이 꽃을 사들이는데 얼마나 들었는지 아나요?! 너같이 더러운 평민 따위가 그것을 변상하겠다는 건가요?!"

"소, 송구합니다, 마니……."

"말대답하지 말아요! 곧바로 원래대로 꽃을 돌려놓으세요! 지금 당장 말이에요! 빨리빨리 움직여요!"

새된 목소리로 아우성을 치면서 디안나는 걷는 속도를 높였다. 공작 부인으로서의 체면만 없었더라면, 돌진이라도 할 것 같은 기세였다.

그러나 정원의 길은 방금 물을 뿌린 터라 미끄러웠다. 움직이긴 편한 복장을 한 클라우드나 다른 정원사들은 아무 문제가 없었지만, 하늘거리는 드레스를 입은 디안나는 그렇질 못했다.

"꺅!"

디안느가 물웅덩이에 미끄러져서 앞으로 고꾸라졌다. 그리고 그녀가 쓰러지려고 하는 장소에는 대량의 도자기 파편이 얼굴을 내밀고 있었다.

'위험해……!'

이대로는 대참사가 되고 말았다. 클라우드는 재빠르게 디안느에게 달려가, 그녀를 있는 힘껏 밀쳐냈다. 그러나 기세를 완전히 죽이지 못하고 클라우드는 부딪친 충격으로 그대로 지면에 쓰러졌다.

"아얏……!"

등부터 쓰러졌기 때문에 클라우드는 등에 날카로운 통증을 느꼈다. 움직이기 편한, 다시 말해 가벼운 복장을 하고 있던 것이 독이 되고 말았다.

디안느는 다치지는 않았으나 밀쳐진 충격에 지면에 엉덩방아를 찧었다. 거기에 도자기 파편에 걸리기라도 한 것일까. 드레스가 찢어지고 흙이 묻어 있었다. 그것을 본 디안느는 금세 무시무시한 표정을 지었다.

"이게 무슨 짓인가요?! 나를 누구라고 생각하는 건가요?! 공작 부인이에요! 이 나를 고용인 따위가 밀치다니 배짱 한번 좋군요!!"

발을 마구 구르며 두 눈을 벌겋게 물들인 디안느는 이미 제정신이 아닌 것처럼 보였다.

"드레스도 엉망이 됐잖아요! 이건, 내가 가장 아끼는 드레스였다고요!!"

"용서해 주십시오. 마님. 모든 건 제 책임입니다……."

클라우드의 말에 뒤에 서 있던 젊은 정원사가 눈을 크게 떴다. 클라우드가 자신을 감쌌다는 것을 알아차린 것이리라.

무언가 말하고 싶은 듯이 입을 열려는 그를 클라우드는 시선으로 제지했다. 지금 디안느의 불합리한 분노는 클라우드에게 향하고 있었다. 쓸데없이 휘말리지 않는 편이 훨씬 나았다.

"애초에 왜 이런 물웅덩이가 있는 건가요?! 제대로 할 일을 안 하니까 내가 다칠 뻔 했던 게 아닌가요!!"

"면목이 없습니다……"

사죄의 말은 이미 디안느에게는 닿지 않았다. 분노가 담긴 부채가 클라우드의 뺨을 후려쳤다. 아무래도 예비 부채를 꺼내든 모양이었다.

"용서하지 않겠어요! 용서할 것 같나요! 너 따위 지하에 가둬버리겠어! 식사도 없을 거예요! 남편이 돌아오면 그때 네 처분을 다시 정하겠어요!"

"죄송, 합니다……."

히스테리를 일으키는 디안느에게 클라우드는 아픔을 참으며 그저 사죄하는 수밖에 없었다.

***

"그럼 다녀오겠습니다."

"그래요. 잘 다녀와요. 재밌게 즐기고 와요."

시간이 흐르는 것은 순식간이었다. 티나와 디트 쌍둥이와 놀고 있었더니 눈 깜짝할 사이에 저녁때가 되었다.

지금 레티시엘은 니콜과 쌍둥이와 함께 현관에서 루빅을 배웅하고 있었다. 그는 오늘 클라우드와 니르반의 술집에서 술을 마시기로 약속을 했다.

먼저 말을 꺼낸 것은 클라우드였다. 처음엔 루빅은 저택의 일을 신경 써서 망설였다. 하지만 그 일을 안 레티시엘이 묻지도 따지지도 않고 휴가를 줘 버렸다. 그렇지 않아도 루빅은 일을 너무 많이 하는 경향이 있었다. 억지로라도 쉬게 하지 않으면 정말로 과로로 쓰러질 것 같았다.

"그럼, 우리는 좀 더 여기에 있을게."

"그럼 우리는 아직 여기 남을게."

루빅을 배웅한 티나와 디트는 레티시엘에게 이별을 고하……는가 싶더니, 예상과는 정반대의 말을 했다. 두 사람의 손에는 하나씩 천으로 된 주머니가 들려 있었고, 그 안에는 과자가 잔뜩 담겨 있었다.

"응? 두 사람 모두, 아직 안 돌아가는 거야?"

""응. 안 돌아갈 거야.""

과자주머니까지 들고 있어서 완전히 이대로 돌아가는 흐름인가 싶었다. 하지만 티나와 디트는 각각 좌우 반대의 손을 들면서 그렇게 말하더니, 사이좋게 손을 맞잡고 둥실둥실 날아다녔다.

"그게 아직 충분히 못 놀았는걸."

"그게 아직도 계속 놀고 싶은걸!"

티나는 무표정한 얼굴로, 디트는 입을 삐죽거리면서 툴툴 불만을 흘렸다. 레티시엘은 쓴웃음을 지었다.

"뭐, 좋아. 너희가 만족할 때까지 여기 있어도 돼."

"신난다—."

여기서 억지로 쌍둥이를 돌려보낼 이유도 딱히 없었다. 레티시엘은 이대로 티나와 디트가 하고 싶은 대로 놔두기로 했다. 쌍둥이가 사이좋게 착지하자 함께 홀로 돌아왔다.

"……그건 그렇다 치고, 깜짝 놀랐어요."

쌍둥이를 따라서 현관홀로 돌아오자, 니콜은 어깨의 짐을 내려놓았다는 것처럼 길고 깊은 한숨을 내쉬었다. 시간이 지남에 따라 긴장도 그럭저럭 풀린 것처럼 보였는데, 역시 아직 정령에 대한 긴장은 완전히 풀리지 않은 것 같았다.

"설마 절멸했다고 들은 정령이 실제로는 절멸하지 않았고, 더구나 저택에 갑자기 불쑥 나타나다니 상상조차 하지 못했습니다……."

정령은 서민들 사이에서는 신화나 동화에나 나오는 존재로, 날개를 펴고 날아다니는 동화 세계의 정령 이야기를 좋아하는 여성은 적지 않았다. 니콜도 그 중 한 사람이었던 모양이었다. 차를 준비를 하고 있을 때도 너무 동요한 나머지, 세 번이나 화력이나 시간을 잘못 맞춰서 과자 굽는데 실패했다고 했다. 놀랄 일이었다.

그 때 주방에서 때때로 들리던 소리의 원인은 그것이었던가. 니콜에게 그 얘기를 듣고 레티시엘은 납득했다.

"그래요. 분명히 티나와 디트가 갑자기 찾아오리라고는 생각하지 못했어요. 하지만 저 아이들, 도중부터는 니콜도 루빅도 잘 따랐잖아요?"

루빅도 니콜도 처음에는 눈앞에 정령이 있다는 사실에 놀람과 당혹스러움이 앞서서 다가가지도 못하고 멀어지지도 못하는 미묘한 거리감을 유지하고 있었다. 하지만 쌍둥이 쪽이 먼저 두 사람에게 다가서면서 점차 쌍둥이와 함께 놀게 되었다.

"그건, 그…… 정령님도 아이라서 귀여워서……. 아아, 이렇게 말하면 실례겠지요?! 어, 그러니까…… 그게, 그러니까……."

적당한 말을 찾아 니콜은 몇 번이나 말을 고치면서 말을 더듬거렸다. 그렇지만 결국 확실하게 와닿는 표현을 찾을 수 없던 모양이었다.

'티나와 디트가 정령왕이라고 말하지 않아서 다행이야.'

레티시엘은 쌍둥이를 소개할 때, 단순히 정령이라고만 말했다. 그것만으로도 이렇게 놀랐는데, 정령왕이라고 커밍아웃하는 날에는 정령팬인 니콜은 그 자리에서 졸도해버릴 것 같았다.

"벌써 이런 시간이네요. 슬슬 저녁 식사 준비를 해야 하는 시간입니다만, 아가씨는 저녁 식사를 드시려는지요?"

"으음. 과자를 많이 먹어서 배는 그다지 고프지 않지만, 과자로 끼니를 대신하는 건 건강에 좋지 않죠. 티나, 디트. 너희는 어쩌고 싶니?"

분명 아까까지 니콜과 루빅이 만든 과자를 실컷 먹었지만, 이것만으로 다음 날 아침까지 버틸 수는 없었다. 또, 애초에 그래서는 건강에도 좋지 않았다. 조금이라도 평범한 식사를 뱃속에 넣어둬야 할 것이다.

레티시엘은 손을 잡고 홀을 빙글빙글 달리고 있는 쌍둥이 정령에게 물었다. 이 두 사람은 과연 어떨까.

"밥? 인간의 밥?"

"밥? 맛있는 밥?"

"그래. 맛있을 거라고 생각해."

"그럼 먹을래."

"그럼 먹고 싶어!"

쌍둥이는 즉결이었다. 방금 전부터 눈치 채고는 있었지만, 이 쌍둥이는 아무래도 인간의 먹거리에 매우 흥미가 많은 것 같았다. 혹시 정령은 쿠키나 케이크 같은 과자가 없는 것일까.

"도로셀 누나. 방금 전 그 방으로 돌아가도 돼?"

"도로셀 누나. 아까 하던 놀이를 계속해도 돼?"

"물론이지. 그럼 저녁 식사가 준비되면 부를게."

"""네—에."""

티나와 디트는 사이좋게 손을 들어 대답을 하고는 파닥파닥 홀을 나갔다.

"그런 연유로, 저 두 사람도 저녁을 먹고 싶은 모양이에요."

"알았습니다. 그럼 준비를 해오겠습니다! 정령님에게 식사를 만들어 대접하는 날이 오다니, 정말 놀랄 일이네요……."

"잠깐만요. 나도 돕겠어요."

불현듯 레티시엘은 주방으로 향하려는 니콜의 소매를 붙잡고 그렇게 말했다. 니콜은 놀란 것처럼 뒤를 돌아보더니 점점 눈을 크게 떴다.

"예?! 아, 아가씨께서요?! 그런, 당치도 않습니다!"

"이래 보여도 요리하는 걸 싫어하진 않아요. 나도 돕게 해줘요."

"흐에?! 아가씨께서 요리를……이 아니라, 아가씨에게 위험한 일은 시킬 수 없습니다!"

"하지만 오늘은 루빅이 없으니까, 혼자서 식사준비를 하는 건 힘들잖아요?"

"그, 그렇지! 않습니다…… 아, 잠깐, 아가씨, 어딜 가시는 건가요?!"

"주방이에요."

"자, 잠깐 기다려 주세요!"

레티시엘은 성큼성큼 주방으로 향했다. 이 집에서 생활하기 시작한 지는 얼마 안 되었지만, 고용인이 거의 없다는 점도 있어서 식사 준비 하는 일이 큰일이라는 사실은 알고 있었다.

평소에는 루빅이 니콜과 함께 준비를 하면서 레티시엘이 도우려고 해도 늘 말렸는데, 늘 고용인들만 고생을 시킬 수는 없는 일이다.

"오늘은 뭘 만들 생각이죠?"

"그러네요…… 오늘은 과자만 먹었기 때문에, 건강을 생각해 채소가 듬뿍 들어간 크림스프로 하려고 합니다."

손을 깨끗하게 씻고 레티시엘이 니콜에게 물었다. 니콜도 이제는 말리는 것도 포기한 듯, 재료 준비를 하면서 그렇게 대답했다.

"그럼, 나는 채소를 썰겠어요."

"예?! 아가씨에게 날붙이는 위험합니다! 물러나 계세요!"

"어머. 아무렇지도 않아요."

그렇게 말하고 레티시엘은 식칼과 채소를 손에 들었다. 그리고 익숙한 손놀림으로 재빠르게 채소를 큼직큼직하게 썰었다. 그 속도에 니콜도 멍하니 입을 벌린 채 아무 말도 하지 못했다.

"……아가씨. 어째서 그렇게 식칼을 잘 다루시나요?"

"요리에는 익숙한 걸요."

전생에서는 왕족이라고 해서 자취를 할 수 없다는 것은

말도 안 되는 일이었다. 가령 자신이 혼자 숲속에 던져졌어도 생존할 수 있도록, 야영 기술은 어느 정도 습득하고 있었다.

니콜은 그 뒤로도 한동안은 레티시엘에게 식칼을 쥐게 한 것이 이만저만 걱정되는 것이 아닌 듯, 냄비를 준비하면서도 때때로 관찰을 하듯이 물끄러미 시선을 보내왔다. 그 때문에 레티시엘은 조금 진정이 되지 않았지만, 작업에는 별 영향이 없어서 채소는 모두 썰 수 있었다.

다 썬 채소를 니콜이 와서 받아갔다. 다음으로 고기를 썰기 전, 레티시엘은 우선 여분의 물기를 닦기 위해 행주를 손에 들었다.

"그럼 이거, 가져가겠습니……꺅!!"

"……?!"

채소가 가득 든 볼을 손에 든 니콜은 뒤를 돌아 냄비 옆으로 향하려고 하다가, 아무것도 없는 곳에서 갑자기 발이 미끄러져 앞으로 자빠졌다.

한 손에 든 행주를 놓을 틈도 없이 레티시엘은 순간적으로 니콜에게 한 손을 뻗었다. 팔에 신체강화마술을 건 덕분에, 니콜이 쓰러지기 직전에 레티시엘은 그녀의 허리를 끌어안아 그녀가 자빠지는 것을 방지하는데 성공했다.

"괜찮아요? 니콜."

레티시엘은 한손으로 화려하게 니콜의 몸을 끌어안고 걱

정스럽다는 듯이 그렇게 물었다. 한편, 니콜은 지금 이 상황을 파악하는 것만으로도 머리가 꽉 차 있었다.

"예, 예, 예!"

"다행이다. 조심해요."

니콜이 자세를 바로 하자, 레티시엘은 작게 미소를 짓고는 천연덕스러운 얼굴로 다시 작업으로 돌아갔다. 니콜은 멋지다는 생각에 저도 모르게 가슴을 두근거렸지만, 금방 제정신을 차렸다.

"아가씨를 상대로 나는 대체 무슨 생각을……."

"니콜, 고기를 다 썰었는데, 다음에는 어디에…… 어머?"

식칼을 놓고 뒤를 돌아본 레티시엘은 주방 구석에서 벽을 향한 채 무릎을 끌어안고 앉아있는 니콜의 모습을 발견하고는 고개를 갸우뚱했다.

쾅!

그때, 현관 쪽에서 큰 소리가 들려왔다. 갑작스러운 전개에, 무슨 일인가 해서 레티시엘은 경계태세를 취했다.

"……아가씨?! 아가씨, 계십니까?!"

벽 너머로 먹먹하게 들리긴 했지만, 그 목소리는 틀림없이 루빅이었다. 레티시엘은 작업을 중단하고 서둘러 현관 홀로 향했다. 그러자 목소리의 주인은 역시나, 방금 전 막 외출한 루빅이었다. 땀투성이에 거칠게 숨을 몰아쉬고 있었는데, 어지간히 서둘렀던 것일까. 입고 있던 옷도 머리카락도 모두 흐트러져 있었다.

게다가 루빅의 뒤에는 본 적이 없는 청년까지 착 달라붙어 있었다. 청년은 얼굴색이 파랗게 질려서는 지금이라도 쓰러지는 것이 아닐까 걱정이 되었다.

"루빅? 외출하는 거 아니었나요?"

"아, 아가씨, 큰일입니다……!"

"진정해요. 무슨 일이 있던 거죠? 저쪽의 저 분은 누군가요?"

레티시엘은 두 손으로 무릎을 짚고 거친 숨을 몰아쉬는 루빅에게 허둥지둥 달려가 그 등을 쓸어주면서 질문했다.

"아, 이쪽은, 본가에서 일하는 정원사로……."

"본가?"

공작가에서 일하는 고용인이 레티시엘의 저택에 대체 무슨 용건에 볼일이 있는 것일까. 그러나 그 의문은 곧 해소되었다.

"그것보다, 아가씨, 큰일입니다! 클라우드가……!"

"예?"

루빅의 외침에 현관홀의 공기가 얼어붙으며 저택에 긴장이 감돌기 시작했다.

"……루빅. 그게 무슨 말이죠? 클라우드에게 무슨 일이 있는 거죠?"

레티시엘은 얼굴의 모든 표정을 지우고 얼음과도 같은 무표정한 얼굴로 조용히 물었다. 주인의 예사롭지 않은 오라에 루빅은 잠시 멈칫했으나, 뜻을 굳히고 입을 열었다.

“클라우드가, 마님에게 무례를 범한 일로 처벌을 받아, 현재 저택의 지하에 갇혀 있다고 합니다…….”

“뭐라고요?”

레티시엘은 눈썹을 움찔 하고 움직였다. 루빅은 원래 본가의 정문 근처에서 클라우드와 만나기로 되어 있었는데, 예정된 시간이 다 되어도 클라우드는 모습을 나타내지 않았다.

그때에는 일이 길어지는 것일까, 정도로 생각했지만 정문으로 정원사 청년이 새파란 얼굴로 구르듯이 나온 것을 보고 예삿일이 아니라는 것을 알아차렸다고 한다.

“저도, 그…… 일의 경위 대해서는 상세히 아는 것은 아닙니다만…….”

“저, 저기! 전부 제 탓입니다!”

그의 등 뒤에 서 있던 젊은 정원사가 루빅의 말을 가로막으며 목소리를 높였다. 레티시엘은 시선을 그에게 옮겼다.

“제, 제가, 그런 얼간이 같은 짓만 저지르지 않았더라면…….”

“진정하세요. 무슨 일이 있었는지 가르쳐 주겠어요?”

“예, 예…….”

레티시엘의 질문에 정원사 청년은 흠칫 하고 어깨를 움츠리면서도 조금씩 공작가에서 일어난 일에 대해 이야기하기 시작했다.

계기는 그가, 크리스타가 소중히 아끼던 꽃이 심어진 화분을 깬 일이었다고 한다. 가까이에서 작업을 하던 클라우드는 곧바로 적확한 지시를 내려주었으나, 그 현장을 디안느가 목격하는 바람에 디안느가 엄청나게 화를 냈던 것이다.

"그래서 클라우드는 처벌을 받은 건가요?"

"예. 하, 하지만, 그것만이 아닙니다! 그 뒤, 마님이 물웅덩이 때문에 미끄러지셔서 클라우드 씨는 순간적으로 마님을 감쌌습니다만…… 그 때문에 꽤 심하게 다쳐서!"

아무래도 클라우드는 주인을 지켰음에도, 디안느는 화분을 깬 일이나 자신의 드레스를 엉망으로 만든 것을 이유로 식사도 주지 않고 저택 지하에 가둬버렸다는 것 같았다. 이 젊은 정원사는 동요한 나머지 저택을 뛰쳐나와, 우연히 만난 루빅에게 도움을 요청했다고 했다.

"상처는 얼마나 심하죠?"

"……등과 팔 여기저기에 도자기 파편이…… 박히고 찢어져서, 피가!"

말을 하면서 그 광경을 떠올린 것일까, 청년은 얼굴을 일그러뜨렸다. 생각한 것 이상으로 심한 상처에 레티시엘은 표정을 굳혔다.

"그런데 그대로 끌려가고 말았습니다. 클라우드 씨는 저를 감싼 것뿐인데! 다 제 잘못입니다! 제 탓에……!"

"잠깐만. 그럼 클라우드는 상처 치료도 받지 못한 건가요?"

심하게 다쳤다면 절대로 없어서는 안 되는, 응급처치와 치료라는 그 과정이 지금 이 이야기 안에는 존재하지 않았다. 생각할 수 없는 가능성에, 레티시엘은 자신의 생각을 믿을 수가 없었다.

"예. 등과 팔이 몇 군데나 찢어졌는데도 그대로 지하에 갇혀버려서."

"말도 안 돼요……."

물론 클라우드도 걱정이 되긴 했지만, 그것과 동시에 레티시엘은 진심으로 공작 부인의 인간성을 의심했다. 원래부터 제대로 된 부모가 아니라는 사실은 알고 있었지만, 설마 이 정도로 심각할 줄이야.

"클라우드 씨. 그렇게 심하게 다친 건가요?!"

"제가 각오를 다지고 마님께 사죄를……."

니콜이 파랗게 질린 얼굴로 입을 가리고, 청년은 머리를 감싸 쥐면서 뭔가를 중얼거렸다. 이야기를 다 들은 레티시엘은 눈썹을 찌푸린 채 팔짱을 끼며 눈을 감았다.

"아가씨, 어떻게 하죠……?"

루빅이 불안한 표정으로 레티시엘을 쳐다보았다. 그 눈에는 초조한 빛이 배어 있었다. 레티시엘은 잠시 말없이 눈을 감고 있었지만, 이윽고 색이 서로 다른 두 눈동자에 조용히 투지를 밝히며 눈을 떴다.

"바로 공작가로 가겠어요. 클라우드의 상태가 걱정되네요."

레티시엘은 공작가의 태도를 도저히 받아들일 수가 없었

다. 분명히 화분을 깼다는 실수를 저질렀을지는 몰랐다. 그러나 디안느가 몸을 던져 자신을 지켜준 고용인을 제대로 치료조차 하지 않고 부당하게 처벌한 일을 레티시엘은 참을 수가 없었다.

"아가씨. 저도 함께 가겠습니다."

"그래요. 마차를 준비해줘요. 그리고 거기 당신, 당신도 같이 따라오세요."

"예, 예!"

루빅이 작게 고개를 끄덕이고 저택 밖으로 뛰어나갔다. 루빅이 마차를 준비하는 동안, 레티시엘은 니콜을 돌아보았다.

"니콜. 우리가 없는 동안 저택을 잘 부탁해요."

"예. 맡겨 주세요!"

"……언니? 무슨 일이야?"

레티시엘이 루빅이 돌아보는 것을 기다리고 있으려니, 현관홀에서 저택 내부로 통하는 문 중 하나에서 티나와 디트가 얼굴을 내밀었다.

"두 사람 모두 집에서 기다려줄래? 잠깐 나갔다 올게."

"누구를 구하러 가는 거야? 같이 갈게."

"응?"

"언니 친구를 구하러 가는 거, 그냥 버려둘 수 없어!"

"……고마워."

니콜의 배웅을 받으며 저택 밖으로 나오자 마차는 이미 정문 앞으로 이동해, 언제든지 달릴 수 있는 상태가 되어 있었다. 루빅이 마부석에 올라타고, 쌍둥이 정령은 어디에 타려나 생각하고 있으려니, 마차의 차체 위에 자리를 잡았다.

"루빅. 서두르죠."

"예. 바로 출발하겠습니다."

"당신도 타세요."

"……예? 아, 알았습니다."

공작 영애와 같은 마차를 타는 일에 청년은 어찌할 바를 모르는 것 같았다. 하지만 지금은 비상사태로 그런 일에 신경을 쓸 여유가 없다는 사실도 이해한 듯, 망설이면서도 마차에 올라탔다.

곧바로 루빅의 말몰이로 마차는 달리기 시작했다. 레티시엘 일행을 태운 마차는 최고 속도로 왕도의 남문을 통과했다.

해도 그럭저럭 저물어서 니르반의 거리는 조금 어두웠고, 통행인도 많지 않았다. 그 점을 살려 마차는 인적이 드문 큰길을 질주했고, 레티시엘 일행은 겨우 10여분 만에 공작가에 도착했다.

설마 나온 지 약 한 달 정도 만에 또다시 이 문을 통과하리라고는 생각하지 못했는걸. 그렇게 생각하면서 레티시엘은 마차에서 뛰어내려 정면현관 앞으로 향했다.

"도로셀 아가씨?!"

마차가 난폭하게 멈추는 소리를 듣고 달려온 것일까. 공작가의 집사장이 현관 앞으로 나왔다가 레티시엘의 모습을 보고 눈을 크게 떴다.

"안 됩니다! 아가씨!"

성큼성큼 현관에 발을 들여놓으려는 레티시엘을 집사장은 허둥지둥 막으려고 했다.

"뭐가 안 되는 거죠? 일단 나는 이 집안의 영애일 텐데요?"

"부, 분명히 말씀하시는 대로입니다만……."

"그런데, 클라우드는 어디 있죠?"

"?!"

레티시엘의 짧은 물음에 집사장은 퍼뜩 놀라서 굳어버렸다. 그에 대고 레티시엘은 한층 더 다그쳤다.

"클라우드가 다친 채로 지하에 갇혔다는 게 사실인가요?"

"……."

집사장은 아무 말도 하지 않았다. 하지만 그 얼굴은 점차 창백하게 물들어갔고, 그 눈은 뭔가를 호소하듯이 이쪽을 쳐다보았다. 역시 클라우드에게 무슨 일이 있었구나. 레티시엘은 다시금 그렇게 확신했다.

"아니, 됐어요. 비켜 줘요."

"기, 기다려 주십시오!"

전력으로 막아서려는 집사장의 옆으로 빠져나가, 레티시엘은 당당하게 현관홀에 발을 들여놓았다.

"스컬로 님과 디안느 님은 어디 계시죠?"

“그, 그것이, 아가씨…… 주인님은 지금 손님을 뵙고 계십니…….”

당황해서 쩔쩔매는 집사장의 말을 가로막듯이 저택 안쪽에서 귀에 익은 목소리가 들려왔다.

“어디죠, 다니엘? 손님이 오셨는데 소란스럽군요.…….”

홀에 면한 문 중 하나가 열리고, 부채로 입가를 가린 디안느가 심기가 불편함을 감추려 하지도 않은 채 모습을 나타냈다. 디안느의 말이 도중에 끊어진 것은, 물론 레티시엘의 모습을 보았기 때문이었다. 부채를 쥔 손이 부들부들 떨리기 시작하고 눈가도 점점 붉어졌다.

“당신. 여기엔 대체 뭘 하러 온 건가요!”

“일단 이곳은 제 본가입니다만. 제가 온 게 잘못인가요?”

“이곳에 당신이 있을 곳 따위는 없어요!”

“예. 저도 이곳에 제가 있을 곳 따위는 필요 없습니다. 피차일반이네요.”

레티시엘은 태연하게 그렇게 내뱉었다. 그 차가운 태도가 디안느의 분노를 한층 더 부채질했다.

“그 태도는 뭔가요?! 혼자 잘난 것처럼!”

“우선, 클라우드를 만나게 해주실 수 있을까요?”

“당신과 만나게 할 이유 따위는 없어요!”

디안느의 외침에 레티시엘은 턱에 손가락을 갖다 대면서 일부러 그러는 것처럼 생각에 잠기는 시늉을 했다.

"어째서 클라우드를 내놓지 못하는 건가요? 설마 클라우드가 크게 다쳤기 때문에 불러올 수 없다, 라는 건가요?"

"뭐라고요! 그런 일은 없어요!!"

찌릿. 디안느가 이쪽을 노려보았다. 그러나 그런 디안느의 시선 따위는 가볍게 무시하고, 레티시엘은 한층 더 고개를 갸우뚱해보였다.

"그런가요. 디안느 님이 주인을 지키고 다친 고용인을 제대로 치료조차 하지 않고 자신의 이기심에 부당하게 처벌했다, 라고 들었습니다만."

"뭐라고요?! 당신, 나를 모욕하는 건가요?!"

"모욕 같은 건 하고 있지 않습니다. 저는 그저 이야기의 진위를 확인하고 싶은 것뿐입니다. 공작가의 차녀로서 고용인과 만나지 못할 이유는 없다고 생각합니다만?"

"……읏. ! 당신! 어머니인 내게 그런 태도는 대체……."

"아무래도 좋으니까, 클라우드를 내놓아 주시겠어요? 응급처치를 할 테니까요."

디안느와의 이야기가 진전되지 않는 입씨름에 레티시엘은 슬슬 피곤해졌다. 한편 레티시엘의 거침없는 발언에 디안느도 참을성의 한계에 달한 모양이었다.

"닥쳐요!! 너 같은 재수 없는 아이에게 지시를 받을 이유는 없어요!!"

홀에 한층 더 큰 노성이 울려 퍼졌다. 디안느는 흥하고 콧

방귀를 뀌고는 레티시엘을 내려다보며 아우성을 쳤다.

"클라우드는, 크리스타가 소중히 여기는 꽃을 엉망으로 만들었을 뿐 아니라, 이 나를 다치게 할 뻔 했다고요. 게다가 내 드레스까지 못쓰게 만들어놓고 이 정도 처벌은 오히려 가벼워요!!"

"……."

너무나도 제멋대로의 지론에 현관홀에 레티시엘의 인내의 끈이 끊어지는, 소리 없는 소리가 울려 퍼지는 것 같은 느낌이 들었다. 주인의 조용한 분노에 루빅의 등에 오한이 내달렸다. 홀에서 레니시엘의 분노를 알아차리지 못한 것은 자신의 세계에 취해있는 디안느 뿐이었다.

"……그런 자기중심적인 이유로 인명을 가볍게 여기겠다는 건가요?"

명색이 귀족으로서 아랫사람을 지켜야 하는 입장에 있을 터인 디안느의 입에서 나온 말에 레티시엘의 목소리 톤이 낮아졌다. 지금 시대의 귀족이 천 년 전의 귀족들과는 사고방식도 처한 환경도 다르다는 사실은 이해하고 있었지만, 그래도 이런 바보 같은 이야기가 용납될 리는 없었다.

그러나 디안느는 레티시엘의 말에 거꾸로 눈을 부라리며 흥 하고 바보 취급을 하듯이 비웃었다.

"자기중심적이라고요?! 웃기지 말아요! 우리에게는 매우 중대한 일이라고요. 당신도 귀족 나부랭이이면서 그런 것도 모르나요!"

"……알고 싶지도 않네요. 저는 인간으로서 당연한 의견을 말했을 뿐입니다. 당신은 상처를 입었을 때의 고통과 괴로움을 아나요?"

아스트레아 대륙 전쟁 당시의 귀족들은 백성들을 지키기 위해 징병과 세수제도를 정비하고, 스스로 앞장서 전쟁에 임하는 것이 보통이었다.

사람의 위에 서는 자로서 늘 백성의 방패가 된다. 그것이 당시의 귀족들이 갖춰야 할 모습이었다. 이 나라 역시 전쟁을 경험했을 터임에도 그것을 돌아보지 않다니, 레티시엘로서는 도저히 이해할 수 없었다.

"그딴 건 몰라요! 나는 공작 부인이라고요!"

"……."

"피가 조금 났을 뿐 대단한 상처도 아니에요! 이 나를 감싸고 다친 상처라면, 이 집을 모시는 자로서 오히려 영광이라고 생각해야 해요."

양가의 규수로서 태어나, 유서 깊은 공작가에 시집왔으며, 누구나가 몸을 던져 지켜준다. 자신은 다른 이의 보호를 받아야 하는 존재. 디안느에게는 그것이 당연한 일이라, 그녀는 자신을 감싸고 다치는 자들을 아무렇지도 않게 생각하는 것이리라.

"……흐응. 대단한 상처가 아니란 말이죠."

현관홀에 차가운 바람이 불었다. 레티시엘은 얼어붙을 것 같은 미소를 입가에 띤 채 얼음송곳과도 같은 시선을 디안느에게로 향했다. 그녀의 발밑에서 조금씩 번져나가고 있는 얼음에 디안느는 소리 없는 비명을 질렀다.

"그렇다면 정말로 대단치 않은지, 스스로의 몸으로 체험해보시면 어떨까요?"

레티시엘의 말은 끈적끈적하게 까닭모를 불길함을 띠고 디안느의 귀에 흘러 들어왔다.

그것과 동시에 디안느의 등에 날카로운 통증이 내달렸다. 처음 느껴보는 고통에 디안느는 몸을 크게 비틀었다. 그 통증은 사라지지 않고, 시간이 지나면 지날수록 자신의 존재를 주장하듯이 점점 커졌다.

"꺄아아아아아아!!! 아파아파아파아파!!!"

등이 타는 것 같은 통증이 덮쳐오는 가운데에서도, 눈앞에 선 재수 없는 아이의 모습과 목소리만큼은 눈을 감아도 귀를 막아도 비웃는 것처럼 뇌리에 달라붙어 떨어지질 않았다.

마치, 이 집에서 16년 동안 계속되어온 비뚤어진 의식을 체현하고 있는 것 같았다. 비웃는 자와 비웃음을 당하는 자. 그 위치가, 반대로 역전되었을 뿐.

"클라우드는 분명히 이 이상의 고통을 맛보고 있겠죠."

어둠 속에 떠오른 재수 없는 아이의 모습. 그 얼굴에는 일체의 감정이 비치지 않았다.

"그래도 아직, 대단한 상처는 아니라고, 말할 수 있나요?"

홀에 있던 모든 사람이 **어디도 다친 곳이 없는**데도 갑자기 아프다고 외치는 디안느를 보고 당황해서 쩔쩔맸다.

"……아가씨. 마님에게 대체 뭘 하신 겁니까?"

"다친 사람의 고통을 모의체험 시켰어요. 말로 설명해도 저 사람, 알려고 하지 않을 거 아녜요?"

레티시엘이 디안느에게 건 것은 환각을 보게 하는 마술이었다. 실제로 디안느가 체험하고 있는 고통의 수준은 등에 몇 군데 가볍게 베인 상처가 생긴 정도의 것이었으나, 그녀에게는 큰 상처 수준으로 느껴질 것이다.

레티시엘은 과거, 전장에서 자신을 감싸고 죽은 부하들과 동료들을 몇 번이나 장례를 치렀다. 그랬기에 클라우드에 대한 디안느의 처사를 용서할 수 없었다.

전생에서의 레티시엘도 상처를 달고 살았다. 한 번은 가슴이 심하게 찢어진 적도 있었다. 육체의 손상은 마술로 고칠 수 있었지만, 상처를 입었다는 사실과 마음의 통증까지는 없앨 수 없었다. 또, 그 마술마저도 만능은 아니었다. 그래서 구원받을 수 없었던 사람들에게도, 그들을 구해줄 수 없었던 자신에게도 마음에 평생 가는 상흔이 남았다.

레티시엘은 딱 하고 손가락을 튕겼다. 그러자 디안느에게 걸렸던 환각마술이 해제되었다. 다양한 환각에서 해방된 디안느는 넋이 나가서 바닥에 주저앉아서는, 두 손으로 얼굴을 감싸고 하염없이 울기만 했다. 그것이 무엇에서 오는 눈물인지를 알 수 없었다.

방금 전, 디안느가 나왔던 문이 또다시 열렸다. 소동을 듣고 달려온 것인가 이번에는 스컬로가 홀로 들어왔다.

"……아닛! 왜 네놈이 여기 있는 거냐!"

레티시엘을 보자, 스컬로는 입을 열기가 무섭게 그렇게 아우성을 쳤다. 그리고 처가 웅크린 채로 울고 있자, 그녀에게로 달려가 끌어안은 뒤 또다시 레티시엘을 노려보았다.

"네놈! 디안느에게 무슨 짓을 한 거냐?! 어서 이 집에서 나가라!"

"그러지 않아도 볼일이 끝나면 바로 나갈 거예요."

"네놈을 안으로 불러들인 기억은 없다! 볼일 따위는 아무래도 좋아. 지금 당장 나가라! 내게 거역할 셈이냐!"

스컬로가 억지를 부렸다. 그런 스컬로에게 싫증이 난 레티시엘은, 몸에 위압용의 마술을 살짝 둘렀다. 그렇게 마술을 발동시킨 채로 레티시엘은 스컬로를 향해 걸음을 옮겼다.

"히이익!! 가, 가까이 오지 마라! 이 저주받은 재수 없는 아이 주제에……!!"

그것만으로도 스컬로는 곧바로 위세를 잃고, 보기 흉하게 엉덩이부터 바닥에 주저앉고 말았다.

"제 목적은 클라우드입니다. 제가 빨리 나가주길 바라신다면, 그가 있는 곳을 가르쳐 주지 않으시겠어요?"

스컬로가 바닥에 엉덩이를 비비며 조금씩 뒤로 물러났다. 레티시엘은 스컬로 쪽으로 한 걸음 더 내디디려고 했다. 그 때였다.

"……당신, 도로셀 언니를 모욕했어."

"……너, 도로셀 누나를 바보취급 했겠다."

아직 어리지만 눈에 보이지 않는 칼날을 품은 새된 목소리가 홀에 쏟아져 내렸다. 순간적으로 등에 한기가 내달려 레티시엘은 설마 하는 마음에 뒤를 돌아보았다. 그랬더니 티나와 디트가 얼음장과도 같은 시선을 스컬로와 디안느에게 내리꽂고 있었다.

두 사람은 겉보기에는 아직 어린아이들이었으나, 그래도 그 역량의 차를 본능적으로 느낀 것일까. 그 자리에 있던 사람들은 레티시엘을 포함해 전원이 싹 얼굴빛을 바꾸었다. 줄곧 얌전하게 있었기 때문에 함께 따라왔다는 사실을 잊고 있었다.

"도로셀 언니에 대해 아무것도 모르는 당신이 그런 말을 할 자격은 없어."

"도로셀 누나를 가장 상처 입히는 네가 그런 말을 하는 건 용서 못해."

디트의 몸에서 엄청난 바람이 일어나 스컬로와 디안느를 정면으로 내던져버렸다. 그리고 주위의 가구들까지 끌어들여 벽으로 날려버렸다.

디트는 무속성의 정령왕이었기 때문에, 그 자신의 특기속성도 무였다. 무속성은 단체로만 사용하는 마술은 적었다. 지금 것은 마소에 일시적으로 실체를 부여해 대상에게 직접 부딪치는, 많지 않은 무속성 마술 중 하나였다.

한편, 티나는 머리 위로 빛을 모아 구체를 만들고 있었다. 아마도 열을 가진 광선만을 한 장소에 모으고 있는 것이리라.

벽에 내던져져 기침을 하던 자들도 눈앞에서 만들어지는 물체가 무엇인지 알아차린 것 같았다. 창피함도 체면도 모두 내버리고 앞뒤 덮어놓고 도망치려고 했다.

그 광경에 레티시엘도 얼굴이 창백해졌다. 화가 나는 것은 알 수 있었다. 뚜껑이 열린 것도 이해할 수 있었다. 그렇지만 말이지, 티나…….

'역시, 그건 좀 곤란해……!!'

디트가 다루는 마술 때문에 현관홀에 놓여있던 장식품들이 허공에 떠올라 차례로 공작 부부를 덮쳤다. 조준이 엉성했기 때문에 아직까지는 맞지 않았지만, 이대로 있다가는 스컬로나 디안느에게 맞는 것은 시간문제일 것이다.

티나의 머리 위에서는 그녀의 키의 10배는 넘을 것 같은 거대한 빛의 구체가 무시무시한 열기로 공기를 흔들면서 한층 더 질량을 늘려가고 있었다.

이 마술은 레티시엘도 예전에 써 본 적이 있어서 무엇인지 짐작이 갔다. 공기 중의 빛을 굴절시켜 열을 모으는 것으로,

모의태양을 만들어내는 마술이었다.

정령들은 담담한 생활을 보내기 때문인지, 상당히 단순한 성격인 경우가 많았다. 생각한 바를 그대로 말로 표현하고, 행동으로도 옮겼다. 물론, 인간계의 상식 같은 것은 통하지 않았다. 좋게 말하자면 자유롭고 마이페이스인 성격이었고, 나쁘게 말하자면 방약무인한 종족이었다.

티나와 디트는 아직 어리기 때문에 어른 정령과 비교해 다소 감정에 솔직한 것뿐이라는 점은 잘 알고 있었다. 그것을 비난할 생각도 없었다. 그러나 외부에서만 마소를 얻을 수 있는 인간과 달리, 정령은 마소를 사용할 때 자신의 체내에서 생성해 낸 마소도 함께 사용할 수 있었다.

그 때문에 마소의 양과 술식의 규모로 위력이 결정되는 마술에서, 그 강함은 인간과는 근본적으로 달랐다. 그랬기에 정령이 진심으로 마술을 사용하려고 한 경우에는 마력이 없는 자조차도 그것을 막을 수 없었다. 이대로라면 피리아레기스 공작저택의 현관은 확실하게 날아갈 것이다.

'……어쩔 수 없네.'

마술의 존재를 일반인들에게 공표하게 되는 셈이 되었지만, 저택에 있는 사람들 전원이 죽는 것보다는 훨씬 나았다. 레티시엘은 마술을 사용하기로 결심했다.

레티시엘의 주변에 검은 입자가 모여들었다. 그것들은 점차 서로 휘감기듯이 형태를 이루더니, 칠흑의 드래건으로 모습을 바꾸어갔다.

암속성의 드래건은 레티시엘의 지시에 충실히 따라, 바야흐로 천장을 뚫고 나가려고 하던 구체에 몸으로 부딪치더니 그것을 삼켜버렸다. 열풍은 레티시엘의 은발을 마구 흐트러뜨렸고, 바닥에 흩어진 파편을 말아 올렸다.

드래건의 마술을 통해 레티시엘은 티나의 마술의 질을 감지했다. 인간의 마술이 바보스럽게 생각될 정도의 고농도의 광열마술이었다. 레티시엘이 진심으로 마술을 형성한다면 이 이상의 농도를 만들어낼 수는 있었지만, 아마 티나도 이것이 진심은 아닐 것이다.

"루빅! 그 정원사를 데리고 밖으로 나가요! 명령이에요!"

"아, 알았습니다!!"

루빅이 정원사 청년을 데리고 구르듯이 홀 밖으로 피난했다. 그 모습을 곁눈으로 확인하면서, 레티시엘은 공중에서 서로 대립하고 있는 빛과 암흑을 올려다보았다.

'이걸로도 본래 힘의 10~20%밖에 안 되는 거구나…… 성장하면 얼마나 더 무시무시해질지.'

두 사람과 이미 한 번 싸워 본 레티시엘은 지금 두 사람의 공격이 얼마나 약한 것인지 잘 알 수 있었다. 이곳이 저택 안이라서 마소가 그다지 많지 않기 때문이기도 하겠지만, 그때의 난사마법과 비교하면 바닥과 천장이 파괴되지 않은 것을 보건대 위력은 상당히 낮아져 있었다. 쌍둥이 역시 현

시점에서 50%의 힘밖에 쓰지 않고 있는 레티시엘에게 그런 말을 듣고 싶지는 않겠지만.

지금 상태로는 영원히 마술의 중화는 끝나지 않을 것이라 본 레티시엘은 암속성의 드래건을 또 한 마리 불러냈다.

두 번째 드래건은 살아있는 생물이 아닐 터인데도 마치 살아있는 것처럼 포효하면서 천장에 닿아있는 구체를 휘감았다.

구체가 한층 더 크게 부풀어 오르더니 천천히 검은 색으로 물들기 시작했다. 더 나아가, 레티시엘은 주위의 열기를 분산시키기 위해 바람의 마술을 사용해 창문과 문으로 공기를 순환시켰다.

쾅!!!

착실하게 상대를 침식해가는 싸움 끝에 끝내 그 순간이 찾아왔다. 마지막의 마지막에 대폭발을 일으킨 구체는 현관 홀의 천장을 뚫고 나가 하늘 높이로 사라져 버렸다.

폭발로 인한 충격과 돌풍으로 창문의 유리가 모두 깨졌다. 천장에서는 부서진 건물잔해가 쏟아져 내렸으며, 땅이 흔들흔들 흔들리고 금이 갔다. 그렇지만 레티시엘이 결계를 전개하고 있던 덕분에 루빅과 그 밖의 관계가 없는 고용인들도 모두 무사할 수 있었다.

"이, 이이이이럴수가…… 내, 내 저택이……!"

"뭔가요 이건?! 왜……어째서 저택이 이런 꼴이 된 거죠?!"

한편 스컬로와 디안느는 홀의 참상에 얼굴이 울그락불그락해지는 등 충격을 감추지 못하는 모습이었다. 그러나 그대로 티나의 마술이 발동되었더라면 홀의 천장은커녕 홀 자체가 날아갔을 것이다. 그 정도로 끝난 것에 레티시엘은 오히려 안도했다.

"……언니. 왜 우리를 막은 거야?"

"……누나. 왜 저 녀석을 해치우면 안 되는 거야?"

곧바로 마술로 저택을 수리하는 레티시엘에게 티나와 디트 모두가 불만스러운 얼굴로 그렇게 물어보았다.

"나쁜 인간 중에는 말이야. 쓰러뜨려야 할 사람과 그럴 쓰러뜨릴 가치도 없는 사람들이 있어. 저 사람들은 그 후자. 굳이 쓰러뜨릴 필요도 없어."

일단 부서진 천장과 계단을 마술로 원래대로 복원하면서 레티시엘은 쌍둥이의 질문에 대답해 주었다. 참고로 도자기 같은 장식품은 고치지 않았기 때문에, 홀 바닥에는 아직 도자기 파편이 굴러다녔고, 꽃병에서 흩날린 물웅덩이도 약간 남아 있었다.

"그런가. 가치가 없다면 어쩔 수 없네."

"그렇구나! 의미가 없다면 어쩔 도리가 없네!"

티나와 디트는 천진난만하게 꽤나 지독한 한 마디를 남기며 납득을 하고는, 레티시엘의 등 뒤로 물러났다. 티나와 디트는 분명히 아무 생각도 하지 않았을 테지만, 스컬로는 얼굴을 벌겋게 물들이며 분노를 참았다.

"……잠깐 실례해도 될까요?"

홀 안에 갑자기 침착한 목소리가 울려 퍼졌다. 큰 목소리는 아니었으나, 그 목소리는 매우 또렷하게 귀에 와 닿았다. 저택은 아직 반파 상태였지만, 레티시엘은 일단 수리하는 손을 멈추었다.

스컬로가 나온 문에서 한 명의 키가 큰 소년이 걸어 나왔다. 가벼운 옷차림이었음에도 그 복장이 양질의 것이라는 것을 한 눈에 알 수 있었다. 짙은 남색의 머리카락에 회색 눈동자를 가진 소년은, 우아한 발걸음으로 이쪽으로 걸어왔다.

그 발치에 시선을 주자, 바닥에 흩어진 파편들이 소년의 진행방향을 피하듯이 천천히 좌우로 갈라지고 있었다. 마법을 사용해 자신이 안전하게 걸을 길을 확보하고 있는 것이었다.

"……이건 대체."

그렇게 중얼거리는 소년의 모습을 보며 스컬로도 집사장도 얼굴을 창백하게 물들였다. 어딘가 어른스러운 풍모를 가진 소년의 갑작스러운 등장에 레티시엘은 작게 고개를 갸우뚱했다.

"꽤나 큰 소동이 있던 모양입니다만, 여러분 모두 무사하신 겁니까?"

늘씬하게 키가 크고 온화한 얼굴을 하고 있지만 어딘가

위엄이 있는 용모를 한 소년의 등장에 현관홀은 정적에 감싸였다. 남색 머리의 소년이 주위를 슥 둘러보며 묻는 목소리가 쥐 죽은 듯이 고요한 홀에 울려 퍼졌다.

"라이오넬 전하……."

그렇게 중얼거리는 스컬로의 목소리는 떨리고 있었다. 레티시엘도 그 이름에 눈썹을 움찔했다. 라이오넬. 분명히 제2왕자의 이름이었을 터. 늠름한 분위기와 젊으면서도 기품과 위엄이 감도는 어른스러운 소년의 모습에 국왕 오스왈드의 면모가 엿보였다.

"있지, 도로셀 언니. 이 사람 누구야아?"

"있지, 도로셀 누나. 저 사람, 아는 사이야?"

"응?"

제2왕자에게 관찰의 시선을 보내고 있노라니, 다리에 달라붙어 있던 티나와 디트가 천진난만하게 질문을 해왔다. 관심거리의 전환이 정말이지 빨랐다. 레티시엘은 뭐라고 대답해야 할지 곤혹스러웠다. 그러고 있으려니, 라이오넬이 걸음을 옮겨 레티시엘의 앞에까지 다가왔다.

"오랜만입니다. 도로셀 양."

"……라이오넬 전하께서도 별일이 없으신 것 같아 다행이십니다."

로시포드의 동생이라면 이전에 분명 만난 적이 있어도 이상하지 않다. 레티시엘은 작게 고개를 숙여 인사를 했다. 그러자 라이오넬은 레티시엘의 발치에 힐끗 시선을 향했다. 그리고 무슨 생각을 했는지 그 아이들을 유심히 바라보더니, 밤하늘이 그대로 드러난 홀 천장을 올려다보았다.

"그 아이들은 혹시……."

""…….""

라이오넬은 뭔가를 알아차린 것 같은 표정을 띠었다. 티 나는 무표정한 얼굴로, 디트는 얼굴에서 미소를 지우고, 두 사람 모두 모두 한 마디도 하지 않은 채 레티시엘의 등 뒤에 숨어버렸다. 두 쌍의 눈동자에는 강한 거절의 빛이 어려 있었다.

"저를 꽤나 경계하는군요."

"죄송합니다. 두 아이 모두 조심성이 많은 성격이라."

그런 두 사람의 모습에 라이오넬은 쓴웃음을 지었다. 하지만 곧 진지한 표정으로 돌아가 똑바로 이쪽을 바라보며 말을 계속했다.

"형님에 관한 일은 유학지에서도 아버님께 전해 들었습니다. 금번에는 참으로 면목이 없는 일을 하고 말았습니다."

"신경 쓰지 않으셔도 됩니다, 전하. 전하께서 사죄하셔야 할 이유는 없습니다."

레티시엘은 가만히 고개를 가로저었다. 소동이 일어났을 때에는 물론, 그녀가 입학한 당초부터 학원에 없었던 그가 사죄할 필요는 없었다. 레티시엘은 급히 화제를 바꾸었다.

"전하께서는 어떤 용건으로 오신 건가요?"

"유학지에서 돌아왔기 때문에 귀국 인사차 들렀습니다. 방금 전 뭔가 큰 소동이 있던 것 같습니다……."

라이오넬이 레티시엘과 스컬로를 번갈아 쳐다보았다. 동요한 나머지 주변을 두리번거리는 스컬로를 곁눈으로 쳐다보며, 레티시엘은 사정을 설명하기 위해 입을 열었다.

"클라우드라는 고용인에게 용건이 있어 왔습니다, 크게 다쳤음에도 치료도 받지 못하고 지하에 갇혔다고 들어서 말입니다."

레티시엘의 간결한 설명에 귀를 기울이면서 라이오넬은 천천히 스컬로에게 시선을 향했다.

"……그 말이 사실입니까? 스컬로 경."

"아, 아뇨…… 그것은……."

라이오넬의 시선을 받은 스컬로는 말끝을 흐렸다. 설마 고작 일개 고용인의 처벌에 레티시엘이 소란을 피우고, 거기에 더해 마침 그 자리에 있던 제2왕자가 그 일에 대해 물으리라고는 생각도 하지 못했으리라.

스컬로는 눈에 초조함을 띄고 레티시엘을 노려보았다. 그러나 일국의 왕자를 눈앞에 두고 불경을 저지를 수는 없어서, 이윽고 마지못해 설명을 시작했다. 다만, 여러모로 설명을 잘라내고 완곡하게 돌려서 설명하는 내용이었지만.

"……과연. 분명히 스컬로 경이 말한 대로라면, 그것은 그 고용인의 잘못이겠지요.”

스컬로의 설명으로는 마치 클라우드가 실수로 디안느를 다치게 할 뻔했다는 것 같은 논조였다. 진심으로 제정신인지 의심이 들었다.

“그, 그렇지요?! 그러니 전하께서 신경 쓰실 일은 아무것도…….”

이야기를 다 들은 라이오넬의 대답에 스컬로는 명백히 안도했다. 레티시엘을 견제하려는 것처럼 힐끗힐끗 노려보며 이야기를 그냥 흘려보내려 한다는 의도가 뻔히 눈에 보였다. 그러나 그런 행위가 통용될 리 없었다.

“아니오. 저는 그렇게 듣지 않았습니다.”

레티시엘은 바로 주저 없이 이견을 주창했다. 그런 그녀의 태도에 스컬로는 흠칫 하는 표정을 지었고, 라이오넬은 조금 놀란 것처럼 눈을 크게 떴다.

“현장을 목격한 자의 말에 따르면, 클라우드는 도자기 파편에 등에 찢어지는 상처를 입었고 출혈도 있었다고 합니다.”

그렇게 말하고 레티시엘은 벽 쪽에서 움츠러들어있는 정원사 청년에게 시선을 주었다. 라이오넬도 그 시선을 좇아 똑같이 청년을 바라보았다.

“그 말이 사실인가요?”

“예, 예…… 그러, 하옵니다!”

일국의 왕자에게 질문을 받은 청년은 긴장한 나머지 딱딱하게 굳어버렸지만, 새된 목소리로나마 라이오넬의 질문에 대답했다. 그러고는 머뭇머뭇 사건의 진상을 설명했다.

"저, 전하! 다 엉터리로 지어낸 이야기이옵니다! 저 계집은 저렇게 저희의 평판을 깎아내리려 하고 있는 것입니다!"

"진정하세요, 스컬로 경. 사실을 알기 위해 관계자의 이야기를 듣는 일은 중요한 일입니다."

"그, 그건……."

라이오넬은 턱에 손을 갖다 대고, 살짝 눈을 내리깔았다. 스컬로는 레티시엘을 매도하려고 했으나, 라이오넬의 정론에 아무 반론도 할 수 없는 것 같았다.

얼른 이 화제를 일단락 짓고 싶었던 스컬로는 화풀이의 의미도 포함해 날카로운 눈으로 레티시엘을 노려보았다. 하지만 레티시엘은 그에 아랑곳하지 않았다. 스컬로의 시선을 무시하고 상황을 지켜보고 있으려니, 생각에 잠겨 있던 라이오넬이 눈을 뜨고 또다시 스컬로에게 시선을 주었다.

"제가 경의 집안일에 참견하서는 안 된다는 사실은 충분히 알고 있습니다만, 스컬로 경은 그 고용인을 어찌 처벌하실 의향이십니까?"

"예? 그, 그것은…… 클라우드의 잘못은 중대합니다. 그렇기 때문에 현재는 지하에 가두고 자신의 행동을 충분히 후회하게 해야 한다고 생각하고 있습니다."

스컬로에게도 화분을 깬 일과 디안느를 다치게 할 뻔한 것에 더해 드레스를 못 쓰게 만들었다는 사실은 매우 중요한 모양이었다. 레티시엘은 도저히 이해할 수 없었지만.

"외람된 말씀이지만 스컬로 님. 클라우드에게 그 정도의 처벌이 필요할까요?"

레티시엘이 입을 연 순간, 스컬로가 이쪽을 꽉 노려보았다. 또 너냐, 라는 소리 없는 소리가 들려오는 것 같았다. 아버지와 딸 사이에 불꽃이 튀었다.

"다, 당연히 필요하지! 그 자는 우리 집안에서 가장 가치가 있는 꽃을 못 쓰게 만들었으니까 말이다!"

"깨진 화분에 심어져 있던 꽃들은 이미 다른 화분으로 옮겨 심었다고 하지 않습니까. 딱히 못쓰게 되지 않았습니다만?"

"하, 하지만 그 자의 부주의로 디안느가 하마터면 다칠 뻔하지 않았느냐!"

스컬로의 말에 레티시엘의 등 뒤에 숨어있던 티나와 디트의 분위기가 또다시 매서워졌다. 두 사람의 머리를 쓰다듬어 진정시키면서 레티시엘은 입을 열었다.

"하지만, 실제로 디안느 님은 다치지 않으셨죠? 클라우드가 몸을 던져 어머님을 감쌌으니까요. 그 충성심은 칭찬을 받을지언정 이런 징벌을 받을 일은 아니라고 생각합니다."

그 한 마디에 스컬로는 말문이 막힌 듯 아무 말도 하지 못했다. 그 대신 옆에서 디안느가 끼어들었다.

"……크, 클라우드 탓에 내 드레스가 못 쓰게 되었다고요!"

그 한심한 주장에 레티시엘은 성대한 한숨이 새어나올 뻔한 것을 겨우 삼켰다.

"외람되지만 디안느 님. 그 드레스가 마음에 드셨다면, 같은 것을 또 한 벌 맞추시면 되지 않나요? 좋아하는 것을 소중히 다루시는 그 마음은 이해합니다만, 따르는 자들의 충성과 성실함과는 바꿀 수 없습니다. 인민을 애지중지하는 일도 사람의 위에 서는 자로서의 책무가 아닐는지요?"

"'……'"

무슨 말을 해도 정론으로 모조리 논파해버리는 바람에 반론을 봉쇄당한 스컬로와 디안느는 부아가 치미는지 레티시엘을 노려보았다. 자신은 딱히 틀린 말을 하지 않았기 때문에 레티시엘은 태연한 표정으로 그 시선을 받아냈다.

그런 그녀의 모습이 한층 더 공작 부부의 분노를 자극해 그들은 부들부들 어깨를 떨었다.

"대화 중에 실례하겠습니다. 주제 넘는 행동 같습니다만, 발언을 해도 괜찮습니까?"

험악한 공기가 떠도는 세 사람 사이에 라이오넬의 냉정한 목소리가 끼어들었다. 스컬로나 디안느가 입을 열기 전에 레티시엘은 잽싸게 그의 말에 대답했다.

"예, 물론입니다, 전하."

이 집의 주인은 자신이건만, 하고 스컬로가 분하다는 것처럼 이쪽을 노려보았다. 그러나 레티시엘은 그것을 못 본 척

했다.

“그 고용인은 실수에 대한 변명도 하지 않고 처벌을 받아들였으며, 디안느 님도 몸을 던져 지켰다. 그것이 틀림없는 사실이라면, 그 충성심을 보아, 조치에 참작의 여지도 있지는 않겠습니까?”

공작 부부는 왕자가 있는 앞에서 레티시엘의 정론에 감정적으로 욱하지만 받아치지도 못한 채 짜증만 더해가던 중이었다. 그런 가운데 라이오넬의 누구나가 승복할 권위가 있는 한 마디가 내려지자, 그것이 최후의 일격이 되어서 두 사람은 완전히 침묵하고 말았다.

“우선 상처를 치료하면 어떻겠습니까?”

라이오넬의 말에 스컬로는 고개를 세로로 흔드는 수밖에 없었다. 그는 분하다는 듯이 레티시엘을 노려보고 다니엘에게 눈짓을 보냈다. 그 시선의 의도를 알아차린 다니엘은 고개를 끄덕이고는 하나의 문 너머로 사라졌다.

그대로 잠시 기다리고 있자, 다니엘이 클라우드를 끌어안고 돌아왔다. 얼굴이 새파랗게 질고 완전히 초췌해진 클라우드를 보자, 레티시엘은 곧바로 곁으로 달려가 치료를 해주고 싶은 충동에 휩싸였다. 그렇지만 그녀는 그것을 꾹 억눌렀다.

한편, 부축을 받으며 나온 클라우드는 천장이나 계단 등이 일부 파괴된 홀의 모습에 동요를 감추지 못하고 멍하니

서 있었다.

거기에 그곳에 한 달 전에 본가를 나가버린 영애가 있고, 더 나아가서는 제2왕자까지 있다면 놀라지 않는 것이 이상하다.

"클라우드 네 처벌을 취소하겠다."

불과 몇 시간 전까지 중벌을 내릴 의욕으로 가득 했던 스컬로에게서 나온 생각지도 못한 말에 클라우드는 너무 뜻밖이어서 자신의 귀를 의심했다. 자신이 지하에 있는 동안, 이곳에서는 대체 무슨 일이 전개되었던 것일까.

"단, 이번과 같은 소동을 일으킨 책임은 물어야 한다. 따라서 정원사로 강등하고 임금도 삭감하겠다. 이번이 마지막이라고 생각하고 열심히 하도록."

"……관대하신 처분에 감사드립니다, 어르신."

뭐가 어떻게 돼서 그렇게 된 것인지 전혀 짐작도 되지 않아서, 클라우드는 혼란스러운 머리를 필사적으로 굴리고자 시선을 바쁘게 움직였다. 그러던 중에, 문득 이쪽을 바라보는 레티시엘의 상냥한 눈을 발견했다.

클라우드는 감사의 뜻을 담은 시선으로 레티시엘을 마주 바라보았다. 사태가 원만하게 끝난 것은 분명히 그녀의 덕분일 것이다. 그걸 알아차린 클라우드는 안도의 한숨을 내쉬면서 깊숙이 고개를 숙였다.

"다니엘, 일단 치료를 해주게."

스컬로의 명령에 따라 다니엘 집사장은 클라우드를 부축하면서 천천히 홀에서 나갔다. 그 모습을 곁눈으로 바라보며 레티시엘은 라이오넬의 앞까지 다가가 작게 인사를 했다.

"수고를 끼쳐 정말로 면목이 없습니다."

"아니요. 제가 멋대로 끼어 든 것에 지나지 않습니다."

라이오넬은 신사적인 미소를 무너뜨리지 않고, 가슴에 손을 얹고 가볍게 고개를 끄덕여 인사를 하면서 온화하게 말했다. 그러나 레티시엘은 말을 계속 했다. 경위나 이유야 어쨌든 간에, 왕자가 말을 거듦으로써 일이 원만하게 끝났으니까.

"아뇨. 이 일은 본래대로라면 저희 집안 안에서 해결했어야 하는 일이니까요."

"큰일을 하지는 않았습니다만, 도로셀 님의 성의는 일단 받아들이겠습니다."

대화가 일단락된 시점에 라이오넬이 창밖으로 힐끗 시선을 주었다. 레티시엘이 저택에 온 것은 석양이 질 무렵이었는데, 지금은 해도 완전히 저물어서, 밤하늘에는 보름달이 떠 있었다.

"그럼 저는 이만 실례하도록 하겠습니다."

"현관까지 배웅하겠습니다."

"아니요. 신경 쓰지 마십시오. 시간도 늦었으니 도로셀 양도 부디 휴식을 취하시지요."

라이오넬은 배웅을 정중하게 거절하고는 몇 명의 종자를 거느린 채 시원시원한 태도로 출구로 향했다. 그 뒷모습에 인사를 하고, 레티시엘은 다시 루빅의 곁으로 뛰어갔다.

"루빅. 클라우드의 방까지 안내해 주세요. 용태가 걱정되네요."

"알았습니다. 안내해 드리지요."

레티시엘이 루빅과 그런 짧은 대화를 나누고 있으려니, 변함없이 다리에 달라붙어 있던 티나와 디트가 동시에 이쪽을 올려다보았다.

"도로셀 언니. 집에 안 가?"

"도로셀 누나. 어디 가는 거야?"

"아직 안 가. 클라우드에게 가는 거야."

""그럼, 같이 갈래.""

"응? 너희, 슬슬 돌아가지 않으면 가족들이 걱정하지 않을까……?"

쌍둥이 정령왕을 동반한 채로 레티시엘은 빠른 걸음으로 홀을 뒤로 했다. 그 뒷모습을 라이오넬은 현관문이 닫힐 때까지 지켜보았다. 그는 달빛을 받으며 우뚝 선 공작저택을 올려다보며 입가에 작게 미소를 띠었다. 그러고는 자신의 마차로 돌아가기 위해 천천히 걸음을 옮기기 시작했다

***

레티시엘은 루빅의 안내를 받으면서 간만에 공작가의 복도를 걷고 있었다. 고용인들의 방은 저택의 3층에 있었다. 루빅은 복도 가장 안쪽, 막다른 곳에 있는 문 앞에 멈춰 섰다. 아무래도 이곳이 클라우드의 방인 모양이었다.

마침 치료를 하던 의사와 집사장이 방에서 나오던 참이었다. 집사장은 레티시엘의 존재를 알아차리자 겸연쩍은 듯이 머리를 숙이고는, 자신이 연 문 앞에서 비켜서 레티시엘과 루빅을 안으로 들여보내 주었다.

집사장 일행과 엇갈려 방으로 들어가자, 클라우드는 상반신에 붕대를 감은 상태로 침대에 똑바로 누워 있었다. 레티시엘의 모습을 보자 클라우드는 눈이 휘둥그레져서 서둘러 침대에서 일어나려고 했다. 그것을 레티시엘은 한 손으로 제지했다.

"클라우드. 상태는 어떤가요?"

"고맙습니다. 많이 좋아졌습니다."

"다행이네요. 하지만 무리는 금물이에요."

"예. 방금 전에는 정말로 감사했습니다, 아가씨. 아가씨가 와 주시지 않았더라면 지금쯤 어떻게 됐을지……."

"감사 인사는 필요 없어요. 대단한 일을 한 것도 아닌 걸요."

레티시엘은 고개를 잘래잘래 흔들면서 침대 옆의 둥근 의자에 걸터앉았다. 제대로 치료를 받은 모양인 듯, 클라우드의 얼굴빛은 아까보다 다소 좋아져 있었다.

“상처는 아직 아픈가요?”

“아뇨. 약이 스며들어서 얼얼한 정도이지, 딱히 아프지는…….”

“아가씨. 속으시면 안 됩니다. 클라우드는 허세를 부리고 있는 것뿐입니다.”

“어머, 그런가요?”

루빅의 그 한 마디에 레티시엘도 놀라서 다시 한 번 클라우드에게 시선을 되돌렸다. 그는 거북하다는 듯이 시선을 이리저리 움직이며 뺨을 긁적거렸다.

“딱히 허세를 부릴 필요는 없어요? 편하게 있으세요.”

“죄송합니다. 그럼 아가씨의 호의에 기대도록 하겠습니다.”

“그래요. 안정을 취하도록 하세요.”

루빅이 사이드 테이블에 놓인 컵에 차를 따르며 말했다. 아무래도 루빅 앞에서는 그 어떠한 거짓말이나 허세도 통용되지 않는 모양이었다. 역시 루빅은 우수한 집사였다.

“저, 클라우드 씨…… 있나요?”

문득 방문을 두드리는 소리가 들렸다. 노크 소리와 함께 들려온 것은 그 정원사 청년의 목소리였다.

“들어와도 돼. 무슨 일이야?”

클라우드가 대꾸를 하자, 청년은 머뭇머뭇 방안으로 들어왔다. 그리고 휭 하고 바람을 가르는 소리가 들려올 것 같을 정도로 기세 좋게 고개를 숙였다.

"클라우드 씨, 정말로 죄송합니다! 제 실수로 클라우드 씨에게 이런 피해를 끼쳐버려서…… 전부 제 탓입니다!"

면목이 없다는 듯이 얼굴을 일그러뜨리는 청년에게 클라우드는 당황한 것 같은 표정을 지었다. 그러나 곧 상냥하게 미소를 지으며 청년의 어깨에 툭 손을 올렸다.

"그렇게 사과하지 않아도 돼. 이미 지난 일이다. 마음에 둘 필요 없어."

"하지만……."

"그리고, 난 안심했다. 제2왕자 전하와 아가씨가 말을 해 주신 덕분에 나도 너도 감봉 정도로 끝났어. 그렇지?"

"예. 그래도, 정말로 죄송합니다."

여전히 풀이 죽은 청년의 모습에 클라우드는 쓴웃음을 지었다. 분노의 화살 끝이 클라우드에게서 자기 자신에게로 돌아올 것을 돌아보지도 않고 사건의 진상을 레티시엘에게 전한 것은 그였다. 클라우드는 그런 정원사 청년을 비난할 생각이 없는 것은 물론, 그를 감싼 일을 후회하지도 않는 것 같았다.

"사실은 저, 방금 전에 공작님께 그만두겠다는 뜻을 전하고, 승낙을 받았습니다."

청년은 얼굴을 들고 결심을 한 것처럼 클라우드에게 그렇게 고백했다. 예상하고 있었는지는 알 수 없었지만, 클라우드는 놀라지 않았다.

"그래?"

"예. 이런 소동을 일으켜서 클라우드 님에게도 민폐를 끼쳐버렸으니까요…… 모두 제 책임입니다."

"이 뒤에는 어떻게 할 생각이죠?"

참견하는 것 같아서 조금 무례해 보일 것 같다는 느낌이 들었지만, 레티시엘은 청년에게 그렇게 물었다. 그의 사직은 적지 않게 자신의 탓이기도 했기 때문에, 레티시엘은 청년에 대해서도 죄책감을 느끼고 있었다. 만약 일자리를 찾는다면 자신의 저택에서 돌봐주자고 생각하고 있었는데, 청년은 산뜻한 표정으로 대답했다.

"이 기회에 집으로 돌아갈까 생각 중입니다. 아버지 건강도 별로 안 좋으시다는 것 같아서, 본가의 밭일이라도 도울까 합니다."

"그런가요. 부모님을 소중히 보살펴주세요."

"예! 아가씨도 클라우드 씨도, 그리고 루빅 씨도 정말로 고맙습니다! 이 은혜는 평생 잊지 않겠습니다!"

하고 싶은 말을 하고 각오를 다졌기 때문일까, 청년은 들어올 때와 비교해 한결 개운해진 표정으로 방을 나갔다.

"클라우드는 어떻게 할 생각인가요?"

문이 완전히 닫히자, 레티시엘은 이번에는 클라우드 쪽으로 몸을 돌렸다. 클라우드도 임금 삭감과 강등만 당했을 뿐 잘리지는 않았으나, 이대로 이곳에서 계속 일할 생각인 것일까.

“저 말입니까? 저는…… 아들도 있고, 이번 일의 여파가 가라앉을 때까지는 참을 생각입니다. 생활비가 나오는 구멍을 없앨 수는 없으니까요.”

아직 젊은 아들의 모습을 떠올리면서 클라우드는 체념한 듯이 웃었다. 그 쓸쓸해 보이는 미소에 레티시엘은 눈썹을 살짝 찌푸렸다.

“저는 정원 가꾸는 것 말고는 재능이 없고, 또 이런 하찮은 중년 남자가 달리 취직할 수 있는 자리를 찾으려고 해도 어려우니까 말이지요. 임금은 삭감되었습니다만, 간신히 자리는 남았습니다. 정말로 아가씨에게는 진심으로 감사드립니다. 제가 할 수 있는 일이 있다면 뭐든지 말씀해 주세요.”

“클라우드…….”

방에 침묵이 내려앉았다. 머리를 깊게 숙인 클라우드를 보고 루빅은 뭔가 좋은 방법이 없느냐고 매달리는 것 같은 눈으로 레티시엘을 바라보았다. 그런 가운데, 꼼짝도 하지 않고 생각에 잠겨 있던 레티시엘이 툭 하고 말을 했다.

“있죠, 클라우드.”

“예. 왜 그러십니까?”

“공작가를 그만두고 우리 저택으로 오지 않겠어요?”

무심하게 물어본 레티시엘의 제안이 뜻밖이었던 것일까. 클라우드만이 아니라, 루빅도 놀란 것처럼 눈을 동그랗게 떴다.

“아…… 아가씨의 저택, 말입니까?”

“그래요. 마침 지금 저택의 정원을 정비하자고 루빅과 생각하던 참이에요. 이곳과 비교하면 작은 정원이지만, 당신만 좋다면, 어떤가요?”

지금까지 알지 못했던 클라우드의 신상 이야기를 듣고, 레티시엘은 그를 그냥 내버려둘 수 없었다. 게다가 이번 일로 클라우드의 공작가에서의 위치는 상당히 위태로워졌을 것이다. 이대로 저택에 계속 머문다면 무슨 일이 생길지 알 수 없었다.

“아뇨, 그게, 아가씨에게 또 그런 폐를 끼칠 수는…….”

갑작스러운 제안에 클라우드는 당황한 것처럼 말끝을 흐렸다. 그러자 방금 전까지 말없이 있던 루빅도 설득하는 쪽으로 태세를 전환했다.

“클라우드. 저도 꼭 부탁하고 싶습니다.”

클라우드의 시선이 루빅에게로 옮겨갔다. 루빅은 진지한 표정으로 그렇게 말하고는, 힐끗 레티시엘에게 시선을 주었다.

“저와 니콜만으로는 사람 손이 부족합니다. 당신이 와 준다면 마음이 든든할 것 같군요. 아가씨를 돌보는 일은, 무척 힘들답니다.”

"예? 그렇지는 않다고 생각하는데요……."

"그렇게 생각하는 건 틀림없이 아가씨뿐일 겁니다."

생각지도 못한 말을 들었다는 것처럼 레티시엘은 뭔가를 말하고 싶은 시선으로 루빅을 바라보았다. 그러나 루빅은 뭔가 깨달음을 얻은 것처럼 초연한 미소를 지으면서, 천연덕스러운 주인의 모습에 체념했다는 듯 고개를 저을 뿐이었다.

"언니. 아저씨가 새로운 친구가 되는 거야?"

"누나. 아저씨도 동료가 되는 거야?"

줄곧 레티시엘의 등 뒤에 숨어있던 쌍둥이가 레티시엘의 귓가 근처까지 떠올라서 작은 목소리로 속삭였다. 클라우드에 대해서는 아직 경계한다고 생각하는데, 왜 갑자기 그런 것을 물어보는 것인가.

"너희, 아직 경계하는 거 아니었니?"

"그게, 언니는 언니잖아?"

"그게, 누나는 누나이니까!"

"그거, 결국 무슨 의미인 거니……."

그런 레티시엘과 쌍둥이의 대화가 재미있던 것인지 어떤 것인지, 루빅이 참지 못하고 웃음을 터뜨렸다. 클라우드는 날개가 돋은 쌍둥이의 모습에 말을 잃고 있었다.

"제가 이 저택에 막 들어왔을 때, 저택 안의 압력에 짓눌릴 것 같았던 절 도와준 것은 당신입니다. 당신이 궁지에 빠졌다면, 이번에는 제가 당신을 돕겠습니다."

"루빅……."

그렇게 말하며 미소 짓는 루빅에게 클라우드는 잠시 눈을 내리깔고, 생각에 잠기는 것처럼 테이블 위의 등불을 멍하니 바라보았다.

이 몇 달 간, 그녀의 주위에는 늘 이런 식으로 즐거운 공기가 흘러넘치고 있었다. 어쨌든 공작가에 있어도 숨이 막힐 뿐이고, 클라우드에게는 이대로 무사히 일을 해나갈 자신이 없었다. 이번 소동으로 귀찮은 존재를 내쫓고 싶을 공작 부부에게 이런 중년의 고용인을 붙잡을 이유 같은 것은 어디에도 없었다.

궁지에서 구해준 영애의 은혜에 보답하기 위해서라도, 그녀가 필요로 해 준다면 어디까지라도 따르겠노라고 클라우드는 마음속에서 굳게 다짐했다.

"저라도 괜찮으시다면 그 말씀, 감사하게 받아들이겠습니다, 도로셀 아가씨."

레티시엘과 루빅은 얼굴을 마주보며 안도했다는 것처럼 미소 지었다. 이렇게, 레이시엘의 저택은 새로운 고용인을 받아들이게 되었다.

종장 불온의 시작

비아트리스 성의 알현의 방에서 오스왈드는 왕좌에 앉아 있었다. 그의 옆에는 재상 시리우스가 서 있었고, 정면에는 제2왕자 라이오넬이 있었다.

이 세 사람이 얼굴을 마주하고 있는 것은, 이웃나라에서 돌아온 라이오넬의 보고를 듣기 위해서였다. 라이오넬과는 귀국 직후에 한 번 만났으나, 그 때에는 자세한 이야기를 들을 수가 없었다. 연일 이어지는 공무로 바빠서 좀처럼 제대로 시간을 낼 수 없었던 것이다.

"다시 말하지만, 잘 돌아왔다, 라이오넬."

이웃나라이자 동맹국이기도 한 이리스 제국에 유학하던 아들의 귀환에 오스왈드는 의젓하게 고개를 끄덕였다. 라이오넬이 이리스 제국으로 유학을 떠난 것은 지금으로부터 1년 반 전의 일이었다. 원래대로라면 반 년 더 유학할 예정이었지만, 긴급사태였으므로 어쩔 수가 없었다.

"일전에 피리아레기스 공작가에 인사를 갔다고 하더구나."

"예. 그때 도로셀 양과 만났습니다만, 그녀는 지금 공작가에서는 살지 않는 것입니까?"

그 한 마디에 오스왈드는 눈썹을 움찔했다. 분명히 도로셀의 일은 제1왕자의 소동에 대해 라이오넬 앞으로 친서를 보냈을 때 슬쩍 적었으나, 그녀가 공작가를 나왔다는 사실은 적지 않았다.

"네게는 아직 전하지 않았었구나. 도로셀은 왕도 교외의 저택에서 지내고 있다. 본인의 희망으로 그곳으로 이사를 갔느니라."

"그랬군요."

과연. 그렇게 말하며 라이오넬은 납득했다는 듯이 고개를 끄덕였다. 오스왈드는 팔걸이에 팔을 세우고 턱을 괴면서 아들에게 질문을 던져보았다.

"어떻게 생각했느냐? 도로셀을 만나보고."

"어떻게라……. 불가사의한 곳이 있는 색다른 분이라고 생각했습니다. 도로셀 님과 각별히 친했던 것은 아니었기 때문에 이런 감상을 늘어놓는 것은 좀 그렇습니다만……."

"큭큭큭. 그러하더냐. 나도 그리 생각했느니라."

라이오넬의 의견에 오스왈드는 작게 웃음을 흘렸다. 라이오넬이 말한 것은 오스왈드가 생각했던 일과 그대로 일치했다.

"그리고 아바마마. 도로셀 양과 관련해 한 가지 보고 드리고 싶은 일이 있습니다."

"무엇이냐?"

"공작가에서 도로셀 양과 만났을 때, 그녀의 뒤에 날개가 달린 어린 소녀 소녀의 모습이 있었습니다. 그것은 설마…….”

“뭐라?”

그 보고에는 오스왈드만이 아니라, 시리우스도 눈을 크게 떴다. 라이오넬의 도중에서 끊어진 그 뒷말은 말하지 않아도 추측할 수 있었다. 날개가 있는 종족. 그것은 정령족 외에는 없었다.

“정령은 절멸하지 않았던가?”

“잘 모르겠습니다. 하오나, 제가 홀 밖에서 안의 상황을 관찰하고 있을 때, 그 아이들이 어마어마한 마법을 사용하는 것을 보았습니다. 인간의 몸이 아니라는 점만은 분명한 것 같았습니다.”

“음. 그런가…….”

진실은 분명치 않았으나, 가까운 시일 안에 도로셀에게 다시 이야기를 들을 필요가 있을 것 같았다. 오스왈드는 이 건을 일단 보류하기로 했다.

“그런데, 유학지의 일은 문제없는 것이냐?”

“예. 모든 끝내고 왔으니 걱정하실 필요는 없습니다.”

이번에는 갑작스러운 소환 명령이었음에도 라이오넬은 당황하지 않고 냉정하게 사후 처리와 대응에 임했다는 보고를 받았다. 변함없이 우수한 아들에게 오스왈드는 작게 안도의 한숨을 내쉬었다.

“하여, 제국의 상황은 어떠하더냐?”

"불과 한 달 전 정도까지 서부에서 총독들끼리 작은 분쟁이 빈발하고 있었습니다만, 지금은 진정되었습니다. 제도적인 개혁도 상층부에서 진행하고 있는 것 같습니다만, 이 상황이 언제까지 계속될지는 알 수 없습니다. 아바마마께서도 아시다시피, 그 나라에서는 최근 각지의 지방 집정관의 힘이 강화되고 있으니까요."

"흠……."

라이오넬의 말에 오스왈드는 잠시 생각에 잠겼다. 근래 플라티나 왕국 안에서 불온한 일이 빈발하는 것과 마찬가지로, 이리스 제국에서도 분쟁이 늘어나고 있었다. 긴 세월 이어져 온 평화로운 정세에 균열이 생긴 것일까.

"또, 이리스 제국와 라피스 국의 국경부근에서는 최근 정체불명의 하얀 집단이 목격되고 있다고 합니다. 뭔가 눈에 띄는 행동을 하는 것은 아닙니다만, 우리나라 역시 유의해야 할 것 같습니다."

"그런가…… 그 정체불명의 집단에 대해서는 왕국 안에서도 목격 정보가 있으니 말이다. 조사원을 파견할 필요가 있을 것 같구나."

이번 라이오넬의 유학은 정보 수집의 의도가 있었다. 아무래도 동맹국이라고 해서 방심해서는 안 될 것 같았다.

"어쨌든, 오랜 여행으로 수고했다. 보고는 나중에 서류로 제출하도록 하여라."

"알았습니다, 아바마마."

"그리고 코르데리카가 네 귀환을 목이 빠져라 기다리고 있었다. 만나러 가거라."

"예. 그리하겠습니다."

"이만 물러가도 좋다."

"예. 그럼 실례하겠습니다."

라이오넬은 정중하게 인사를 하고 알현의 방을 퇴실했다. 라이오넬이 나간 뒤에도 오스왈드는 잠시 그 자리에서 움직이지 않았다. 그러나 이윽고 옆에 선 시리우스에게 한숨 섞인 목소리로 말을 걸었다.

"보게, 시리우스. 또 한 녀석은 어디를 싸돌아다니고 있는 것인가? 정말로 돌아온 것이겠지?"

"예. 이미 왕도에 들어오셨다는 보고가 올라왔습니다만, 제3왕자 전하께서 아직 아무 연락도 해오시질 않으셔서 어디에 계신 지까지는……."

시리우스는 차마 고하기 어렵다는 듯이 말했다. 그 말을 들은 오스왈드는 탄식을 하며 한숨을 쉬었다. 세 번째 왕자의 성격을 잘 알고 있었기에, 이것은 저쪽에서 먼저 찾아오기를 기다리는 수밖에 없을 것 같았다.

"그런가…… 뭐, 그 녀석도 해야 할 일이 있으니 괜찮겠지. 돌아오는 대로 내게 알리게."

"명심하겠나이다."

오스왈드는 왕좌에서 일어나 망토를 펄럭이며 방을 나섰다. 쉬고 있을 여유는 없었다. 해야 할 일은 산더미처럼 많았으니까.

***

크리스타는 피리아레기스 공작가의 삼녀로 태어났다. 따뜻한 가족, 친절한 고용인. 어떤 억지를 써도 용서되는 재산과 지위. 그녀는 태어났을 때부터 그 모든 것을 약속받았다.

그런 그녀에게는 쌍둥이 언니가 있었다. 빛나는 은색의 머리카락과 붉은색과 푸른색의 서로 다른 색의 눈동자. 다른 가족과는 피가 이어진 것처럼 보이지 않는 색채를 지닌, 절세임이 틀림없는 보통 사람과는 완전히 동떨어진 아름다움을 가진 언니였다.

그러나 쌍둥이 언니는 마력을 갖지 않고 태어났다. 마력이 높으면 높을수록 좋다고 여기는 귀족 사회에서, 유서 깊은 공작가의 영양인 이상 그것은 매우 치명적인 일이었다.

때문에 언니는 태어나서 얼마 지나지 않은 무렵부터 「재수 없는 아이」의 딱지가 붙어 있었다. 부모님은 언니를 몹시 싫어하면서도 가문의 품위와 공작 영애로서의 가치를 유지하기 위해, 남들과 같은 정도의 생활 환경을 마련해주고 드레스나 장식품을 사서 안겨 주었다.

아동기에 들어섰을 무렵, 크리스타는 아직 언니에 대해 각별히 혐오의 감정을 지니고 있지 않았다. 오히려 인형처럼 아름답고, 마법 외에는 뭐든 완벽하게 해내는 쌍둥이 언니는 그녀에게는 동경의 대상이었다. 언니 역시 서툴게나마 크리스타에게 마음을 열어주었다.

언니에게는 알렉이라는 친구가 있었다. 집에는 자신이 있을 장소가 거의 없던 언니는 자주 알렉의 집에 놀러가곤 했다. 크리스타도 몇 번 같이 논 적이 있었지만, 알렉은 몸이 무척 약한 아이라고 했다. 그래서 알렉의 어머니의 배려로 함께 놀 수 있었던 횟수는 무척 적었다.

어린 크리스타에게 알렉은 그녀가 매우 좋아하는 언니를 독점하는 나쁜 아이처럼 느껴졌다. 그래서 언니가 알렉과 놀고 오면 늘 쓸쓸해서 기분이 상한 척했다. 그러면 언니는 언제나 곤란하다는 것처럼 웃으면서 크리스타와 함께 놀아주거나 책을 읽어주곤 했다.

11년 전, 쌍둥이가 다섯 살이었을 무렵. 왕국의 가장 북서쪽 변경에 있는 스피리아 지방에서 전쟁이 일어났다. 전쟁은 스피리아 일대에서만 치러져서, 그 지방에서 벗어나면 아무도 전쟁을 겁내지 않고 평화로운 일상을 구가하고 있었다. 전쟁터에서 멀리 떨어진 왕도 니르반에 사는 크리스타의 가족들도 전쟁에는 마음을 두지 않았다.

그러나 그러던 중, 알렉이 세상을 떠났다. 정말로 갑작스러운 일이었다. 어린 쌍둥이는 자세한 사정은 전해 듣지 못했지만, 알렉이 화재로 죽은 것 같다는 사실만은 어른들의 말을 몰래 엿들어 알고 있었다.

알렉의 죽음에 가장 동요한 것은 언니였다. 그 사실을 안 날, 언니는 큰 충격을 받은 나머지 쓰러져 그대로 사흘을 앓아누웠다. 그리고 회복한 뒤에도 늘 마음은 다른 곳에 가 있어서 영혼이 빠져나간 것 같았다.

크리스타는 매일같이 언니 방에 놀러갔다. 가족이나 고용인들이 모두 나서서 말렸지만 크리스타는 개의치 않았다. 언니의 방은 갈 때마다 조금씩 어지럽혀졌던 것 같은 느낌이 들었지만, 언니의 슬픔이 그만큼 깊었으니 스트레스 발산도 하고 싶었을 것이다. 그녀는 그렇게 납득하고 매일 언니와 이야기를 했다. 그녀는 그저 쌍둥이 언니를 위로할 수 있으면 그것만으로 족했다.

쨍그랑!!

어느 날 새벽. 크리스타는 유리 재질의 뭔가가 성대하게 파괴되는 소리를 듣고 놀라서 잠에서 깼다. 뭔가를 부수는 소리는 여전히 계속되었는데, 그것이 어디에서 들려오는지는 명확하지 않았다. 크리스타는 카디건을 걸치고 복도로 나왔다.

그러자 바로 눈앞을 몇 명의 집사들이 달려갔다. 그보다 조금 늦게 오빠인 프리드도 달려갔다. 무슨 일이 일어난 것일까. 크리스타는 그 뒷모습을 눈으로 쫓았다. 그러다가 불현듯 알아차렸다. 그들이 달려간 끝에 있는 것은 쌍둥이 언니의 방이라는 것을.

『크리스타. 왜 그러느냐? 위험하니 방으로 돌아가거라.』

눈앞에 아버지 스컬로가 나타났다. 그녀는 아버지의 다리에 달라붙어 그 얼굴을 올려다보며 불안하다는 듯이 물었다.

『아버지. 무슨 일이에요?』

『괜찮다, 크리스타. 넌 방에서 얌전히 기다리거라. 디안느가 함께 있어줄 테니까 말이다.』

아버지는 그렇게 말하며 크리스타의 머리를 쓰다듬고는 집사들을 쫓아 복도의 끝, 언니의 방이 있는 쪽으로 향했다. 그리고 그것과 엇갈리듯이 이번에는 어머니가 크리스타의 앞에 나타나 그녀를 안고 방으로 돌아갔다.

『어머니. 무슨 일이에요? 왜 모두 언니 방으로 가는 거죠?』

『크리스타. 당신은 아무것도 신경 쓰지 않아도 괜찮답니다. 그 재주 없는 아이가 사악한 힘으로 닥치는 대로 부수고 있는 것뿐이랍니다.』

어머니는 그녀를 품에 안은 채 이야기를 들려주기도 하고, 잠을 재워주기로 했다. 하지만 언니를 만나고 싶다는 바람만큼은 완고하게 들어주지 않았다. 그녀는 잠이 든 척을 해서, 어머니가 방을 나간 순간의 기회를 놓치지 않고 방을 뛰쳐나갔다.

언니 방은 2층 가장 안쪽에 있었다. 크리스타는 무거운 문을 열고, 그리고 방안의 참상에 작게 비명을 질렀다.

방안 여기저기에 작은 물건들이나 도구, 천과 종이가 흩어져 있었고, 어떻게 부순 것인지 자잘한 나무 파편이 바닥의 융단 위에 흩뿌려져 있었다. 창문도 일부가 깨져서 차가운 바람이 불어 들어오고 있었다.

방안에 언니의 모습은 없었다. 그것이 한층 더 크리스타의 불안을 부채질했다. 그녀는 그대로 복도로 뛰어나가, 아침 식사도 하지 않고 옷도 갈아입지 않고 저택 안을 뛰어다니며 언니의 모습을 찾았다. 도중에 몇 명인가의 고용인이 그녀를 말리려고 했고, 부모님도 수도 없이 그녀를 설득하려고 했으나 그녀는 멈추지 않았다.

언니는 저택에 없는 것인지 어디를 찾아도 없었다. 그래도 공작가의 저택이 세계의 전부였던 그녀는 분명히 어딘가에 언니가 숨어있을 것이라도 믿고 계속 찾아다녔다. 이윽고 해가 저물기 시작하고, 완전히 녹초가 된 크리스타는 또다시 언니의 방 앞으로 돌아왔다.

크리스타는 문 옆에 무릎을 끌어안고 앉아서 그 무릎에 얼굴을 묻었다. 그때, 자신은 무엇을 생각하고 있었을까. 그저 쓸쓸하고 불안하고, 그런 마음이었던 것 같았다.

『……크리스타?』

문득 고대하던 목소리가 들려왔다. 그 소리에 크리스타는 기세 좋게 고개를 번쩍 들었다. 그러자 그곳에는 놀란 것처럼 이쪽을 쳐다보는 언니의 모습이 있었다.

그 뒤의 일은 잘 기억나지 않았다. 언니가 무사했다는 사실이 기뻐서, 얼른 옆으로 달려가서 뭔가를 말한 것 같은 기분이 들지만, 기억이 나지 않았다. 정신을 차렸을 때, 크리스타는 눈에 보이지 않는 뭔가의 힘에 떠밀려 지면에 나동그라져 있었다.

팔에 날카로운 통증이 내달렸지만 무슨 일이 일어났는지는 이해할 수 없었다. 크리스타가 시선을 떨어뜨리자, 팔 윗부분에 붉은 선이 그려져 있었다. 상처에서 배어나오는 붉은 피를 언니는 멍하니 바라보다가 얼굴을 감싸며 그 자리에 주저앉았다.

언니가 우는 것 같아서, 크리스타는 천천히 손을 뻗어 언니의 팔을 만졌다. 그 순간, 언니는 튕기듯이 고개를 들더니, 뭔가를 무서워하는 것 같은 표정으로 크리스타의 손을 난폭하고 쳐냈다.

그 행동에 놀란 것은 크리스타 쪽이었다. 소동을 듣고 고용인들이 바로 달려왔다. 그들은 쌍둥이를 발견하자 망설이지 않고 크리스타를 등 뒤로 감쌌다. 고용인들의 등 뒤에 숨으면서 크리스타는 매달리는 것 같은 눈으로 언니를 쳐다보았다. 그 시선에 언니는 그저 작게, 이렇게 말했다.

『……미안……해.』

그 말만을 남기고, 언니는 크리스타에게 등을 돌리고 달려가 버렸다. 그것은 언니가 처음으로 그녀에게 내보인 명확한, 거절이었다.

그 뒤로, 언니는 노골적으로 크리스타를 피하게 되었다. 크리스타가 말을 걸어도 반응을 보이지 않고, 크리스타와 만나면 곧바로 모습을 감춰버렸다. 어느새 언니는 한층 말이 없고 무표정하게 되어, 크리스타에게 거의 마음을 열지 않게 되었다.

자신은 그저 언니의 곁에 있고 싶었던 것이었건만, 왜 언니는 그것을 거절하는가. 그런 갈 곳 없는 분노를 끌어안으며 크리스타는 여섯 살이 되었다. 그리고 그녀는 그 해, 언니에 대해 명백한 증오를 품게 되었다.

계기가 된 것은, 동년배의 귀족아이들을 초대해 정원에서 연 다과회였다. 그날, 정원에는 공작가가 친하게 지내던 귀족가의 아이들이 모여 있었고, 크리스타는 다과회의 주역으로서 아이들의 중심에 있었다.

『……어머, 저 분은 누구일까?』

문득 한 사람의 영애가 저택 창문을 올려다보면서 놀란 것처럼 목소리를 높였다. 그 목소리에 반응해 다른 영애와 영식들도 어느 한 점을 바라보았고, 그들 사이에 동요가 번져나갔다.

크리스타도 2층의 창문을 올려다보았다. 그러자 그곳에는 커튼 틈 사이로 얼굴을 내비친 채 무표정하게 서 있는 언니의 모습이 있었다.

묘한 힘을 쓴 그 날부터 언니는 사교계에 나가는 것이 금지되었고, 점점 눈칫밥을 먹는 상황에 몰리고 있었다. 그랬지만, 역시나 이런 자리에도 관심이 있는 것일까.

그런 생각을 하고 있으려니 크리스타와 언니의 시선이 마주쳤다. 언니는 동요한 것처럼 시선을 이리저리 돌리더니 삭하고 커튼을 닫았다.

『……아. 없어졌다.』

『보기 드문 외모를 하고 있는걸…… 게다가 엄청 미인이잖아.』

언니가 모습을 내보인 것은 시간적으로는 불과 십 수초. 그러나 아이들의 관심을 모으기에는 충분한 시간이라서, 언니의 모습은 이미 보이지 않게 되었는데도, 다들 크리스타를 둘러싸고 있었으면서도 아이들의 화제는 오로지 언니뿐이었다.

그 광경을 보고 크리스타는 불현듯 기억해냈다. 언니가 대단히 아름답고, 유달리 진귀한 외모를 하고 있다는 사실을. 마력이 없어도, 단지 그곳에 있는 것만으로 언니는 사람들의 시선을 끌어 모은다는 것을.

부러웠다. 샘이 났다. 언니는 그곳에 있는 것만으로 되있는데, 자신은 그 자리에 있는 것만으로는 아무도 주목하지 않았다. 그렇게나 좋아했던 언니도, 이유도 알려주지 않은 채 지금은 크리스타와 얽히는 것을 피하고 있었다.

자신을 봐주길 바라서, 언젠가 자신을 돌아봐 주었으면 해서 그녀는 간살부리는 미소를 익혔고, 거짓말 하는 것을 배웠으며 연기하는 것을 익혔다. 꽃처럼 가련한 미소를 얼굴에 띤 채 마음에도 없는 칭찬의 말을 흩뿌리며 다른 사람의 마음에 바짝 다가설 수 있도록 행동했다. 그녀는 모두에게 사랑받는 아이의 가면을 만들어냈다.

이윽고 쌍둥이에게는 가정 교사가 붙게 되었고, 그녀는 점차 언니와 비교되어갔다. 자신은 고생할 법한 일도, 언니는 순식간에 완벽하게 해냈다. 그런 언니에게 열등감을 품게 되었다.

크리스타는 노력을 아끼지 않았다. 서툰 댄스에도, 싫어하는 자수에도 다른 사람들의 두 배의 노력과 시간을 쏟아 부어 매진했다.

그 덕분에 그녀는 동년배의 영애들 중에서도 유달리 우수하다는 평을 받게 되었다. 그러나 그래도 언니는 여전히 저 높은 곳에 있는 존재였고, 그 간격은 해를 거듭할수록 점점 벌어졌다.

『괜찮다. 너는 굉장한 재능을 갖고 있다. 그 재수 없는 아이 따위 네 발밑에도 미치지 못해.』

그녀를 사랑해 마지않는 가족들은 언제나 상냥하게 미소 지으며 그렇게 위로해 주었다. 하지만 그 말이 거짓말이라는 사실은 크리스타 자신이 가장 잘 알았다. 발밑에도 미치지 못하는 것은 언니가 아니라 자신 쪽이었으며, 이 집 자체가 언니에게는 한참 미치지 못했다.

언니는 집에서 있을 곳을 잃어감에 따라, 점점 마을로만 나가게 되었다. 그것은 과거, 친구의 집에 다니던 모습과 겹쳐졌고, 이윽고 언니는 마을에서 데려온 집사를 곁에 두고 크리스타가 모르는 세계에서 자신이 있을 곳을 손에 넣었다.

그것이 어쩔 도리가 없이 분하고 화가 났다. 그렇지만, 그 감정을 어디로 향해야 할지도 알 수 없어서 크리스타 안에서는 그저 언니는 미워하는 마음만이 나날이 커져갔다.

어째서 늘 그 사람뿐인 것일까. 자신에게 무엇이 부족하다는 것일까.

나는, 그저 그 사람과…….

***

차가운 종이의 감촉에 크리스타는 천천히 눈을 떴다. 밖을 보니, 커튼이 열린 창문 밖으로는 별 하늘이 펼쳐져서 보름달이 떠 있었다. 아무래도 책을 읽으면서 잠이 든 모양이었다.

뭔가 소중한 꿈을 꾼 것 같은 느낌도 들었지만, 어떤 내용이었는지는 이미 기억나지 않았다. 왠지 모르게 눈을 뜨기 직전에 도로셀의 모습이 보인 것 같기도 하고…….

크리스타는 시선을 책상으로 되돌렸다. 그곳에는 한 권의 학술서가 펼쳐져 있었다. 책상 가장자리 쪽에도 몇 권의 책이 쌓여 있었는데, 그것들은 각각 학원에서 배우는 과목이었다.

"……어째서."

크리스타는 수식과 단어가 적힌 연습용 종이를 꽉 쥐어 구기고는, 천천히 숨을 내뱉으면서 머리를 감싸 쥐었다.

"왜, 늘 언니인 거야……."

예전에 공작령에 있던 한 마을에서 실천적으로 새로운 산업을 시작한다는 안이 올라온 적이 있었다. 크리스타와 도로셀은 그 산업의 예를 각자 영지를 대리 경영하던 외삼촌에게 제출했다. 그러나 채용된 것은 도로셀의 안으로, 그 산업은 마을에 크나큰 번영을 안겨다 주었다.

이번 기말시험도 그랬다. 크리스타에게 도로셀을 앞섰다는 사실이 얼마나 큰일이던가. 그것을 사소한 일이라고 단칼에 잘라버리는 언니의 태도가 분해서, 시험이 끝난 뒤임에도 크리스타는 집에서 공부를 하고 있었다.

"아가씨. 잠시 괜찮으시겠습니까?"

"뭐죠?"

방밖에서 시녀의 목소리가 들려왔다. 크리스타는 머리를

감싸 안은 채 나른하게 대꾸했다.

"세리냐 님께서 오셨습니다."

"세리 언니가……!"

크리스타는 자리에서 벌떡 일어났다. 그것과 동시에 방문이 열리고, 짙은 은색에 길게 웨이브진 머리카락을 오른쪽 어깨에 드리운 여성이 들어왔다.

"안녕. 크리스. 오랜만이구나."

"세리 언니……!"

그것은 공작가의 장녀이자 가장 큰 언니인 세리냐였다. 그녀는 분명히 약혼자인 후작의 영지에서 신부 수업을 받고 있었을 터였다.

"언제 돌아오신 거죠? 아직 알스타 님의 영지에 체류하고 계신 것 아니었나요……?"

"결혼이 갑자기 앞당겨졌단다. 그래서 나도 한 발 앞서 돌아와 식 준비를 하게 됐어."

그렇게 말하며 세리냐는 크리스타의 곁으로 걸어와, 그 뺨을 가만히 자신의 두 손으로 감싸고 시선을 맞추었다.

"무슨 일이니? 얼굴빛이 안 좋아. 뭔가 싫은 일이라도 있던 거니?"

자애로운 것 같으면서도 비밀을 용납지 않는 것 같은 시선에 크리스타는 작게 숨을 들이쉬고는 조금씩 이야기를 시작했다. 집안의 일, 학원의 일, 그리고 그녀의 쌍둥이 언니 일을.

"그래…… 도로셀이……."

이야기를 다 들은 세리냐는 뺨에 손을 갖다 대고 고개를 갸웃거리면서 「음」 하고 신음했다.

"세리 언니. 뭔가 짐작 가는 바는 없으신가요?"

"아직 모르겠네. 하지만 괜찮아, 크리스. 반드시 어떻게든 해 줄게."

그렇게 말하고 세리냐는 크리스타를 안심시키는 것처럼 상냥하게 미소를 지었다. 그 눈 깊숙한 곳에서 어른거리는 빛을 알아차리는 사람은, 없었다.

■작가 후기

금번 『왕녀 전하는 화가 나셨나 봅니다』 2권을 읽어주셔서 고맙습니다. 또다시 여러분을 뵙게 되어 기쁜 야츠하시 코우입니다.

2권에서는 드디어 정령들도 등장해 주인공의 주변도 조금씩 떠들썩해졌습니다. 1권에서는 등장시키지 못했던 히르메스와 베로니카의 에피소드도 WEB판의 내용을 토대로 대폭 가필 수정했습니다.

마법과 마술의 수수께끼, 국가 간 정세의 변화, 레티시엘의 전세와 도로셀의 기억과 인격의 행방 등, 1권과 맞추어 이야기의 세계관을 좀 더 즐기실 수 있으면 기쁘겠습니다.

참고로, 꼬꼬마 쌍둥이 정령왕은 야츠하시가 강력하게 미는 캐릭터이기 때문에 간신히 등장시킬 수 있어서 매우 기쁩니다. 귀여운 건 언제나 옳다!

일상이나 인간 관계에 중심을 두었던 WEB판과 달리, 서적판에서는 전투 장면과 음모? 같은 판타지적인 스토리성이 강해졌습니다. 그만큼 캐릭터들에 대한 자세한 묘사나 일상 장면이 적어지기도 했습니다만, 많은 요소를 균형 있게 묘사하는 것은 어렵구나…… 하는 시행 착오를 거친 끝에 300페이지가 넘는 두께의 책이 돼 버렸습니다…….

졸필이라 문장표현이나 구성에 부족한 점이 산더미처럼 많습니다만, 여러분이 한층 더 재미있게 즐기실 수 있도록 이번에도 기합을 잔뜩 넣고 또 넣어 집필에 임했습니다.

레티시엘 (도로셀)의 전생 라이프와 앞으로의 활약과 성장을 지켜봐주신다면 더 할 나위 없이 기쁘겠습니다.

1권이 발매되고 몇 달이 지났습니다만, 서점에 자신의 책이 진열돼 있다는 것은 지금도 역시나 매우 기묘한 감각이라서 정말로 감개무량합니다.

졸저의 출판에 관여해주신 모든 분들, 담당자이신 Y씨, 일러스트를 담당해 주신 나기시로 미토 씨, 그리고 무엇보다도 응원을 보내주신 독자 여러분에게는 그저 감사할 따름입니다. 정말로 언제나 고맙습니다.

그럼, 또 다음 권에서 뵐 수 있기를 바랍니다.

야츠하시 코우

■역자 후기

안녕하세요, 역자입니다. 이번에도 폭풍과도 같은 마이페이스 왕녀와 함께 찾아뵈었습니다.

개인적으로 2권은 이야기가 크게 전개되었다기보다는 큰 흐름을 앞두고 준비를 다지는 권 같았습니다. 그렇다고는 해도 한 권에 떡밥이 너무 많이 나온 것 같다는 느낌이 들지 않는 것도 아닙니다만. 레티시엘의 마법연구와 레티시엘의 새 친구들의 등장, 제2왕자와 제3왕자의 귀국. 라피스 국과 하얀 집단 등의 신세력의 등장. 이 정도만으로도 어느 정도 스토리는 이끌어나갈 수 있을 것 같은데, 여기에 레티시엘의 최대 약점이자 본질적인 의문점인 도로셀의 기억까지 불쑥불쑥 나타납니다. 아직 그 기억 속에만 남아 있는 인물들과 사건들은 덤이요, 도로셀의 과거를 아는 피리아레기스 가문 사람들의 이야기는 서비스입니다. 특히 피리아레기스 공작가의 제1영애는, 전신에서 수상쩍음을 어필합니다.

이쯤 되면 완전 떡밥의 종합선물세트가 아닐까 싶습니다.

2권에서 던져진 복선들은 하나같이 제 궁금증을 자아냈습니다만, 역시나 가장 제일 궁금한 것은 도로셀의 기억입니다.

1권에서도 본편 시작과 함께 난데없이 각성한 레티시엘을 두고 꽤 불안하다는 감상을 남긴 적이 있지요. 당장에 레티시엘이 그녀의 기억을 갖고 있지 못하다는 점도 그녀의 입지를 상당히 위협할 것 같은 것과 동시에, 과연 도로셀의 인격과 기억은 어디로 갔는지, 그녀의 인격과 기억이 차후 레티시엘에게 어떤 영향을 끼칠지 생각하지 않을 수가 없었습니다. 그랬는데, 이럴 수가.

작가분이 후기에서 그 점을 언급하셨네요. 도로셀의 인격과 기억의 행방이라고요. 당연히 정확한 서술은 없었지만, 그 말은 곧 뭔가 이대로 레티시엘이 계속 도로셀의 몸을 무난하게 지배해가는 것으로 끝나지 않으리라는 뜻이 아닐까요. 게다가, 전개 페이스를 보건대, 의외로 그 얘기가 빨리 나올 수도 있다! 만약 이것이 작가님이 의도하신 복선이라면, 적어도 저만큼은 제대로 낚는데 성공하셨다고 박수를 보내고 싶습니다.

자고로 태세를 갖추었으면 이제 앞으로 달려 나가기만 하면 될 터인데, 이렇게까지 기어를 올려놓고 어떻게 치고 나갈지 참 궁금합니다. 그야말로 폭풍을 넘어서 태풍왕녀가 될 것인가. 그런 쓸데없는 생각을 해 보며 오늘은 이만 펜을 놓습니다. 총총총.

왕녀 전하는 화가 나셨나 봅니다 2

초판 1쇄 발행 2021년 5월 10일

지은이_ Kou Yatsuhashi
일러스트_ Mito Nagishiro
옮긴이_ 이진주

발행인_ 신현호
편집부장_ 윤영천
편집진행_ 김기준 · 김승신 · 원현선 · 권세라 · 유재슬
편집디자인_ 양우연
관리 · 영업_ 김민원 · 조인희

펴낸곳_ (주)디앤씨미디어
등록_ 2002년 4월 25일 제20-260호
주소_ 서울시 구로구 디지털로 26길 111 JnK디지털타워 503호
전화_ 02-333-2513(대표)
팩시밀리_ 02-333-2514
이메일_ lnovelpiya@naver.com
L노벨 공식 카페_ http://cafe.naver.com/lnovel11

ISBN 979-11-278-5969-5 04830
ISBN 979-11-278-5850-6 (세트)

값 7,800원